凤鸣台

温皓然◎著

凤凰在此飞落，因为身旁流淌着珠龙河。思念的人儿在此徘徊，为谁唱出心中的歌？醉了凤鸣台，醉了珠龙河。

九州出版社
JIUZHOUPRESS

图书在版编目（CIP）数据

凤鸣台/温皓然著．—北京：九州出版社，2009.11
ISBN 978－7－5108－0228－7

Ⅰ．凤…　Ⅱ．温…　Ⅲ．长篇小说－中国－当代
Ⅳ．I247.5

中国版本图书馆 CIP 数据核字（2009）第 195926 号

凤鸣台

作　　者　温皓然　著
出版发行　九州出版社
出 版 人　徐尚定
地　　址　北京市西城区阜外大街甲 35 号（100037）
发行电话　(010)68992190/2/3/5/6
网　　址　www.jiuzhoupress.com
电子信箱　jiuzhou@jiuzhoupress.com
印　　刷　三河市东方印刷厂
开　　本　889×1194 毫米　　32 开
印　　张　11.5
字　　数　240 千字
版　　次　2009 年 11 月第 1 版
印　　次　2009 年 11 月第 1 次印刷
书　　号　ISBN 978－7－5108－0228－7
定　　价　29.80 元

序

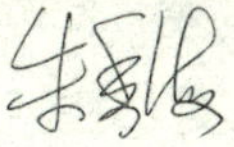

70后女作家温皓然最近刚刚完成了一部长篇小说《凤鸣台》。凤鸣台是一个真实的地名，坐落于河南省焦作市温县东口村，是老子悟道之地。温皓然以此为背景创作了这部长篇小说《凤鸣台》，彰显的正是其中蕴藏的老子文化（凤鸣台）、商业文化（东口村）和佛教文化（净影寺），等等。

迄今为止，温皓然在长篇小说创作领域收获颇丰，已经出版了《缘分的天空》、《花魂鸟魂》、《般若飘香》、《凤兮凰兮》、《箜篌引》、《陪嫁山庄》等。北京大学中文系主任温儒敏教授在为其《箜篌引》写序时，曾高度评价温皓然："温皓然是一位才女型作家，有女作家特别的细腻精巧，但又舒徐大气。《箜篌引》给人以生疏而新鲜的感觉，并不是那种可以畅快阅读一览无遗的小说，需要慢慢琢磨体会，享受那种过程，这犹如一场盛宴，其中会有许多奇妙动人的享受。我们有理由相信以温皓然的才力、笔力，这位年轻的70后作家还会为文坛带来更多的'盛宴'，《箜篌引》或许只是一个'引子'。"在《箜篌引》之后《凤鸣台》之前，温皓然创作的另一部长篇小说是《陪嫁山庄》。和《凤鸣台》一样,《陪嫁山庄》也是取材于河南省焦作市青龙峡的一个小村庄,前者关注的是人文景观,尤其是佛、道精神;后者渲染的是自然风貌、中原大地的民俗民风以及日常生活中的禅意等。正如刘卫东博士所说:“即使并非佛教徒,也能从温皓然的《陪嫁山庄》(中国文联出版社,2009 年版)中读出时隐时现的禅意,从而被一种洁净与清凉、温婉与浑厚的力量所攫取,直至被融化,诡异的是,这一切都是在不知不觉间发生的。也许只有内心中充满力量的人才能写出这种力量并最终打动与她有缘的人,因为文字不但是心灵镜像,而且具有高度的个体延展性,有自己的‘气功’。温皓然也是从日常生活、一饮一啄写起,却并非拘泥于此,但是也不刻意超脱,她是把自己的境界化在了文字之中的,因此,《陪嫁山庄》虽然也是熙熙攘攘,但是背后却有强大的‘气场’,这使小说琐碎、细微而不失规矩。”

温皓然最近完成的长篇小说《凤鸣台》,应该说贯穿着从《箜篌引》到《陪嫁山庄》的后现代古典主义文学艺术精神,一种浩然丰沛之气洋溢其间,这在当今文坛的非军旅小说中是很少见的。小说中的男女主人公东方樱西、秦黛罗、南宫元宸等均异于常人,既知识渊博、充满正气,同时还貌若天人、色若莲葩。在某种意义上,他们都是只能生活在小说中的人物。他们似乎不食人间烟火,生活在自己的世界中,而市场经济浪潮此起彼伏的时代背景又提醒人们,故事发生的时间就在当代,甚至就在当下,因此这一切使小说凭添了些许漫画与玄幻色彩。细观之,温皓然的小说,从最初的《缘分的天空》、《花魂鸟魂》、《般若飘香》,到《箜篌引》、《陪嫁山庄》,再到现在的《凤鸣台》,始终一以贯之地呈现出当下其他作家有意无意回避的道德寓言之场。正是这一脉绵延不断的真气，终于使温皓然的小说创作逐步形成了自己独特的美学旨趣。此外，在作品中把复杂人生戏剧化或舞台化，也是温皓然的小说特征之一，而这一特征恰恰再次激活了传统意义上作家全知全能或百科全书式的角色定位。正如她在小说中，借南宫元宸之口所说出的一般："一张楮纸，三寸毛锥，锐若戈矛，严于斧钺，上下五千年，纵横九万里，写古今悲欢离合，记中外治乱兴亡，忠孝节义则褒扬之，奸盗邪淫则惩罚之，从心所欲，信笔而书。独运广长之舌，能坠天女之花……虽以著述谋生，却似阎罗天子，执掌一本大账簿，点尽无数鬼魂名姓。又如弥勒古佛，凸出一副大肚皮，装满无限世态炎凉。大凡含冤孝子，抱屈忠臣，能使其重见天日。如或误国奸雄，害贤邪党，即将其明正典刑。敢施造化补救之功，不让《春秋》褒贬之笔……"

最近30年来，当代中国文学从伤痕到反思，从寻根到先锋，从新写实到新历史，从现代到后现代，无论是形式的实验，还是"内容的炼金术"，几乎都尝试过了。温皓然在这方面也做了一番探索。在《凤鸣台》的第一章，为了使小说的开头更具有后现代美学意味，她用拼贴手法糅合了詹姆斯·乔伊斯、T. S. 艾略特、托尔斯泰、曹雪芹、奥尔罕·帕慕克等中外文坛巨匠的小说技法，在艺术形式表现上折射出了一种新颖的、陌生化的光谱效果。再就是，《凤鸣台》一书总共21章，每一章的开头都引用了一段或几段经典，这些被作者旁征博引的经典包括儒、释、道，例如《论语》、《解深密经》、《道德经》，等等。因此，在小说中，我们常常可以读到儒家、道家和佛家思想交互重叠所产生的大美。这些经典段落，一旦与小说的"正文"部分相结合，自然而然就构成了一个"处处都是思想"的小说文本。总之，从老子悟道的东口村到隋朝净影慧远讲经说法的净影寺，作家的思想和笔触自由穿梭其间，几乎已达到妙笔生花的境界。由此也证明儒释道同源，此言不谬也。在此需要补充的是，温皓然的小说语言非常简洁洒脱，品格清高，散发出若有若无、若隐若现的古典氛围，显然属于“倒退着进入历史”的另一类“另类”作家。这种语言风格，远承曹雪芹，近续鲁迅和张爱玲，成为当下的独具一格。

现在，《凤鸣台》就摆在读者诸君面前，请有缘者阅读，并与大家分享阅读给我们带来的全新的审美愉悦。

是为序。

2009 年 10 月，北京

目录

第一章

非染非净：结局或开始

凤鸣台

我问佛:世间为何有那么多遗憾?

佛曰:这是一个娑婆世界,娑婆即遗憾,

没有遗憾,给你再多幸福也不会体会快乐。

——仓央嘉措

詹姆斯·乔伊斯的长篇小说《尤利西斯》是这样开头的:气派十足、体态丰满的勃克·穆利根从楼梯口出现。他手里托着一钵肥皂沫,上面交叉放了一面镜子和一把剃胡刀。他没系腰带,淡黄色浴衣被习习晨风吹得稍微向后蓬着。他把那只钵高高举起,吟诵道:

我要走向主的祭台。

从祭台到凤鸣台,只需转一个念头。她停下脚步,在烟雨茫茫中感觉天与地之间最近的距离。这里说的是凤鸣台，老子曾经在此悟道。她若有所思，转过头来对身边的女村长马海棠说道：

"我已经为我的小说想好了名字，就叫《凤鸣台》。"

"真的吗？那真是太好了！"马海棠露出一脸热烈的，憨厚的笑容。

"我觉得'东口'这个村名真是太美了，不知道它还有什么其他的意思吗？"她一来到这里，立刻就被这方神奇美丽的土地深深地迷住了。她觉得，这里是她有生以来，所见到过的最美丽，同时也是最具文化底蕴的村庄。

"呵呵，我嘴笨，也说不好。听见老辈人说是'东方的嘴巴'、'东方之口'……反正就是这一类的意思。"

"东方的嘴巴，东方之口？"

"是啊，这里是老子曾经悟道的地方。老子代表东方说话，不光是东方在听，西方也应该在听吧？"

"整个世界都在倾听！"

T. S. 艾略特的长诗《荒原》是这样开头的：

四月是最残忍的季节，荒地上
长着丁香，把回忆和欲望
参合在一起，又让春雨
催促那些迟钝的根芽。
冬天使我们温暖，大地
给助人遗忘的雪覆盖着，又叫

枯干的球根提供少许生命。

残忍的季节必然带来各种各样的烦恼、回忆和欲望。在瑞彩济济的凤鸣台，她想到了很多很多，更多的是想像那个从洛阳皇家图书馆辞去图书馆馆长职务的老子到东口村后到底是怎么生活的？眼前这条贯穿整个东口村的河流到底给他的《道德经》注入了什么内容？一部《道德经》，开创了我国古代哲学思想的先河。但有关老子本人的记载却并不多，这就给后人留下了一个巨大的想像空间，有人把他神化，有高僧说他是佛陀的大弟子迦叶尊者的化身，因为他知道中国大乘根性的人很多，为了预先到这个地方来开辟一条比较浅显之路，因而化身为老子来到中国传播道教的。有人认为他就是太上老君。有关老子的传说不胜枚举，种种的遐想赋予了老子太多的神秘色彩，那么真正的老子到底是什么样的呢？当年，老子辞官归隐，择善水、居善地。而天下至善至德之水，非济水莫属。济水又处畿内，老子自然要奔济水而来，自此，美丽的珠龙河畔便出现了一位长眉大耳、仙风飒然的老者，晨夕风露，阶柳庭花之间，这位老人常常伴着悠悠的珠龙河水，读书静悟，究大道，思善治，穷天理，梳理满腹经纶，构思道德文章。老子在他的《道德经》中说“言者不如知者默”，意思是说“有智慧的人，必定是沉默寡言的”。老子主张大智慧的人少说话甚至不说话，甚至不写文章，可是为什么老子自己却写出了五千言的《道德经》呢？两千多年过去了，老子和他的《道德经》一直活跃在我们身边，有关老子的话题似乎永远都谈论不完，研究不尽。眼下，老子研究几乎成了一个世界性的学术课题。《道德经》这部被誉为“万经之王”的神奇宝典,不但对中国产生了深刻巨大的影响,其智慧的光芒注定要让整个世界为之倾倒。现在,越来越多的西方学者都不遗余力地探求这部经典中的哲学奥义,以此寻求人类文明的源头。1891 年俄国最伟大的文学家托尔斯泰跟一位彼得堡的出版家谈话时,被问道:“请问您受世界上的哪些作家、思想家影响最大?”托尔斯泰说:“我受中国的孔子、孟子影响很大,受老子的影响巨大。”文学家就是伟大,一个“很大”,一个“巨大”,不同的影响和境界就突现出来了。

列夫·托尔斯泰的长篇小说《安娜·卡列尼娜》是这样开头的:幸福的家庭彼此相似,不幸的家庭各有自己的不幸。

奥勃浪斯基家全乱套了。妻子知道了丈夫与原先他们家法国家庭女教师有暧昧关系,对丈夫宣布,她再不能和他生活在一起了。这种情况已经三天,夫妻双方、每一个家庭成员、所有的家人都感到痛苦。家里所有的人都觉得,他们住在一起没意思,就算每个客店里偶然遇到的人们也比他们奥勃浪斯基家的人关系亲密。妻子不走出自己的房间,丈夫三天没有进屋。孩子们在房子里到处乱跑,就像被遗弃的一样。英国家庭女教师和女管家吵了一架,于是给一位朋友写了张纸条,请她给自己另找一份事做。厨子昨天正好开午饭的时候离去了。做粗活的厨娘和马车夫也要求算账走人。

在从凤鸣台返回马海棠家的路上,她由奥勃浪斯基联想到了秦黛罗的父亲、杜鹃的丈夫秦守善。此人好赌,罗计纵横。做事情总是能叫人身上没伤,嘴上难说,心上有血。作为一个作家,她在想一个自认为怀才不遇的赌鬼，凭什么能够拥有秦黛罗这样的女儿？尽管读者要到后来才会知道秦黛罗并非秦守善的亲生女儿，但她的亲生父亲南宫远却也好不到哪里去，甚至更差。

“在想什么呢，怎么走神了？”女主人马海棠问道。

“哦，我在想，你们家院子里的竹子，怎么长得这样粗啊？简直就不像北方的竹子。”她很巧妙地把思路引了回来。

“是哩，这东口神奇的地方很多哩，一般北方内陆地区是很少能看到海鸥的吧？一会儿我再带你和达摩到珠龙河去看看，那里的海鸥成群结队，多得简直成了佛经里说的‘不可说不可说’哩！”男主人姚天恩说道。

“我敢肯定，刚才她一不小心走神，估计就是在酝酿她的小说《凤鸣台》了。”“第三条道路诗派”创始人谯达摩十分自信地说道，并发出了爽朗的笑声。

曹雪芹的长篇小说《红楼梦》是这样开头的：此开卷第一回也。作者自云，曾历过一番梦幻之后，故将真事隐去，而借“通灵”说此《石头记》一书也，故曰“甄士隐”云云。但书中所记何事何人？自己又云：“今风尘碌碌，一事无成，忽念及当日所有之女子，一一细考较去，觉其行止见识皆出我之上。我堂堂须眉，诚不若彼裙钗，我实愧则有余，悔又无益，大无可如何之日也！当此，则自欲将已往所赖天恩祖德，锦衣纨绔之时，饫甘餍肥之日，背父兄教育之恩，负师友规谈之德，以至今日一技无成，半生潦倒之罪，编述一集，以告天下人：我之罪固不免，然闺阁中本自历历有人，万不可因我之不肖，自护己短，一并使其泯灭也. 虽今日之茅椽蓬牖，瓦灶绳床，其晨夕风露，阶柳庭花，亦未有妨我之襟怀笔墨者。虽我未学，下笔无文，又何妨用假语村言，敷演出一段故事来，亦可使闺阁昭传，复可悦世之目，破人愁闷，不亦宜乎？故曰“贾雨村”云云……

小说开篇便直抵人的灵魂：满纸荒唐言，一把辛酸泪。都云作者痴，谁解其中味？

这部被中国学者和读者喻为“小说中最杰出的著作”，其辉煌的艺术成就自然无须赘言。每次，一想到《红楼梦》，亦或一听到“曹雪芹”这三个字，她就会忍不住在想：“为什么，上天总是喜欢把那些天才和超级大师们放在一个万难忍受的境界里，使他们受尽万种辛酸煎熬，乃至灭顶的灾害呢？想想看，从‘锦衣纨绔，饫甘餍肥’到‘满径蓬蒿老不华，举家食粥酒常赊’，从少年丧父，到中年丧妻，再到老年丧子，从‘诗胆昔如铁，堪与刀颖交寒光’的傲岸不羁的贵公子，到一个‘囊无一钱守，腹作干雷鸣’的，终日蹀躞在小儿坟前，干哭无泪的贫苦老人，毫无疑问，我们的天才已将一个人所能经历的不幸和痛苦，全部都经历过，体尝过了。1764 年 2 月 12 日，那是一个万家齐欢的除夕夜，而我们的这位文坛巨星却终于因贫病无医，耗尽了自己的最后一丝心力，撒手人寰了，享年 49 岁。脂批：‘书未成，芹为泪尽而逝；余尝哭芹，泪亦待尽……’”

古人常说“福因才折”，莫非，天才的命运就注定该是如此？

在去往净影寺的路上，她由曹雪芹联想到了东方樱西。他才华横溢，英俊不凡同时又庄重和善，并且孝顺仁恕。简直就是一位集这世间所有贤达的美德于一身的男子。然而，他的命运却是那样可悲……

在一个风雨的夜晚，她是这样用短信回复自己的同学兼密友胡晓社的："亲爱的晓社，我写到了悲伤处，悲不能已，都快把自己哭死了。这些天里，我常在想，古人说的'一张楮纸，三寸毛锥，锐若戈矛，严于斧钺，上下五千年，纵横九万里，写古今悲欢离合，记中外治乱兴亡，忠孝节义则褒扬之，奸盗邪淫则惩罚之……大凡含冤孝子，抱屈忠臣，能使其重见天日。如或误国奸雄，害贤邪党，即将其明正典刑。敢施造化补救之功，不让《春秋》褒贬之笔……'而我却将要那么残忍地对待一对儿那么美好的有情人，这真让我心如刀绞。可是，如若不忍心把美好的事物打碎给人看，又起不到撼动人心的效果。然而，若只一味渲染悲哀，又未免背离了人生的真相，岂不是只剩下赚人眼泪的肤浅了？现在，我真是十分矛盾。"

"我相信你有力量最终为他们找到一个最合适的结局。气沉丹田，在浮躁、苍白的现实中才能把握。相信你，你是我的骄傲！并期待早日拜读你的新作《凤鸣台》。"

她因为自己的密友进而想到了秦黛罗的两位密友——郝中和娇唯。

"黛罗，大学毕业后，你打算去哪里发展？"郝中问道。

"北京。"秦黛罗不假思索地回答。

"不喜欢郑州？"娇唯问。

"不是，郑州也很好的，我只是觉得我也许和北京更有缘一些。"秦黛罗仍然坚持道。

"真不知道她是和北京更有缘，还是和北京的那个他更有缘一些!”郝中和娇唯都忍不住纵声笑倒了。

“不要胡说!”秦黛罗不禁气得一怔。

“听说有人要把我们写进她的小说里去了?”郝中又问。

“是的。她不但要写凤鸣台,还要把净影寺也写进去。”秦黛罗嫣然一笑。

“净影寺啊,那可是个有名的圣地,听说那里是隋朝慧远大师的道场?”娇唯的眼珠子骨碌碌地转着。

“算你还算有点见识,这回总算说对了!”秦黛罗用手点了一下她的脑门。

“黛罗,你没事的时候为什么总爱往净影寺跑啊?”郝中又问。

黛罗画像·清华大学美术学院 陈苏民 画

“我也不知道到底是为什么，我总感觉自己和净影寺似乎有着一种天然的不解之缘。”秦黛罗说着话，心里竟莫名地疼了一下。

“嘻嘻，是不是你未来的老公要去净影寺出家啊？”郝中和娇唯又一次抱在一起，笑倒了。

“别瞎说！”秦黛罗闻听此言，脸色莫名其妙地苍白起来，额上还微微地冒着汗。

奥尔罕·帕慕克的长篇小说《我的名字叫红》是这样开头的：如今我已是一个死人，成了一具躺在井底的死尸。尽管我已经死了很久，心脏也早已停止了跳动，但除了那个卑鄙的凶手之外没人知道我发生了什么事。而他，那个混蛋，则听了听我是否还有呼吸，摸了摸我的脉搏以确信他是否已把我干掉，之后又朝我的肚子踹了一脚，把我扛到井边，搬起我的身子扔了下去。往下落时，我先前被他用石头砸烂了的脑袋摔裂开来；我的脸、我的额头和脸颊全都烂没了；我全身的骨头都散架了，满嘴都是鲜血。

已经有四天没回家了，妻子和孩子们一定在到处找我。我的女儿，哭累之后，一定紧盯着庭院大门；他们一定都盯着我回家的路，盯着大门。

小说能够这样出人意料地开头，土耳其当下最杰出的作家奥尔罕·帕慕克想不“红”都很困难，难怪他2006年能在千军万马之中力挫群雄夺得了诺贝尔文学奖。她在想，当下的中国作家要怎样才能重振雄风？泱泱中华大国，文学刊物无数，什么《收获》、《当代》、《十月》、《人民文学》、《中国作家》、《花城》、《芙蓉》、《大家》、《钟山》，等等，竟然推不出一个可以摘取诺贝尔文学奖的作家，实在令人深思。

在净影寺的山门外，看到许多游客拿着食物喂猴子，几百只猴子立刻哗啦一声，从四壁如削的群岭诸峰跃下，轰然争抢成一团。看着那群猴子滑稽百出的神态，她转身问她的先生："你相信人类真的是由猿猴进化而来的吗？"

"不太相信。"

"那么，人类到底是从哪里来的呢？"

"根据《佛祖历代通载》、《佛祖统纪》、《华严经》和《法苑珠林》等典籍里的介绍和论述，人应该是从光音天来的。那时候的人都是化身，身体自身能发出光明，还能自由飞翔。后来因为吃了地上的水和食物，生起贪着之心，而身光消失，身体也变得粗重，再也无法飞行，所以就再也回不去了，只有留在这个地球上了。经上还说，当时日月还没有形成，世间一片黑暗，黑风吹海，漂出日月环绕须弥山腰运行，照四天下，由此形成昼夜、晦朔和四季年月。后来，人们吃了更加粗糙的食物之后，不能充分消化，有残余积在身中，由此生出了排泄的通道，形成了男女二根。情欲多的成了女人，情欲少的成了男人。由于业力所致，男女之间便生淫欲，形成夫妻关系。以后光音天来生，就都先投入母胎，从此开始有了胎生。"

"相比较而言，我更相信后一种说法。说来也真可叹息，在这个世界上有那么多的人，生不知从何而来，死不知去向哪里，稀里糊涂地在这个地方哭笑一回，争闹一回，善一回，恶一回，然后不明不白地各自散场，六处游走，善良好运的成一回神作一回仙，作恶命衰的披一回毛戴一回角，变来化去，化去变来，过一段时间，就又纷纷回到这个是非恶海中继续熬煎起来了。你说，人为什么来到这世界上？来穿衣？来吃饭？来享受？来追逐名利还是来结怨造恶的呢？”

“这可是个大问题，恐怕要用一本书都未必能说得清楚。”

第二章

东口村：济水之源

凤鸣台

上士闻道，勤而行之；中士闻道，若存若亡；下士闻道，大笑之。不笑，不足以为道。故建言有之：明道若昧，进道若退，夷道若类，上德若谷，大白若辱，广德若不足，建德若偷，质真若渝，大方无隅，大器晚成，大音希声，大象无形，道隐无名。夫唯道，善贷且成。

——《道德经》

位于河南焦作温县的东口村，南承黄河之瑞，北接太行之祥，西望老子与孔子相逢的相逢村，东邻太极拳发源地陈家沟，是一方人杰地灵、物华天宝的圣地。当年，老子辞官归隐，择善水、居善地。而天下至善至德之水，非济水莫属。济水又处畿内，老子自然要奔济水而来。济水发源于济源市王屋山西崖下太乙池，出土为泉，复伏流地下60余里至龙潭和珍珠泉复出，透迤流经温县东口，南下穿黄河至荥阳，又东北向，经原阳、巨野、寿张，打齐郡东北入海。后黄河改道，夺了济水的入海口。济水又伏流地下，造就了济南历下之泉。它清能独守，浊不可杂。德冠百谷，名光四海。被称为水中至贤，世间大善。济水进入温县，便被称为珠龙河，珠龙河宛若一条蜿蜒的巨龙一般，环绕东口村而过，村西弯出一汪池塘，池塘中满眼都是大如伞盖的荷花，青色青光，黄色黄光，白色白光，赤色赤光……

当年，喜水的老子站在珠龙河畔，感怀万端，由衷赞赏："上善若水，水利万物而不争。居善地，心善渊。惟其不争，故天下莫能与之争。"自此，美丽的珠龙河畔出现了一位长眉大耳、仙风飒然的老者，晨夕风露，阶柳庭花之间，这位老人常常伴着悠悠的珠龙河水，读书静悟，究大道，思善治，穷天理，梳理满腹经纶，构思道德文章。而后，才有了孔子见到老子之后的那句惊艳万代的由衷赞叹："变化莫测，见首不见尾，真乃神龙也"；也才有了老子到函谷关的厚积薄发，将构思成熟的《道德经》一挥而就的绝世潇洒。

更为奇妙的是，与这珠龙河紧紧相邻的，便是古今闻名的凤鸣台。据世代居住在这里的老人们说，上古时期，曾经有一只凤凰被这方神奇美丽的宝地所吸引，因而天天在此盘旋，高声鸣叫，竟引来了百鸟朝凤的奇观。所以，后来人们就把凤凰飞落的这个地方叫做"凤鸣台"。说也奇怪，这里本是一块空旷的平地，可是人站在地中央，拍手或者欢呼，便能清晰地听到"啾啾"的回音，仿佛是凤凰通过一条冥冥中的隧道，向人们发出的应和。她的神奇神妙，实在令人匪夷所思。当年，孔子在与这珠龙河、凤鸣台相隔不到6里的相逢村遇到老子，称其为真龙，老子则赞美孔子是百鸟之王的凤凰。这一龙一凤,便像有意无意之中泄露了天机一般,他们闪光的思想和智慧,就象奔腾绵延的长江与黄河一般,注定要世世代代滋养着华夏儿女。

明清时期,这东口村是水旱码头,商贾云集,曾经一度演绎着无限的辉煌。明末清初年间,这里就出了两个武状元——武德将军、后军督抚,和一个文状元——大书法家王铎,而名震一时。

时值今日,事过境迁,昔日的繁华辉煌随着岁月的变更,眼前早已变得面目皆非了。尤其是这条不知道流过了多少朝代的珠龙河,眼下早已是河道淤塞,河堤坍塌,一片萧条衰败的景象了。多少年来,它清了又浊,浊了又清。在这清清浊浊之中,不知载去了多少历史的隐衷绮怨,冲残了多少人间的智术权谋。

这天,从焦作市退休回到东口村的马海棠和几个同村的姐妹在村口散步,她们沿着珠龙河畔一路前行,经寇公桥,过泽世碑,进入村小学,刚才还谈锋正健的马海棠,立时被眼前的景象惊呆了:十多间破败不堪的教室气息奄奄地散落在一片杂草中,满眼的断瓦残垣,窗户上几乎没有一块完整的玻璃,墙上到处是大窟窿,桌子基本都快散了架……她的心被紧紧地揪住了,一种莫名的凄怆之情油然而生。她不住地感叹着说:"这里,曾经是人类文明的发祥地,是一块文化的圣地,它,不应该变成这样啊!"

"咱们捐钱把学校修修吧,孩子们太可怜了!"马海棠眼中含着热泪,心情沉重地说。

几个姐妹当中,有性情爽利外露一些的,当即热烈地应和起来。也有言语钝拙,自己不惯做主的,不免羞口羞脚地回避着话题。

然而，马海棠的这句话可不是随便说说就算了的，当晚，回到家里后，她将自己的想法郑重其事地告诉了她的丈夫。

她丈夫一听，不禁皱起了眉头。沉默了一阵之后，十分严肃地对她说："你可不能一时心血来潮啊，这可不是一件小事，重新修建一座学校，不是一点小钱就能解决得了的，资金从哪里来？再说了，以后的设计、施工，你又不懂，怎么开展工作？想法虽然不错，但，还是算了吧，行不通。"她丈夫是焦作市公路局局长，政绩赫赫，在全国的交通系统都是挂了名的。

马海棠听了，并没有灰心丧气。她十分诚挚地说："人家都说，铺路修桥办学校是积德行善的三件大事，前面的两件善事都让你干了，你也总得让我干一件吧？"

此言一出，她的丈夫没话说了，顿了顿，既表示同意，同时又略带激将地说："那好，既然这样，你就要做好吃苦的准备，到时候可别哭！"

马海棠听了这话，激动得一个晚上都辗转反侧，没有合眼。她在心里一遍遍地盘算着，规划着未来的蓝图。

第二天，她便拿出了自己多年来的积蓄，找来几个平日里十分要好的姐妹，经过大家一番群策群力地讨论、协商之后，这一善举便被以最快捷的方式向全体村民公布了出去，当下轰动全村，大家都当作一件新闻传说。同时也得到了大部分村民们的一致响应。并不富裕的村民们，在短短几天内，便自发捐款1万多元，面粉4000多斤，木材16立方米，树木1700多棵……刚开始打地基，自幼因为没上过学，而吃尽了没有文化的苦头的村民王绍生，就率领全家人"长"在了工地上，还把他家的5头大肥猪也全部贡献了出来。村民王培国夫妇当起了义务管理员，兼打扫卫生，不要任何报酬。杜鹃、牛二嫂等众姐妹们，更是一天到晚跟在马海棠的身边，跑关系，求支援，吃风沙，挨白眼……

也有一些人不理解，认为马海棠这么不顾一切地奔波忙碌，肯定有自己的私心，是为了给自己捞好处，因而多次在施工中进行阻拦作梗，断路、断电、滋事、挑衅、写恐吓信。

然而，无论遇到任何艰难险阻，马海棠都不屈不挠，一路披荆斩棘，迎难而上。当然，背地里，她是没少偷偷地流过泪的。

这天，工地上来了一个满脸油泥的老者，用他那掉了两颗门牙的大嘴对挥汗如雨的马海棠说："海棠啊，村里已经交不起电费吃不上水了，你有修学校的闲钱和闲工夫，还不如先替大家把电费交上，做事情不能没有个轻重，你自己想一想，这人，是活着重要，还是上学读书重要？"

马海棠听了，对那老者说："大爷，都重要，一样重要！"之后，快步跑回家去，把自己丈夫的工资卡取了出来，替大家交付了电费。那些从外边请来的工人们发不起工资，马海棠就悄悄把自己小女儿多年来积攒的2万多元的私房钱，拿去给工人们发工资。小女儿发现后，气得哭了几天，都要和她断绝母女关系了，她也不顾。

这天，烈日炎炎，室外气温达到40多度，马海棠的胃病犯了，她疼得在工地的石子上满地打滚，豆大的汗珠把衣服都浸透了。大家一惊非小，呼啦一下围上前来，七手八脚地把她背起来送进了医院。医生为了诊断的需要，要求她去做胃镜。她却说什么也不肯去。同来的村民们都急了，问她为什么不配合医生的决定，

孔子问礼图·清华大学美术学院 陈苏民 画

她含着泪说："万一查出来是癌症，我的精神就垮了，气就泄了，新学校就建不成了。"

一句话说得大家都掉下了眼泪。

她又强撑着说："等我们把新学校建成了，我再来做检查，到了那时候，就算查出来是什么重病，或者绝症，我也不怕了……"

众人终是拗不过她，一个个泪眼婆娑地走了。

星星之火，可以燎原。

马海棠的事迹和善举很快便得到了县、乡政府的支持和全体村民的热烈响应，这项工程很快便以政府扶持、群众集资、社会募捐等形式，筹资400多万元，历时4个月竣工完成了——建立起包括小学、初中在内的东口新时代希望学校和以群众休闲娱乐功能为主的西部乐园。

现在，走进新校园，但见满眼的红花绿柳，树影婆娑。鲜艳的国旗在蓝天下迎风招展，一幢幢两层小楼比肩而立，图书馆、实验室、体育场各种教学设施齐全，教工宿舍和生活服务设施完备，全校可容纳1000名中小学生就读，琅琅的读书声从宽敞明亮的教室里传出来，直明快到人的心坎里去了。

多少个激动、不眠的日夜，马海棠一个人徘徊在校园内外，看着孩子们终于有了一座属于自己的明亮整洁的校园，她幸福地笑了。

这年的春节没过多久，恰好赶上村委会换届选举，这时候，东口村的老百姓们联名提议，一致要求让马海棠出任村委会主任。马海棠知道了，百般推辞，无论如何都不肯答应。村民们见她不同意，就组成一支庞大的队伍，一路敲锣打鼓，来到她家门前，非让她出来参加选举。一天不同意，第二天再来，还不同意，就再三再四，接五继六地来，一连来了好几天。有几个 60 多岁的老人，见苦求不动，就一起跪在她家的大门前，说："海棠，你不当村主任，我们就跪在这里不起来！"

马海棠流着眼泪，隔着大门对他们说："我没上过几年学，文化和能耐都有限，这个担子我实在不敢挑啊！"

那些年轻人听了，也哗啦跪倒了一片。这个含着热泪说："村里交不起电费吃不上水，你把你家我们大叔的工资取出来，替全村交电费，我们大家吃的都是'海棠'水。你不当这个村主任，我们说什么也不答应。"那个说："为了修建新学校，你东奔西跑，自己省吃俭用掏腰包，差点把自己的命都搭了进去，你不当村主任，我们坚决不同意！"

实在被逼得没办法了，马海棠只好拿话搪塞，说："那好，你们都起来，让我考虑考虑。"

谁知，转天，马海棠就失踪了。村里所有的人都不知道她到哪儿去了。

这天一早，马海棠的好姐妹——杜鹃——家的门，被牛二嫂一通嘭嘭大敲，隔着窗户向里直喊："杜鹃，不好了，海棠不见了，我们到处都找不着她！"

"什么？海棠人不见了？"杜鹃为人爽利外露，有情不掩。情急之下，一骨碌从被窝里跳下地来，拔腿就往门外跑，哪里还能顾得上自己这时只穿着一件露着膀子的小背心和一条贴身的大裤衩子。

她男人见她这副模样，气得直骂："你把那大裤衩子也脱了，跑起来不是更方便?!"

杜鹃听了这话,连忙又一头扎了回来,却心急火燎得什么都找不着了。幸而她女儿黛罗灵敏,连忙飞身上前,把她日常穿的衣裤给她递了上去。

原来,马海棠被逼无奈,竟连夜偷偷跑去了在北京工作的女儿的家里。但是尽管如此,村里到了正式选举这一天,参加选举的1070个人中,马海棠就得了1040票。其中,有一位80多岁的老村民王宝堂,大字不识一个,却为了能在选票上亲自写上"马海棠"三个字,早早地就请人教他在家里整整练习了三天三夜。

当马海棠再次回到东口村时,她才知道自己这回是无论如何也躲不过去了,民意不可违啊。

那就干吧,实实在在为老百姓做点事吧。

上任伊始,马海棠开始着手整个东口村的规划和建设。在搞好村内规划建设的同时,她四处求贤,先后几次组织村民到周边的先进村镇参观学习,又相继邀请来在群众中颇有威信的全国人大代表到村里演讲,为当地群众传经送宝,使他们深受启发触动。一时间,"忙人马大姐"成了村民们送给她的亲昵绰号。这又给了她很大的信心。为了让村民们到外面去长见识,她多次自己掏腰包,带着大家到深圳、鄢陵等地考察花卉苗木种植和加工业。

这些老实巴交的村民们,平时几乎都没有出过远门,有的人大半辈子都没有离开过东口村一步。他们既没坐过火车,更没有住过宾馆。一路上闹出了不少的洋相。牛二嫂在火车上去厕所,进去后却不知道如何使用插销,就用一条腿顶着门,来人了,她就在里面大叫一声"有人!"

他们中，绝大部分人都是第一次住宾馆，走的时候，就把毛巾等东西也都一起带走了。结果，结账的时候，钱都被扣了进去，他们心疼得要死，气愤不已地要回去和宾馆的服务人员理论。马海棠只好告诉他们，宾馆里的东西是不能随便乱拿的，你拿了人家的东西，人家当然是要收费的了。结果，等再住宾馆的时候，很多人连被子都不敢从柜子里拿出来盖了，一个个被空调狠狠地吹了一整夜，第二天，好几个人都淌着清鼻水。更让人啼笑皆非的是，到了深圳公园，几个身强力壮的汉子争抢着在印第安人的塑像下面照相，其中一人，因为手没有抓挠处，就一把扑上去，狠狠地抓住那雕像的生殖器，结果，竟把那个地方给抓活动了，又被公园的管理人员以"随意破坏公共设施"而罚款……

然而，让马海棠欣慰的是，这些村民们，在外面看了一圈，长了见识，回来后，都自觉地开始了农业结构调整，热火朝天地投身于全新的建设中去了。很快，全村三分之一的耕地被建成了花卉苗木基地，农户们大都有了自己的苗圃……

转眼，已是5年之后。

今日的东口村到处都是一派繁荣明媚的景象：

世界养生度假村一带，合欢树开出硕大美丽的花朵，晕出绯红一片，似一群含羞的少女，腼腆的新娘。国槐傲岸孤标，树冠浓密如云，远远望去，如同团团墨绿的浓云铺展在半空中。五角枫花色浓艳，风姿绰约。红瑞碧叶如带，芳花似杯。千瓣莲的花瓣富丽繁多，芳香匝地。杜仲疏被柔毛，雌雄异株，花叶同时开放。火棘球绮丽多姿，萌发力强。举世闻名的猴面包树虬屈无端，绮彀槎枒，它们不但是动物们的食物来源，而且还是世界上最粗的药用树。那边的名人书院，也早已是人头攒动，不见闲地。江南水乡生态园内，花雨纷披，百蕊争荣。珠龙风情古街，桃红似火，胜景如画，看不尽的花香迎人影，无边春色来天地。新戏楼珠龙凤台歌声戛玉，点缀天然。老子文化城、招贤镇、祥云镇、武德镇，更是满眼的韶光竞秀，瑞彩迎眸。

在这一派繁荣热闹之中，东口村迎来了一批从北京来的贵宾。贵宾中有一位名叫南宫元宸的年轻人，他的身份非同小可。他本人是南宫敬叔——就是那位曾与孔子一同向老子问礼之人——的后裔，他的外公曾经是河南省前任高官，父母亲现在均在北京政界任职。他本人毕业于北师大历史系，后到哈佛大学商学院读 MBA，毕业后进入全球咨询业巨头——麦肯锡，被周围的人喻为“衔着金钥匙出生的人”。

然而，人的命运很是不可思议，南宫元宸后来选择了慈善事业。他亲身感受到别人的苦难，还是那次去西藏的经历，他和朋友们颠簸了几日几夜，到了一个再也不能开车前行、只能骑马的地方，于是，他们又骑了整整几天几夜的马，才终于到达目的地——一个名叫拉拓的村庄。当时他非常震惊，因为，举目四顾，满眼只有贫穷和衰败。最后，他被朋友带进一个相对宽敞些的帐篷，见到一个满脸皱纹的老妇蹲在地上忙碌着，她脸上的皱纹纵横交错，双手非常粗糙。如果不是朋友告诉他，他根本就无法相信，这位看上去苍老不堪的妇人，竟然就是朋友的还不到 50 岁的母亲。在那个不到十几平米的帐篷里，住着六七口人，里面的空气令人窒息。几个男孩子身上的衣服，都是破烂不堪，且乌油油的分辨不出颜色。两个年龄稍小一些的女孩子,正在床上争抢一条裤子,一个抢过去穿上了,另一个就只得蜷缩在被子里,眼巴巴地等着。并且,那盖的被子听朋友说还是政府发放的救济品……就餐时分,那个蜷缩在被子里的,像一根火柴棍一样的小女孩,趁着众人不备,一把抓起几包他们随身带回来的简易洗发液,就没命地大吞大嚼起来。等他们发现赶上去制止时,女孩子的羞耻心让她再也煞不住了,她惊恐万状地扑到妈妈怀里,犯病似的放声大哭起来,直哭得满脸满嘴都是泡沫……

那一刻,南宫元宸的心被一种说不清的东西搅得粉碎。

从此,他作出了一个让他改变一生的决定:从事慈善事业,帮助那些受苦受难的人们。

半年前,他就和这东口村结下了不解之缘,他一来到这里,立刻就被这方神奇美丽的土地深深地迷住了。他觉得,这里是他有生以来,所见到过的最美丽,同时也是最具文化底蕴的村庄。因而,不但他自己多次捐助了这里,他还把自己很多的,具有非常强大实力的朋友们也都陆续介绍到这里来投资。今天,同他一起来的,是他曾经的大学同学,享誉文坛的著名才子东方樱西。

第三章

珠龙河：浪漫的初逢

我问佛：为何不给所有女子羞花闭月容颜？

佛曰：那只是昙花一现，用来蒙蔽世俗的眼，

没有什么美可以抵过一颗纯净仁爱的心，

我把它赐给每一个女子，可有人让她蒙上了灰。

——仓央嘉措

东方樱西本是一个满腹经纶的才子，他曾经一度抱着“文以救世”的崇高愿望，希望通过自己手中的笔，为社会除残去秽，定乱扶衰。然而，在这样一个举国言商、人人争利的年代，他的这种理想显然与现实社会格格不入。有一段时间，他甚至就已经到了处处碰壁的境地。理想和生存，使他时时都处在一种巨大的矛盾之中，难以自拔。慢慢的，他感觉自己的理想、精神，不得不屈居于后了。这种现象让他恐慌不已，而这种恐慌总是有增无减，且越来越厉害。

最近，他常常无可奈何地，犯病似的反复叹息着说：

莘莘学子苦煎熬，只说书中有金宝。
经史未能治现世，奋然下海弄商潮！

因而，他便被南宫元宸怂恿到东口来了。南宫元宸的目的很明确，他不希望这个大才子从此真的弃文从商，在他看来，那简直就是暴殄天物。他希望能借助东口这方人类文明的发祥地，再次唤醒老同学那天然的才性。

他们的到来，引起村里一阵不小的骚动。村民们大多都已经和南宫元宸十分熟识了，他们对这位英俊异常同时又心慈面善且能力非凡的年轻人抱有十分的好感和敬意。这时，纷纷涌上前来，热情地和他打招呼、攀谈着。

年轻一些的姑娘们，就在一旁吃吃地笑着。南宫元宸第一次来到东口，就轰动了全村。当时，大家议论纷纷、交口称赞，一致说，从来都没有见过像他这么漂亮的男人，一个男人，怎么能漂亮成这个样子呢？

因而引得村里那位相术高超的相士特特地跟在他身边研究了几日，最后给出的结论是：面如满月，五岳相朝，神足生威。远观不怒而自威，近观沉静而神敛。是个至富至贵的上上好相。

而现在，再看看站在他身边的东方樱西，其神俊光彩，似乎更在南宫元宸之上，大家简直都要看傻了，不觉纷纷纳罕叹奇。

不一时，马海棠也在几个妇女的簇拥下，笑声朗朗地迎上前来。

南宫元宸一面爽朗地和她打着招呼，一面说："马村长，今天我给东口带来一位大才子，"说着话，向她引荐了身边的东方樱西，"我的大学同学东方樱西，他可是位文名震耳的人物，一支如椽巨笔实在了得！一会儿，我陪他到处去看看，将来，让他好好写一写这块文化圣地！"马海棠一见眼前这位年轻人眉分八彩，凤眼龙睛，五柱入顶，贵骨满面。大是欢喜，连声说："欢迎欢迎，如果真是那样，那可就太好了！我说今天一早，一群喜鹊叽叽喳喳总是叫个不停，几十只小燕子来来回回在我家大门口盘旋，到现在都还没有离去，原来，预兆的是这件好事！"

说得大家轰然而笑。东方樱西看了看面前这位女村官，只见她 50 岁上下的年纪，皮肤晒得黝黑，一脸的热情憨厚，额头上、脖子里满是汗水，大约是刚从地里赶过来的。又见她说话行动，亲切得就像一个邻家大婶，笑起来，甚至有些傻得可爱，不觉把先前的戒备心全都抛在了一边。他早在来这里之前，耳朵里就早已灌满了"马海棠，珠龙河，凤鸣台，老子文化城，相逢村，寇公桥，水旱码头"这些名字，但是，他感兴趣的，仅仅只是那些地名。他本人对官场的人无论大小，一向都是敬而远之的。

所以，尽管一直以来，南宫元宸再三在他面前称赞这位"忙人马大姐"为人是多么的好，甚至，简直就是一个在世的活菩萨，他也总是心不在焉地应和着，内心深处却不改初衷。可是，现在，他看着面前的马海棠，虽然只是短短的一个照面，他也忽然觉得，自己似乎应该改变以往的那些看法了。

这工夫，他们随身的行李早被司机轻车熟路地拎到世界养生度假村里去了。南宫元宸和马海棠谈论了一阵目前东口招商引资的话题，不住点着头说："好啊，目前招商引资硕果累累，形势一片大好，真正惠及了东口百姓啊！"又说，"马村长你们先去忙吧，我现在要带这位大才子到处看看，让他好好感受一下东口的无穷魅力！"

马海棠笑呵呵地说："那好，你们先去转，转累了，也别到别处去吃，还到我家来，我还给你们做捞面条吃。"

"太好了，又是总统级的待遇啊！一言为定！"南宫元宸显得异常兴奋。

马海棠憨厚地一笑："那不敢，只要你们不嫌农家小院的粗茶淡饭就行。"

南宫元宸向她一再抱拳致谢，便和东方樱西一径向前行去。

他们先后经珠龙风情古街，过江南水乡生态园，谒太清观，进名人书院，入和谐公园，拜和谐宝鼎——两尊高高屹立在半空中的青铜鼎分别是"世纪宝鼎"和"东口宝鼎"，它们是中华民族悠久历史和灿烂文化的代表礼器，也是世界艺术的瑰宝。这两尊青铜宝鼎，便是在南宫元宸的至交好友邵辉的策划、推动之下，由号称中国"鼎王"的卢银涛最终构想设计完成的。1995 年 10 月，原"世纪宝鼎"作为国礼送往联合国，庆祝联合国诞辰 50 周年。原宝鼎安放在联合国纽约总部大厦北花园的东河旁，已经成为我国在国际上崇高形象的象征。面前这尊新世纪宝鼎，是卢银涛先生根据原宝鼎的设计图样放大的，宝鼎原高两米一，象征的是 21 世纪；现在的新鼎高五米六，直径约三米六，上铸 56 条夔龙，意寓华夏 56 个民族和谐一心。另一尊东口宝鼎高五米六，中鼎为圆形，重约 9 吨。鼎颈居中，上纹有和谐的饕餮纹，两旁装有吉祥欢舞

凤鸣台：老子悟道的地方，位于河南省温县东口村。

的夔龙和冠凤，具有阴阳平衡、天人和谐之意。鼎的底部为水云纹，象征水与天空。鼎腹有象征绿色的垂叶纹，页面中饰有蝉纹，纹饰象征着国家安稳，人民康宁。双鼎皆有高耸的双耳，分别饰有“福、禄、财、喜、寿”纹，象征着和谐美满。两尊巍巍宝鼎落户东口，为这里开启了一扇“让世界了解东口，让东口走向世界”的希望之窗！

之后，二人一路说笑着向着珠龙河而去。

这时的珠龙河宛若一颗最耀眼的明珠，眉眼盈盈地翘楚在全东口最惹眼之处。两岸风光旖旎，河房栉比。河面水波潋滟，那种翡翠一样的澄绿，在金色阳光的辉耀下，闪着动人心魂的粼粼绿波。河中央的小岛上，山桃数株，鲜红欲滴，乳燕飞鸣枝头，下有野凫嬉戏水中。一阵微风吹来，幽篁飘舞，柳叶翻飞。一只黑尾白颈海鸥从天而降，一个漂亮的收翅俯冲，扑向水面，转眼间，便有食物咄咄翻滚在它鲜红的嘴尖。眨眼的工夫，它已展翅飞向半空中，最后，飞落在一片秀竹林上，将嘴里的食物送进了身旁那只红嘴黄脚的海鸥的嘴里……

东方樱西心潮激荡，感怀万千。他在这条圣人河畔走来走去，走去走来，由衷赞道：“惚兮恍兮，其中有象；恍兮惚兮，其中有物；窈兮冥兮，其中有精；其精甚真，其中有信。自古及今，其名不去……”

“怎么样，是不是再遇到一个抚琴或者吟诗的佳人，你简直就是一个穿越了时空，回到古代世界里去的风流才子了？”南宫元宸不无得意地看着他，半是调侃半认真地问道。

这时，他们听到一阵清脆的笑声，紧接着，便有一个温柔的声音响起:“快看快看,它又抓上来一条!”

另一个接着嚷道:“啊,它又喂给它了！哈哈,我猜这只殷勤的家伙一定是只雄海鸥。”

又一个声音大笑着说:“那可不一定,这动物们也随人！你看现在的那些男人们懒得那个样,女人们从早到晚,忙完外边忙家里,放下锄头拿扫帚,而那些男人们呢,每天除了吃饭就是睡觉,再不就是凑在一起说大话吹牛!”

东方樱西和南宫元宸听了这番议论,不觉相视一笑,连忙又循声望去。原来,是三个年轻的女孩子,就在离他们不远的地方,只是依稀被一片桃竹林遮挡住了。

这时,只听一阵叹息声过后,其中的两个女孩子拍着手一起唱了起来:

勤大嫂,起得早,前院后院齐打扫。
桌椅板凳抹净了,娃娃穿上大红袄。
牛羊猪狗都喂饱,瓮里没水自己挑。
纺线车子转得欢,抽空也纺三两三。
进机子,坐中间,手麻利,眼窝尖,
脚一踏,手一扳,旮里旮旯都动弹。
不起节,不生斑,一天能织两丈三。
论扎花,赛天仙,能扎凤凰戏牡丹;
扎的莲花刚出水,扎的牵牛扯蔓蔓;
扎的石榴张嘴笑,扎的竹子忽闪闪;
扎的百花招蜂采,扎的葡萄挂串串……

东方樱西和南宫元宸听着听着，不觉笑出了声。桃竹林里的声音立刻中断了，不一时，三个年轻的姑娘先后从那林中走了出来。一见到南宫元宸，那两个脸上明显有着忿相的女孩立刻转怒为喜地笑了起来，异口同声地说："原来是南宫老师啊，您什么时候到的？"

南宫元宸似乎有些吃惊，但很快便又满面温和地向她们问道："怎么，你们都认识我吗？"

"那当然，半年前，投资江南水乡农业生态园和节水器项目时，您不是给我们全村人讲过话的吗？"说话的姑娘肤呈麦色，青粉色的T恤洒落地罩着下面的乳白色七分裤，整个人显得充满了青春活力。

接着，她自我介绍，说她名叫郝中，她旁边那个健硕黝黑的女孩偏偏叫个"娇唯"，话音未落，引得南宫元宸哈哈大笑起来："好啊，史上有四大名琴，蔡邕的'焦尾'，齐桓公的'号钟'，楚庄王的'绕梁'，司马相如的'绿绮'，你们就占去了两个，那么，你们身后的那个朋友，她是叫'绕梁'，还是叫'绿绮'呢？"

郝中和娇唯哧哧傻笑一阵，不知如何应对。后来还是娇唯说了一句："她叫黛罗，秦黛罗。五台山'黛罗顶'的那个'黛罗'。"

南宫元宸和东方樱西举目向那个名叫秦黛罗的姑娘看时，只觉得眼前被晃了一下。定睛再看，只见这女孩子生得蛾眉宛转，凤眼流慧，丰姿若神。身穿一件墨绿色的绸裙，裙底晕出绯红一片，像一片彩云般裹住了她。再看时，又是另外一种好处，真是花不足以拟其色，蕊羞堪以状其容！

二人不觉怔了一下，各自的心中竟都有一种说不上来的异样的感觉。

后来，还是南宫元宸首先回过神来，将目光重新又转向了郝中，说："你们刚才说的那个什么秦大嫂还是李大嫂的段子很好听，应该还没说完吧？再接着把它说完怎么样？"

郝中娇憨地笑了一下，便与那娇唯互相推让起来。正是相持不下之际，忽然一眼看见河那边远远地走来了村里的快板王——王宝根，二人顿时像是见了救命稻草一般，一起飞奔上前，将他抓了过来。

王宝根听明来由，便当地站定，从腰间取出一对儿竹板来，双手齐运，从头至尾，字正腔圆地唱了起来：

石榴树，开红花，勤大嫂，人人夸。
勤大嫂，起得早，前院后院齐打扫。
桌椅板凳抹净了，娃娃穿上大红袄。
牛羊猪狗都喂饱，瓮里没水自己挑。
纺线车子转得欢，抽空也纺三两三。
进机子，坐中间，手麻利，眼窝尖，
脚一踏，手一扳，旮里旮旯都动弹。
不起节，不生斑，一天能织两丈三。
论扎花，赛天仙，能扎凤凰戏牡丹；
扎的莲花刚出水，扎的牵牛扯蔓蔓；
扎的石榴张嘴笑，扎的竹子忽闪闪；
扎的百花招蜂采，扎的葡萄挂串串；

扎的狮子大张口，扎的老虎坡上吼；
扎的喜鹊报平安，扎的老鹰嘴巴弯；
扎的鸳鸯双戏水，扎的鹌鹑嘴能鸽；
扎的蛐蛐咬得欢，扎的螃蟹趌趌走，
扎的猴娃能上杆，扎的寿桃红又大！
进厨房，不怠慢，煎炸爆炒都能干。
蒸的馍馍虚又软，蒸的油塌提串串；
烙的锅盔像锅盖，炸的油糕糖罐罐；
打的搅团夹疙瘩，漏的鱼儿盆里氽。
最拿手，是擀面，两手推，杆杖转，
杆成纸，切成线，下到锅里莲花转。
油盐酱醋红辣子，鸡蛋絮絮飘上边。
客人来了最爱吃，一吃吃下八碗半。
本来客人还想吃，感觉裤带就要断；
客人吃了这个面，一夸夸过孟阳县；
七个州、八个县，沟沟渠渠都夸遍！

大家听了，齐声喝彩，只有秦黛罗嫣然一笑，温柔贞静得就像是从古代世界里走出来的一个深闺佳人一般。

东方樱西望着她，心头不禁涌上一种说不清的缠绵之意。

南宫元宸由衷赞道："这个姓秦的大嫂真是好啊，你们这里，真有这么一个秦大嫂吗？"

郝中、娇唯、王宝根一起轰笑了。娇唯憨声憨气地说："这是我们这里的一个民谣，这个'勤大嫂'是勤劳的勤，不是我们黛罗姓的那个秦！”

“哦？”南宫元宸自觉不自觉之中又把秦黛罗看了一眼，正要说什么，那边有人走了过来，招呼着说：“马村长说饭做好了，请两位老师先回去吃饭呢！”

二人一见如此，甚感意犹未尽，然而也只有眼睁睁告辞，无奈别去。

几个人来到马海棠家，刚好马海棠的丈夫姚天恩也闻讯特地从焦作赶了回来。他现在已经是焦作市市长助理了，一见到南宫元宸就笑哈哈地说：“你的气场总是这么大，你一来，我不管在哪，都得立刻赶回东口来！”

南宫元宸笑呵呵地叫了声“姚兄”，给他和东方樱西互相做了介绍。姚天恩握着东方樱西的手，上上下下打量了一番，由衷赞道：“哎呀，樱西兄弟可真是神采英俊，威仪赫赫啊！有你和元宸往这里一站，我们中国上下五千年的那些帅哥美男子们就都要黯然失色了，哈哈，我这小院是何其有幸啊！”

说笑间，院子里的那张小桌子上已经陆续摆上了各样小菜：凉拌黑木耳、炒滑怀山药、油淋茄子、拍黄瓜，最具特色的是那道柴火烤双椒——青红双色，品相不俗，色香味俱全。它的原料讲究，烹制独到——现从果实累累的辣椒树上摘一把新鲜的朝天椒和七星椒，洗净用竹签串了，放在柴火上烤至半熟，再到花椒树上摘一串活泼泼的鲜花椒，剥上两个老蒜，先过油，后焖锅，一并放入小砂钵……立时，烧烤双椒的香味，和着老蒜和新花椒的浓郁气息破钵而出，弥漫到院子里的每一个角落。引得大家纷涌围上桌来，夹上一口，鲜辣适中，香鲜入髓。

不一时，拿手的捞面条也莲花转儿一般地被端了上来。

南宫元宸也不客气，自顾端起一碗面来呼呼大吃，一会儿就吃了个底朝天。

马海棠在一旁笑哈哈地和她家的保姆说："人家南宫老师的性格、脾气可真好，每次来咱家，咱吃什么人家就吃什么，从来都不挑三拣四！"

南宫元宸笑呵呵地说："您每次都给我这么高的待遇，我还挑什么挑啊，"说着话，忽然想起刚才在珠龙河畔听到的那个《勤大嫂》的段子来，就以半生不熟的河南话，学着王宝根唱了起来："石榴树，开红花，勤大嫂，人人夸。勤大嫂，起得早，前院后院齐打扫！最拿手，是擀面，两手推，杆杖转，杆成纸，切成线，下到锅里莲花转。油盐酱醋红辣子，鸡蛋絮絮飘上边。客人来了最爱吃，一吃吃下八碗半。本来客人还想吃，感觉裤带就要断……"

众人一见他这般活泼有趣，不觉哄然大笑，眼泪都笑出来了。

姚天恩煞是吃惊地问他："咦？你这是啥时候学会这个的？"

南宫元宸和东方樱西交换了一个视线，笑着说："刚才在珠龙河边遇到了三个可爱的姑娘，她们把你们的快板王给我们捉了来表演，我就跟着学会了。"

话音未落，立刻响起一片"噫！噫！"之声，姚天恩夫妇交口称赞："噫！这南宫老师的记性可真好，听一遍就记住了？噫！真不愧是哈佛大学里出来的高材生！"

接下来，姚天恩也不甘落后，接连给他们讲起了当地的趣闻，引得哄笑声不断。饭后，大家又一起走进西屋去看姚天恩那位

96 岁的老母亲。之前,东方樱西一直都是待在院子里的。院子里明亮宽敞,空气大好,满眼又都是迫人眉睫的花树,因而他以为这小院里的每一间屋子里都一定是富贵迎眸的,然而现在他走进房间才发现里面居然布置得十分朴素。

老太太见来了客人,那张布满皱纹的脸上就忍不住激动起来。连声问自己的儿子和媳妇:“他们是从哪里来的?住下了没有,吃过饭了没有?”

马海棠附在她的耳边大声地一一告诉了她,东方樱西这才知道老太太的听力很差。他和南宫元宸纷纷上前向她见过礼,说了一阵话之后,老太太又重新问起了刚才的话题:“海棠,他们是从哪里来的?住下了没有,吃过饭了没有?”

东方樱西这才知道,老太太因为上了年纪,神智不是太清晰了。

又彼此说了一会儿闲话,老太太竟忍不住要展才显学了,首先自告奋勇地给大家唱了一段最原始的《东方红》,虽然,因为嘴巴里没剩下几颗牙齿的缘故,调子唱得有些跑偏,可是,那一句句深情无限的“东方红,太阳升,中国出了个毛泽东,他为人民谋生存,呼儿嗨呀,他是人民大救星……”唱得人眼中直泛酸,而这个时候,老太太的记忆力似乎又特别的好。从头至尾,竟没有一句词是唱颠倒凌乱了的,让人惊讶之余,面前不禁又浮现出那个穿着破旧的棉大衣,丰姿英伟的毛委员究竟是多么的深入人心了!

老太太唱罢,赢得了一阵热烈的喝彩。不一时,她又拍着巴掌唱了起来:

嘻嘻嘻，哈哈哈，

哥哥不去妹妹家！

南宫元宸不禁疑惑地转头去问姚天恩："哥哥不去妹妹家？干什么哥哥不去妹妹家？哥哥怎么不能去妹妹家呢？"

姚天恩哈哈笑着说："这是我们这里的民谣，这里的'哥哥'，指的是姐夫。"

南宫元宸简直要笑歪了："啊？'哥哥'是姐夫？姐夫就姐夫吧，干嘛又叫哥哥？说都说不清楚了！"

众人闻声，再次哄堂大笑。

马海棠说："南宫老师你这么幽默，人又这么好，将来，就在我们东口找一个媳妇吧！"

南宫元宸笑道："那就照着勤大嫂那样的给我找一个！"说这话时，他心里居然蓦地撞进了秦黛罗的倩影。这让他有一种说不出来的异样的感觉。

大家再次笑了起来。老太太一听到"勤大嫂"三个字，立刻又拍着巴掌唱了起来："勤大嫂，起得早，勤大嫂，勤大嫂……"最后，眨巴着眼睛，唱不下去了。

姚天恩低下头去，拍着她瘦弱的双肩，安抚了一阵，接着就把保姆喊了进来，让她陪着老太太说话，他招呼着大家出去了。

出得门来，东方樱西特意留心把院子里其他各处的屋子也都看了看，怎奈，正值烈日炎炎，玻璃窗户反光极是强烈，根本看不清楚里面的摆设格局。不过，从各个屋子的外观来看，似乎都与老太太住的那间屋子无所差别。

来到院子中央刚坐定，姚天恩便喜不可抑地问南宫元宸都带东方樱西看了哪里，南宫元宸便把他们看过的地方都说了一遍。姚天恩听了，便决定要带他们到村民家中去看古画。南宫元宸顿时情绪高涨起来，连忙向东方樱西介绍说："你要大饱眼福了！在这东口村，你随便走进哪一户人家，他们都会有几件祖上流传下来的宝物让你惊叹不已！"文革"期间，这里的一个老大娘竟用王铎的书法作品蒸了三锅馍，人称她烧了一座城。"

东方樱西大为吃惊，连忙问："啊？真的吗？"

姚天恩接过话头说："是真的。她家祖上曾经是王铎的房东，王铎大量的书法作品都留存在她家。"文革"期间，她怕被清查出来，就把那几百幅价值连城的作品都付之一炬——全部用来当柴火烧了，竟然整整蒸熟了三锅馍……"

东方樱西听了，不禁跌足大叹，连声说："可惜，实在太可惜了！"

大家即将走出院门时，姚天恩忽然又转回身来叫了声："马村长，"，引得大家都哄笑了一回，他才说："晚上组织大家在凤鸣台搞个小型晚会，让樱西老弟看看我们东口百姓的才艺！"

马海棠愉快地答应说："好，我这就去通知大伙。"

第四章

凤鸣台：西风惊绿

这么静
比诵经声
还静
我骑上我的白鹿
白鹿踏着
尚未落地的雪花
轻如幻影
本来是去远山拾梦
却惊醒了
梦中的你

——仓央嘉措

这天的夕阳简直大得惊人。

有幸看到它的人都连声惊呼："奇迹！神瑞！"

凤鸣台的四周，一派瑞彩济济、红紫迎人的景象。东方樱西早已赶在众人来到之前，在南宫元宸的示范下，亲自站在那方神异的平地中央，反复拍手欢呼，验证着传闻的真假。当他果真清晰地听到那"啾啾"的回音，仿佛是上古时期的那只凤凰通过一条冥冥中的隧道向他发出回应之时，他的内心顿时被一种浓浓的缠绵之意紧紧地裹住了。

不一时，凤鸣台前就陆续站满了人。

在马海棠的招呼下，大家很快便把随手带来的桌椅板凳顺序摆好，推举出两个口才好的群众做主持，一切就绪。首先登场表演的是当地的奇人绝活——只见一个全副武装的白衣少年表演了一套螳螂拳，身法灵巧猛健，闪展腾挪，既快又劲，带得树梢上的枝叶猎猎飞舞。看得观众眼花缭乱，目不暇接。一会儿，又上来两个武僧装扮的少年，目如闪电，身轻如燕。一阵少林棍舞得呼呼生风，棍法密集。这时一物忽然自远而近，破空而至。众人顿时把眼睛溜圆，却是一个威武凛烈的黑衣少年，手中的流星锤打得凌厉霸道，如同惊涛裂岸。眨眼的工夫，那棍锤就噼噼啪啪地打在了一处，招数凌厉凶悍，变幻多端，攻的如惊浪雷奔，霹雳交加，守的却也似佛祖翻掌扑化下来的一座五行山，生根合缝，难以摇挣。

众人看得目眩神驰，掌声不绝。

接下来，刚从地里赶过来的李石榴上场来唱了一段河南曲剧《香魂女》，她的嗓音清脆圆润，音质坚实柔韧，赢得满堂喝彩。紧跟着，王菊玲唱了一曲著名的《朝阳沟》选段，她的唱腔结构严谨，技巧娴熟，有板有眼，已经完全达到了那些专业艺术家们的水平。以至于东方樱西和南宫元宸都难以置信，她们竟从来没有受到过专业培训，完全是靠着自学成材的。

接下来，故事大王王绍生被主持人叫到了名字。他推辞了几回，没能推脱。上得场来，略有些难为情地说："这要在平时，一口气给你们说几十个也不在话下，可是，今天，当着两位北京来的大知识分子……"

人群中顿时哄笑起来："咋？你肚子里的那些故事见了大知识分子，就全都吓没了？"

王绍生赧颜道："可也是，不过，既然站在这里了，那我就当着两位大知识分子的面，给大家说一说这没有文化的人，闹出来的笑话。这是我本人的一个笑话。"

这时，已经有人发出了哄笑。

王绍生顿了顿，讲道："我小的时候家里条件不好，只上了几年小学，本来就没认得几个字，时间一长，学的那点字也就差不多又都还给老师了。有一年，赶上我父亲过50岁生日，我不能赶回老家去看他，就琢磨着到邮局给他汇点钱回去表表孝心，我父亲的名字叫王邦郎，我本来就不记得多少字，那个'邦'的笔画又多，我写了半天，好不容易才写完，可没想到，邮递员一看我的汇款单，马上皱着眉头问我，'你这到底是往国内汇还是往日本汇呢？'我说，我当然是往国内汇了。他一听，生气了，又问我'你既然往国内汇，那么，收款人为什么是日本人的名字呢？'我问他怎么是日本人的名字呢？他说，你写的是'王平13郎'难道不是日本人的名字吗？我拿过来一看，原来我把'邦'的左边那半没写出头，右边的'耳朵'又写得分了家，可不就写成了'王平13郎！'了！"

人群中顿时笑得一片前仰后合。

接着，快板王王宝根登场，他挥动着手里的快板正要表演，人群中的姚天恩忽然福至心灵地喊了一声："等等，你不知道，人家南宫老师上午在珠龙河听你说了一回《勤大嫂》，就都记下来了，看看这记性了得了不得！"又说，"现在，咱们让南宫老师上去和王宝根合说一段《勤大嫂》，怎么样？"

人群中顿时掌声如雷，轰然叫好。

南宫元宸一再力辞，奈何推托不过，只得走上场去，向人群中一再抱拳致意。之后，他和王宝根商量了一下，二人便你来我往地说了起来。南宫元宸对这个段子里的词本来就不是很熟，河南话又说得不是很地道，所以处处配合得滑稽百出，引得大家哄笑不绝，掌声不断。幸而他人生得丰神俊逸，潇洒出奇，又灵活而富于机变，所以这时看上去，不但不显得尴尬可笑，反而越发显得本真可爱，底蕴无穷了。

等他表演完，走下场时，观众们全都笑倒了，姚天恩和马海棠笑得呼哧呼哧的，想和他说话，却一个字都说不出来了。

南宫元宸这时一眼瞅准了东方樱西，说什么也不肯放过他，一再力荐，非让他也上去给大家表演一个节目不可。

东方樱西被局不过，在众人的一片轰然喝彩声中走上场去，由衷感叹地说："我也没有什么其他的特长，既然来到老子的悟道地，那么，我就为大家背诵一段《道德经》吧。"

话音未落，人群中便又有人一片声地叫嚷起来："好啊，这位老师能背诵《道德经》，我们的黛罗能双手用梅花篆字写《道德经》！正好，让他们也合作一回！"

南宫元宸画像·清华大学美术学院 陈斌 画

东方樱西和南宫元宸听到“黛罗”两个字时，心中同时一惊，眼前双双浮现出一个楚楚娟丽的倩影来，都暗暗地想：“莫非是她？”

在一片热烈的掌声中，他们看到的果然是那个丰姿若神、面如桃蕊的深闺佳人款款走了出来，她依旧是一脸的温柔贞静。见到她，东方樱西顿觉心意洞开，微笑着向她点了点头，轻声问了句：“你对哪一章节比较熟？”

秦黛罗说：“都一样。”

东方樱西的心中又是一震，暗暗揣度着这三个字的分量。他知道，自己遇到的是一位非凡的才女了。他看着她轻盈地走到那张早已备好了笔墨的桌子前，亲拂纸砚，执笔待发，便再次向她微笑着致意，说：“老子喜欢水，我就背一段他赞美水的文字吧。”

秦黛罗从容而笑，两只手已经向那砚里同时饱蘸浓墨。

东方樱西便洒落有致地背诵起来：“大道泛兮，其可左右。万物恃之以生而不辞，功成而不有。衣养万物而不为主，可名于小。万物归焉而不为主，可名为大。以其终不自为大，故能成其大……”

期间，只听得掌声震耳，喝彩如雷。当他再次凝眸去看秦黛罗时，只见她双手齐运，手中之笔风神咄咄，忽而如龙腾凤翥，倏忽间又似有雷霆万钧之势……最后，在一片近乎沸腾的欢呼声中，郝中和娇唯一起跑了上来，将她刚刚完成的整幅作品拿起来，分别向着不同方向的观众们展示着。在一片轰然的叫好声中，东方樱西真切地看到了这幅作品，那上面的字，缥缈奇变，洒丽卓荦，远看是花，近观是字，花中有字，字里藏花，花字一体，穷极精奥,巧与妙合,如有神助!

不仅是东方樱西,就连人群中的南宫元宸也都看得傻住了。

“如此才女,真是失敬失敬!”南宫元宸心里想着,嘴里就跟着冒了出来。

马海棠听了,笑着说:“是啊,黛罗这孩子从小就灵得出奇,不管什么事,只要她喜欢,那是一点就通,一学就会。书法我不太懂,反正听那些从大地方来的内行人说,她比很多专业书法家们写得还要好。不但写字,服装裁剪,唱歌拉琴,她样样都拿得起来,你看她身上穿的那条裙子漂亮不漂亮?那是她自己做的呢!”

姚天恩在一旁听了,就笑着向人群里直喊:“王绍生,王绍生在哪儿呢?”

王绍生闻声赶上前来,应了一声,又问:“啥事?”

姚天恩说:“你再上去给大伙讲一讲那个‘当代草圣’和‘当代草包’的故事。”

王绍生一听,抬眼看了看场上的秦黛罗,见她和东方樱西还没有走下来,便喜笑颜开地就地站定了说道:“哎呀,说起这件事来,那真是笑死人!前年,有个自称是‘当代草圣’的书法家到焦作开书法作品研讨会,我们当地那些学书法的人一见人家来头这么大,就都去向他求字。好家伙,真是不看不知道,人家写字的时候,一边写,一边大声号叫,没等写完一幅字,那手里的毛笔就呲成了一朵花!那架势,别说我们当地人没见过,就连听都没听说过!当时,黛罗也在场看他表演,不过,黛罗是咋形容他的来?”说着话,他把眼盯住了秦黛罗,又说,“黛罗说的话,用词太雅,我学不来。”

众人轰然笑了起来,秦黛罗身边的郝中说:“黛罗说他运笔毫无半点章法矩度,写得是‘真如倒,行如躺’,草书更是‘龙无角,蛇添足,明续暗断,筋节涣散’,简直就是胡写乱抹,不成体统!”

“对对对,就是这个话!”王绍生接过来又说,“我们当地那些看热闹的听了黛罗的话,就说,那他这个水平,哪里还能算是当代草圣?是个当代的草包还差不多!结果第二天,召开书法作品研讨会的时候,新闻媒体来了几十家,也不知是谁,早把主席台上的‘当代草圣’的‘圣’,换成了一个‘包’字。出席会议的200多个人,居然没一个人发现,等开完了会,工作人员收拾会场的时候,才发现了。大家差点没笑死,说,忙了大半天,竟给一个‘当代草包’开了一场大会!”

人群中顿时又爆发出一阵此起彼伏的笑声。

东方樱西这一次没有笑,他在心里暗暗回味着刚才郝中学着黛罗说的那句“‘真如倒,行如躺’,草书更是‘龙无角,蛇添足,明续暗断,筋节涣散’……”他知道,非内功、学养高深的行家里手,是绝对说不出这样的话来的。当他再去看那秦黛罗时,陡然间,胸间一热,跟着全身的血液都轰轰地涌了上来:“难道,她,就是自己这么多年来,一直苦苦等待得近乎要绝望了的那个人吗?难道,这次的东口之行,是老天爷对他的一次格外开恩?让他的人生饱经忧悒侘傺的苦楚之后,在这里,在此刻,终于给他送出了一份重重的惊喜吗?

这时,他竟与她四目相接了。

他克制着自己心中如潮的情感,尽量默然地向她微笑着,以使自己不致在紧张慌乱之中有任何失措的举止。这时，他觉得她那双美慧的眼睛愈加亲切了。直到他和她一起走下场来，他才十分恳切地和她说了几句话。她冲他莞尔一笑，轻轻点了一下头。

接着，又有人上场表演了《穆桂英挂帅》，那“辕门外三声炮如同雷震，天波府里走出来我保国臣……”唱得高亢嘹亮，响遏行云。后来又演了一出武戏，一群虾兵蟹将对着一个威风凛凛的大将搭弓张剑，一起掩杀。那大将武艺超群，力挫群敌，一杆长枪舞得地动山摇，海天变色，霍如羿射九日落，矫如群帝骖龙翔，来如雷霆收震怒，罢如江海凝清光！直杀得老虎坡上吼，螃蟹趄趄走，猴娃爬上杆，蟹将虾兵弃甲丢盔，跟头翻成莲花转……

可是，任凭场下掌声如雷，场上千变万化，东方樱西此时的眼里，除了一个人的倩影之外，其他的，他什么都看不到了。

第二天，秦黛罗像往常一样，起了个大早。

她把院子洒扫干净，给花圃里的金丝柳、大叶女贞、红瑞木、火棘球和白腊全部浇了水，笑盈盈地欣赏了一回白腊那些顶着露珠、挂满枝头的花儿，它们的花序是圆锥形的，花萼呈钟状，虽不十分美艳夺人，却自有几分不凡的雅韵。接着，又走过去把那两盆开得正旺的杜鹃花和红叶小檗分别修剪了一回，又踩着梯子到屋顶上把那些已经暴晒了几天的五角枫的果实揉去果翅，拣去夹杂物，收拢装袋，走下梯来，储藏进东边一个通风干燥的房间里。这时，她妈妈杜鹃也起来了，娘俩说笑了几句，黛罗洗了手，到厨房里张罗早饭去了。杜鹃则健步走去后院，给牛喂了饲料，给羊清理了菌床，这种菌床喂养，无异味，卫生又环保。母羊产仔率达到百分之百，幼崽的成活率也是百分之百。当初，她跟着马海棠到各地去取经学习，也是她别具胆魄，她选择了经济效益高的绒山羊，不惜拿出全部家财，并向亲戚朋友们借贷，一口气购进70多只优质品种，此后，她每天认真学习，眼观六路，耳听八方，仔细捉摸，精心饲养，不敢有丝毫的马虎怠慢。功夫不负有心人，仅仅半年，她家里的羊，不仅数量成倍翻番，一只羊产绒的收入也达到了惊人的数字。就这样，羊借绒势，绒助羊威，把杜鹃发得每天只剩下眉开眼笑了。可她没有就此止步，而是接着继续扩大规模，于是，更多优质的品种又引了进来，随同引进的还有先进的养殖技术。因为绒山羊的品质好，她家三个月的母仔羊就能卖到500元一只的价格，种公羊更是达到了将近千元的天价……三年间，杜鹃仅凭着养绒山羊这一项收入，就给家里赚回了一座700平米的二层小楼。

黛罗刚把5碗捞面条端上桌，就被气喘吁吁赶来的娇唯，一把拉了出去。黛罗问她出了什么事，这样慌张？她脸憋得通红，叽哩咕噜地说了一大堆，黛罗只听见："郝中家里打起来了，郝中哭得要死，快走快走！"

黛罗匆忙间，向后院里的杜鹃喊了一声："妈妈，饭做好了，我有事出去一下，你们先吃……"话音未落，已被娇唯风驰电掣般地挟裹出了大门。

杜鹃闻声赶出来时，早不见了女儿的影子。

她向脸盆内洗干净了手，将还没有端上桌的几个凉菜分别端上了桌，又从厨房里的窗台上，将腐乳瓶里的酱豆腐夹出两块来装了碟，这才挨屋子去喊还在呼呼大睡着的丈夫和儿子儿媳。

她的丈夫秦守善从起床睁眼的那一刻起，就没给杜鹃一个好脸色。出去洗脸时，又把杜鹃托人从印度给他买回来的那只名贵的佛法僧鸟狠狠瞪了一眼，嫌它像杓鹬腰不红，像拟鸳喉不蓝，像相思鸟嘴不艳，像绿眉鸭眉不绿，像姬滨鹬脚不黄，简直就是一个八不像！坐下吃饭时，又嫌杜鹃女人不像女人，天生一个大喇叭嗓子，说话像打雷，走起路来，能踢破脚下的地皮！总之，百般不如意，诸事都不能入他的眼。

好在，杜鹃早已经习惯了他的那张冷脸和古怪脾气，依旧笑呵呵地给他夹着各种好菜，将满满一碗喷香的捞面条放在他的眼前。

要说这秦守善是个天性冷酷、古怪的人，也不尽然。他对外人，总是彬彬有礼，一团和善的。而且，他天性巧慧，对于喜欢的事物又肯用心钻研，举凡七曜五行之象，风角云物之占，莫不悉穷其变，后来，又靠着自学，竟能睹色知病，救病济人了。只是可惜，他年轻的时候，运命两不济，因为出生不好，赶上一场文化大革命，活生生就把这么个天才给断送了。以致在以后的岁月中，他只有虚负凌云万丈才，每日面对黄土地上的野兔孤鸭、残云断烟，惆怅踯躅，满腹凄然。每每想到自己如此一个人才，却落得半生命蹇，一世扫兴，他就对这个世界充满了莫名的敌意和痛恨。

饭罢，杜鹃为了活跃气氛，就让儿子秦柘开着她刚买回来的那辆二手小面包车，带着他们出去兜风。秦柘一路兴奋不已，和杜鹃大说大笑着，不知不觉，竟开到了一处有铁轨的地方。

秦柘转脸看了看杜鹃，意思是问："妈，怎么办？"

杜鹃生性爽利泼辣，有情不掩，喊了声："开过去！"

秦柘正要依命而行，不想坐在后面的秦守善一脸不屑地冷笑着骂了句："你以为你买的是火车?！女人没个女人样，当妈没个妈样，一天到晚咋咋呼呼的，祖上有点风水、阴功，也都从你这张嘴上跑完了！"

杜鹃听了，只觉心中一口恶气周身乱窜。突然之间，再也不能忍耐了："秦守善！你给我放小心一点！为了这个家，为了孩子们，我对你一忍再忍，你越来越没有人味了！"骂罢，强压着心中的怒气，吩咐秦柘，"调头，把车开回去！"

秦柘暗暗吐了下舌头，连忙依照行事。

回得家来，杜鹃一肚子怒气，闷昏昏没个发泄处。

儿媳银珠才刚刷完碗，见他们这么快就都回来了，很是诧异，正要问几句，一见公婆的脸色不善，吓得把要说的话又咽了回去。杜鹃向她问了句："黛罗还没回来?"

银珠点头"嗯"了一声，说："我把饭给她留好了。"

杜鹃点了点头，找了个借口，就把儿子和媳妇都支出门去了。

儿子媳妇前脚刚走，杜鹃便怒不可遏地指着丈夫的鼻头，大叫一声："秦守善！"咻咻骂了起来，"你男人不像男人，脊梁没有脊梁，读书不成，下地不行，一个光会要嘴皮子吃闲饭的黑心混蛋！老娘堂堂一个英雄好汉，这辈子受了你多少窝囊闲气，今天索性跟你这煨不热的白眼狼来个鱼死网破！"话音未落，扑的一个虎跳，劈掌就向秦守善砸去。秦守善急转头，一个毒龙摆尾，闪脱了，跟着刷地从后面飞出一脚。杜鹃向前一撺，差点摔了一个跟头，按不住心头火发，大叫一声，好似癫痫的猛虎再回头。秦守善见她来势凶猛，一个狂龙戏水，又闪脱了。杜鹃亮了一个白鹤展翅，秦守善回了一招狡兔蹬鹰，杜鹃眼见几次扑他不着，怨毒之气愈盛，瞅准一个机会，运足全身气力，一个泰山压顶劈面盖下，秦守善终是眼疾手快，罗计纵横，又是巧妙一躲，跟着脚下重重地使出一绊，杜鹃便仰面摔跌在了地上。这一跤摔得既重且狠，直把杜鹃摔得火星乱迸。盛怒之下，劲随心生，只见她一个鲤鱼打挺鹞子凌空，将秦守善一把搂头抱住，立时，两人抓在一处，裹成一团，打上床去，摔下地来，滚出门去……像一对癫痫的白额虎，疯狂的独角龙，且打且骂，越战越勇。

第五章

蓬山[1]之约:棋盘上的心机

① 蓬山:海中三仙山之一,这里指意中人的住处。传说东汉刘晨与阮肇入天台山采药遇二仙女,结成一段奇缘,后因以“刘郎”指情郎;蓬山指意中人的住处。

佛告阿难:“一切众生,从无始来,种种颠倒,业种自然,如恶叉聚。诸修行人,不能得成无上菩提,乃至别成声闻缘觉,及成外道。诸天魔王,及魔眷属,皆由不知二种根本,错乱修习,犹如煮沙,欲成嘉馔,纵经尘劫,终不能得。云何二种?阿难,一者,无始生死根本,则汝今者。与诸众生,用攀缘心,为自性者。二者,无始菩提涅槃,元清净体,则汝今者,识精元明,能生诸缘。缘所遗者,由诸众生,遗此本明,虽终日行,而不自觉,枉入诸趣。阿难,汝今欲知奢摩他路,愿出生死,今复问汝。”

即时,如来举金色臂,屈五轮指,语阿难言:“汝今见否?”

阿难:“见。”

佛言:“汝何所见?”

阿难:“我见如来举臂屈指,为光明拳,耀我心目。”

佛言:“汝将谁见?”

阿难:“我与大众,同将眼见。”

佛告阿难:“汝今答我,如来屈指为光明拳,耀汝心目,汝目可见，以何为心，当我拳耀？”

阿难：“如来现今征心所在，而我以心推穷寻逐，即能推者，我将为心。”

佛言：“咄！阿难，此非汝心。”

阿难矍然，避座合掌，起立白佛：“此非我心，当名何等？”

佛告阿难：“此是前尘虚妄相想，惑汝真性，由汝无始至于今生，认贼为子，失汝元常，故受轮转。”

——《楞严经》

杜鹃两口子正打得难解难分，忽然听到外面有嘭嘭的敲门声。杜鹃吃了一惊，揣度着可能是她女儿黛罗回来了，连忙一把丢开秦守善，慌忙错乱地站了起来，跑到脸盆前匆匆忙忙洗了一把脸，又快速整了整衣服，拢了一回头发，回头怒瞪了秦守善一眼：“你给我记着点儿！还不赶快滚回你屋里去，你敢再让黛罗看见，再让她把眼睛哭成一对肿桃，你就试试看！”骂罢，转脸换出一副笑模样来，健步而去，连声说着：“来了，来了！”

她打开大门一看，却是马海棠和两位英俊青年。但见这两个年轻人，一个仪表雄伟，智慧锐敏；一个器宇轩昂，雅量温柔，真是一对出奇少见的美男子。

杜鹃一眼看到南宫元宸之时，不觉一怔。她这是第一次和他见面。以前，他来东口的时候，她都忙得分身无术，所以，一直都不曾碰到过。

刚巧这时，她女儿黛罗和娇唯也一前一后走进门来。

大家一见面，娇唯热烈地喊了声：“南宫老师，东方老师！两位老师好！”南宫元宸回了她一句：“蔡邕的至爱，你好啊！”杜鹃这时生怕机关败露，所以只顾盯着黛罗问：“大早上去哪了？饭也没吃。”黛罗叫了声：“海棠婶子，东方老师……”马海棠哈哈笑着说：“赶的早不如赶的巧，我正好带着两位老师来找你！”一时间，热闹非凡，各应各的，各问各的。

说笑间，众人已经陆续走进了屋里。

黛罗一进房间，不觉大吃一惊。房间里到处凌乱不堪，俨然遭了劫一般。正面墙上那幅她亲手绣的《秋庭婴戏图》的十字绣，歪斜在了一边，茶几上的器皿果品摔得碗碎茶流，果浆迸溅。那面铺在下边的鲜艳夺目的烫着金线的桌布，现在还滴答滴答往下淌着水。横陈于东北方高几上的那盆旺气水仙已被拦腰折断，摆在正南面那盆催喜的君子兰也是花凋叶残，风神晦暗……

黛罗圆睁着一双眼睛，吃惊地望向杜鹃：“妈妈，这，是怎么了？屋里怎么乱成了这样呢？”

杜鹃“咳”了一声，强作镇定地说，“全怪那只死猫，它吃饱了到处乱抓乱窜，我几次逮不着它，反让它弄得摔了两跤！这不，还没来得及收拾，你们就来了。”

黛罗半信半疑地“哦”了一声，不觉皱了皱眉。她心中竟升起一种十分委屈和慌张的情绪。连忙走过去，扶正了那面十字绣，收拾了水仙，打理了君子兰，又和娇唯一起，撤换了茶几上的一切，重新铺上一块暖洋洋的藕荷色桌布来。铺桌布的时候，正好东方樱西被她妈妈招呼过来入座。他看见自己这边位置的桌布还没有铺平，便忍不住起身帮着她抻平了。黛罗这时忽然接到了一种奇异的电波，一抬头，正撞上了他那双幽深的眸子……她的心突突地胀大起来，忽然间竟有一种恍若隔世的迷离之感，这是她有生以来第一次产生这种奇异的感觉。她的脸上不由地一热，便站起身来，转身走进厨房去给他们洗水果去了。

很快，两大盘洗得晶亮的新鲜水果就被摆了上来：黄晶，神秘果，黑树莓……红红绿绿，黄黄白白的，装得煞是可爱。那种最新引进的“木奶果”，在其中尤为惹眼——一串串扁圆形的果子，或赤若涂朱，或黄如玛瑙，或鲜似珊瑚一般，极是惹人垂涎。拿一粒剥开来一尝，果肉多汁，鲜美异常。同时又能止咳平喘，消暑清凉，真是美不可言！

马海棠拿着木奶果甜蜜蜜地吃了几粒，问了句：“守善呢？他平时就爱说些高深莫测的话题，今天来了两个大学问家，可以好好和他说上一回了！”

杜鹃说：“吃了早饭就没再见到他的影子，不知道是到外面哪里蹓跶去了，还是在楼上睡回笼觉呢。”杜鹃很好地给自己留了余地，夫妻这么多年，她的那一颗火热的心，算是让秦守善给伤透了。如果这时自己为了避免尴尬，只说他“出门去了”，那么，说不定他马上就会冲出房门来，当众给她一个大大的难看。咳，天上鸟，海底鱼，高可射，深可钓，惟有人心相对时，咫尺之间不能料！

杜鹃甚是自鸣得意，心想：“绝不给那老东西一个趁机出气的机会！”

躲在里屋的秦守善这时颓然跌坐在一把老藤椅上，筋疲力尽，全身像散了架一般。他听到外面满屋子的说笑声，就像大家都存心在气他，故意与他作对一般，心中不觉一阵凄然难忍。他有的时候，真是把这个世界看透了——你越想在这世界上活好一些，就越像是有无数的小鬼在后面拽着你，偏不让你活好！你越是满腹经纶、才高八斗，到头来，你就越是命薄运蹇，受尽坎坷悲辱！有时候，他甚至觉得，这个世界，简直就是一个彻头彻尾的大游戏场。大家你来我往、稀里糊涂地在这个游戏场中哭笑一回，争闹一回，善一回，恶一回，然后不明不白地各自散场，六处游走，善良好运的成一回神作一回仙，作恶命衰的披一回毛戴一回角，变来化去，化去变来，过一段时间，就又纷纷回到这个苦恶无边的大游戏场里来，只不过是换了张脸孔，换了副行头，便又重新在这个是非恶海中继续熬煎起来……

想着想着，不觉竟萌生了弃绝红尘的念头。

也不知过了多久，他终于挣起身来，走到一面大衣镜前，他睁大了双眼，仔仔细细地将自己端详起来：他的脸，金形带水，顶骨突兀，两眉腾空高挂，鼻梁通天，鼻颧蓄气而不以形露，喜怒不形于色，两耳高长挺拔，人中超长，身躯至老不胖，是为金之含藏，隐而不发为智，富贵隐蕴其中……

"咳，"他深深地为自己惋叹起来，"真是可惜了这么一个好相，这辈子，怎么就这么时运不济呢！"

这时，他听到一个非常富有磁力的男中音说："你家从院子到家居，设计和布局都非常好。今年东北方为旺气位置，正南方为喜庆位置，我发现，你家的院子和房间都是重点布置这两个方位的，这院子的东北方除了有一口池塘外，还摆放着两大缸水，正南方就多用绿色装饰，以催旺喜庆之气，家里也是。我猜想，你家里一定有懂得阴阳五行之学的人，是吗？"

就听他女儿黛罗说："是，我爸爸懂，这些都是按我爸爸的意思布置的，没想到，你这么年轻，居然也懂这些……”

秦守善不听则已，听了这番话，顿时犹如体内滚进一个霹雳，他再也顾不上自怜自怨，腾腾腾便大踏步走出门去，仿佛是奔赴一场隆重的受勋大会，他心里想着：“杜鹃啊杜鹃，你以为你这两年给家里拿回点钱来，你就是这个家里真正的头号功臣了吗？你就可以完全不把我放在眼里了吗？你这个短智狭劣的女人！今天，我就让你知道知道，如果没有我在背后的这一切暗中付出，你也想有今天！哼哼，今天，就让咱们见一个山高水低吧！”

他走出房间，一见客厅里竟是阒然无人，便一路寻声而去，一直来到院子里，才看见黛罗和一个巍峨端方的年轻男人正站在院子东北方那两口大莲花缸的中间说话。他再定睛向那年轻男子看去，只见那人生得相貌堂堂，气象不凡，远观萧萧肃肃，爽朗清举。近看龙章凤姿，瑰伟出奇，又见他一转身，脑后枕骨丰满圆润，心中不觉大吃一惊，暗暗赞赏：“天下竟然有如此好相！”

当他和这个年轻人的目光相接之时，只觉得他眉宇之间一股英气逼人，简直就是摄人心魄。接下来，他与他攀谈了一阵，一种后生可畏之感不禁油然而生。惊喜之余，他不免在心中一遍遍地叹息起来，自己的时代算是彻底过去了！

这时，他一转脸，看见杜鹃正抱着满满一盆瓜果从后院走了回来。这才想起来，自己本是出来向杜鹃威吓示警的。可是，不知为什么，他现在突然再也没有这个心情了。于是，他心不在焉地问了黛罗一句：“刚才我在屋里睡得迷迷糊糊的，好像听见家里来了很多人？”

黛罗这时正要过去帮妈妈端那瓜果，见爸爸发问，就收步回来说:“是,刚才家里是来了不少人,半途中,有人过来把我海棠婶子喊了回去,说是香港那边来人了,有个什么投资项目要洽谈,所以,把跟她一起来的南宫老师也叫回去了。还有娇唯,她后来也走了,说她还是放心不下郝中,还要到她家去看看。这不,我们也是才刚送走他们。”说话时,眼睛已不由自主地向杜鹃那边看了几次。

秦守善皱着眉头又问:“郝中家里出什么事了?”

黛罗眼见妈妈那边十分辛苦,爸爸却在这里啰嗦不休,正是无计所奈,不得分身,幸喜东方樱西已经走了过去,跟她妈妈说了句什么话,看样子,他是想将她手里的那盆瓜果接过来。她妈妈推辞了几个回合,可能觉得盛意难却,便将那盆沉甸甸的东西递给了他。才递过去,又怕他不惯做这种体力活,因此又是呵前护后,连声招呼他小心脚下,又是赶忙上前为他打开房间的门。

黛罗就连忙趁机跑过去帮忙去了。

回到屋里,杜鹃又是忙着让座,又是忙着挑瓜,又是忙着切洗,又是忙着装盘,东方樱西似乎跟她天生投缘,他和黛罗站在她的身边与她说说笑笑,帮着她打下手,十分融洽。秦守善随后跟了进来,一眼瞥见他们三人火热地攒成一堆,顿时感觉自己像个孤鬼一般。顺势一看,又见那茶几上摆得青翠萦目,红紫逼人,几十样瓜果填山堆海,简直要摆成了王母娘娘的蟠桃宴。又见杜鹃上上下下里里外外忙得不堪,嘴里还一字三叹地连声夸奖着:“啧啧,人家一个这么有学问的人,一点架子也没有,一个男孩子,性格好得就像是从天上掉下来的菩萨!”

秦守善虽然也打心眼里觉得东方樱西这个年轻人很是不错,

可他就是看不得杜鹃那副没有半点城府、两滴水就能填满的样子，这时，又见她一张大嘴只管在那里大说大笑，又一眼瞥见她左边脸上那块高高突起的颧骨，不由怨毒之气越发炽盛，简直再也想不起她的半点好处来了。哪里还管她那颧骨并不是天生就是那么高耸突兀的，而完全是因为他们年轻的时候生活太穷了，生下儿子秦柘，杜鹃一直没有奶水不说，大人的一切食物都严重贫乏。后来，还是杜鹃儿时的一个好姐妹——端因，听说她家道艰难，不计辛苦地赶了一天的山路，给她送来了一筐烤馒头片。杜鹃望着那筐馒头片，如获至宝。又怕放在家里会发霉，就踩着梯子，把它挂在了屋檐下面的一个通风的木桩子上。又怕被吹进去风沙，跑下去拿了一个盖帘板儿盖住了。又怕风大吹跑了那盖帘板儿，便在那上面放了一个秤砣压住。不曾想到的是，一天下午，儿子饿得嚎啕大哭，杜鹃就跑上房梯去给儿子拿馒头片，情急之下，她忘了那个压在盖帘板儿上面的铁秤砣，被那秤砣不偏不倚、滴溜溜地滚落在了左边脸上，当即砸得皮开肉绽……等到伤好之后，就耸起这么一个突兀的大“颧骨”来了。

“咳，家门不幸，时运不济啊！我这一辈子，毁就毁在这婆娘的这副克夫败家相上了！”

秦守善九曲愁肠，怨毒至深，无以复加。正在这时，东方樱西笑欣欣地将一块鲜美多汁的哈密瓜给他递上前来。秦守善勉强挤出一个笑容来，伸手去接那瓜时，又触到了他的手。一种奇异的感觉迅速传遍了他的全身，于是，他的眼睛就紧紧地盯在他的那双手上了。那是一双柔软圆妙如同兜罗棉一般的手，绵长莹润，十指皆盘折如印，耀得他简直有些睁不开眼。

此时的秦守善，心中波澜狂涌，惊诧异常："这个年轻人，他，到底是什么来历？他怎么竟能把这人世间的至富至贵之相全盘占完占尽呢?!"想到这里，他不禁倒吸了一口凉气，"就连自己这么谨慎的人，都差一点因为他的这副相貌而疏忽大意了，跟他谈了那么许久，居然还并不知道他真正的来龙去脉！"

他盯着他的眼睛，和然一笑："东方老师，刚才听您说，您是特意从北京到我们这东口来寻找灵感的？那么，您觉得，现在的文学真的还能挽救得了日益败坏的世道人心吗？您认为，面对一日千里的社会变速，当下的文学有没有被浪潮埋入深渊之虞？"

东方樱西之前已经在院子中领教过他的襟怀、器识了，他现在对于黛罗年纪轻轻的，便有着如此高深的学养，已经丝毫不感到意外和惊奇了。只是，秦守善的这次发问，竟让他蓦地想起自己的一位才华出众，命运却异常乖舛的作家朋友来——他在一次大醉之后，哭得烂醉如泥，近乎发狂般地对他说："文学是这世界上最阴险的勾当，把好好的人，硬是荼毒在粪窟泥坑里了！像我们这样的人，一个个聪明成了这样，去干什么不好？投身官场，商海弄潮，哪怕是去当拐子当屠夫都比从事这个天杀的行业强百倍！我们这些在过去社会里本应该是豪儒大族之人，现在，被荼毒得简直如蛆如粪一样了！"

他正在那里想得出神，忽然听见秦守善又追问了一句。大概是不想让这些消极颓丧的思想影响到他们，因而他尽量微笑着说："曾经有一位高僧对我说过一句非常有智慧的话，他说'境为妙假观为空，境观双忘即是中'，又说'只有如此，我们这些生在红尘中的凡夫才可以不被外境所迷转'，不知，您以为如何？"

秦守善闻言大惊，脸上却尽量装着不动声色。不免又将他上上下下重新打量了一番，突然心意洞开：“我说他怎么竟能生成这样一副相貌，原来，这个年轻人很有可能就是一个载法之器啊！”想到这里，又暗暗可惜起来：像他这样的人才，将来如果真要走了那条路，那可不知道要苦坏了多少姑娘！又一想，像他这样一个满腹经纶、天性高雅之人，必定不屑于俗世中的逢迎、周旋，更不屑与那些整天在钱眼里舍命、算计的庸俗之辈为伍，时间长了，难免不遭人嫉恨，与其落一个结果不善，倒也不如干脆去到那真修之径、正善之门里，行使那于国有益，于家有望，于人有利，于己有德的盖世功德、浩瀚福田去呢！想到这里，不觉已重重地叹了几口气。

他自顾在那里叹息了一阵，一见东方樱西正不错眼珠地等着他回答自己呢，连忙笑着说：“很是，很是！”又问，“怎么样，会下棋吗？咱俩杀一盘如何？”

东方樱西一脸谦逊地笑着说：“好啊，只是我的棋艺不精，恐怕要让您见笑了。”说话时，又露出了他的那一排鲜洁齐密的牙齿来。

黛罗听见了，连忙为他们捧上棋来。

东方樱西见她袅娜温柔，娴静可爱，一时只觉得温馨入骨。他克制着自己的情感，低头去布棋。

很快，东方樱西便从对垒中发觉，对面这个外表儒雅文静的秦守善，是个心机很重，极有城府之人。他的棋路可谓阴险刁钻，老辣之极。在他看似不经意之间，早已经给对方布下了一个又一个险局，有时，他会故意给你露出破绽，单等着你进入圈套，再一举将你殄灭。有时,他处处机关,步步陷阱,抽丝剥茧,八面埋伏,穷追猛杀,直到对方再无回生余地他才一笑收住。

不可思议的是,下到最后一局时,竟是秦守善心悦诚服地连声感叹着说:"到底还是老子的'无为而治'最厉害,放之四海而皆准啊!"

东方樱西笑着说:"是您承让了!"

秦守善便笑着不再说话了,他在心里盘桓着,面前这个年轻人,在刚才的对垒中,究竟有意让了自己多少回。

说到老子,东方樱西才猛然想起自己今天来这里的真正目的了,昨晚,他对黛罗的那幅书法作品深爱不已,便悄悄向她说明自己想要收藏的意愿。黛罗因想到来得匆忙,没有带着印章,所以就说等带回去盖上印章之后,今天再送给他。却不料,今天一早郝中一家人打得不可开交,她被娇唯赶来带过去劝架去了,而他,不耐苦等之下,就怂恿着马海棠和南宫元宸一起,到此来求字了。他再也不曾想到,自己在这里耽搁了这么许久,竟早已把此事忘得一干二净了。这样一想,他简直有些不好意思了,脸上已经是热烘烘的了。不过,同时他也有一种说不出来的喜悦之情。他稳定了一下情绪,笑殷殷地跟黛罗说了。黛罗一怔,似乎也才回味了过来,忙忙地走进自己的书房,把那幅字给他拿了出来。

她含着笑把它递给了他,他的手触碰到了她的指尖,甚至,脸上还扑上了她温软的气息,一阵奇异的颤栗迅速传遍了他的全身。就在那一刹那间,他蓦然想起了两节绝妙的情诗来:

那一月,

我摇动所有的经筒，
不为超度，
只为触摸你的指尖；

那一年，
磕长头匍匐在山路，
不为觐见，
只为贴着你的温暖……

他看着她的眼睛，克制着自己奔放的情感，尽量表现得很平静。他将那幅字重新打开，一枚红艳艳的印章已风神万种地抢入了眼帘。他觉得那枚印刻得实在好，便问她是在什么地方刻的。

黛罗说："是我爸爸刻的。"

东方樱西"哦"了一声，将目光转向秦守善，忍不住由衷向黛罗赞了一句："你真是家学渊源啊！"

黛罗嫣然一笑，想要说什么，喉咙却好像被卡住了一般。这时，就听杜鹃笑声朗朗地说："樱西你中午就在我家里吃饭吧，"又笑着说了句，"你不让我叫'老师'，我就叫你的名字了！"

东方樱西笑着说："这样才对。"

杜鹃又诚意殷殷地款留道："我好好给你做几个我们东口的特色菜，如果下午你没有其他安排，让我们黛罗带你去相逢村看看，那里是当年老子和孔子的相逢地，有很多故事，我们黛罗可会讲了。"说罢，便健步走进了厨房。

黛罗望着东方樱西一笑，似乎在等他回话。东方樱西瞻情顾意地说:“那真是太好了,只是,给你们添麻烦了。”

话音未落,只听见大门“吱呀”一声响,郝中和娇唯一阵风般的裹了进来。

她俩的到来,为屋子里掀起一阵阵的笑声。

在厨房里,杜鹃问郝中:“你家里又为什么事这么闹啊?”

郝中一听,倒竖起一对浓眉,将手里那把青菜抖得噼啪作响,忿忿地说:“还不是我爸爸那个堂兄闹的,他五次三番跑来我家,非要让我爸爸把‘郝’姓改回他们的‘褚’姓。”

杜鹃十分疑惑:“有这样的事? 那他凭什么呢?”

郝中说:“他说那才是‘正本清源’,什么正本清源,不过是嚼他那烂不了的舌根! 像他那种自私狭隘的人,哪懂得什么真正的道理? 反正我就记得黛罗常跟我们说的那句话,‘做人,凡事都要心存厚道,才是正路。试问,哪个人心里果真愚蠢?’您来给评评理,他们的曾祖,因为孩子生的太多,打我爷爷一出生,就把他给扔在大雪地里了。结果,是我家太爷爷在半路上碰见,给捡了回去,辛辛苦苦给养活了下来,疼得像眼珠子一样。可是,后来他们褚家知道了消息,就千方百计地把我爷爷骗过去和他们相认。听我爸爸说,那时候我爷爷还在上小学,我爷爷的几个亲哥哥也在那所学校里上学,他们一见我爷爷和他们简直长得一模一样,又打听到他是个捡来的,就明白是他们家扔了的那个孩子。于是,就整天变着法地把他哄到他们家里去。说来也好笑,我爷爷第一次被他们带到家里去的时候,满心满意地等着他们家的老奶奶给他做顿好饭吃,谁知道,那一家人都躲进厨房里去放声痛哭,我爷爷吓了一跳,心想:‘这家人,说死说活把我喊来吃饭,现在却哭成了这样！’又想‘他们肯定是怕我太能吃，怕把他们家吃穷，所以就后悔了。’后来，我爷爷听到那老奶奶在厨房里哭得实在怕人，吓得连书包也忘了拿，就一阵风跑得没了影。后来，又过了半年，他才知道了事情的真相。毕竟是血脉相连，就和他们悄悄相认了。可是，他坚决不肯把自己的姓给改回去。后来，我爷爷去世了，他们褚家过来人，一定要让我爷爷入他们的祖坟。我爸爸说什么也没有同意。现在，他们家有人在上面做了官了，发下话来，要把他们褚家一脉彻底正本清源……这不，就为了这个破事，天天来和我们纠缠。上个月，我哥为了落实工作，就去巴结他家那个做官的大伯父，回来后，竟把自己的身份证和户口本全改成姓褚了。我爸爸这才气得把他狠狠打了一顿，我嫂子不依了，今天又挑唆她娘家的兄弟前来大闹……咳，为了这么个破事，搅得全家上下不得安宁，真是没有道理！”

杜鹃听着听着，脸上就变了色。拿着土豆，却以为是鸡蛋，放在碗边砰砰地磕，一会儿又把黛罗才从树上摘回来的那把花椒，劈劈啪啪地扔了一地。

第六章

相逢村：杜鹃林里的黄昏

凤鸣台

曼殊室利菩萨:“世尊,诸秽土中,何事易得?何事难得?诸净土中,何事易得?何事难得?”释迦牟尼:“善男子,诸秽土中,八事易得,二事难得。何等名为八事易得?一者外道,二者有苦众生,三者种姓家世兴衰差别,四者行诸恶行,五者毁犯尸罗,六者恶趣,七者下乘,八者下劣意乐加行菩萨。何等名为二事难得?一者增上意乐加行菩萨之所游集,二者如来出现于世。曼殊室利,诸净土中与上相违,当知八事甚为难得,二事易得。”

——《解深密经》

由东口村西行不到6里的路程,便到了相逢村。

据说当年,孔子带领众弟子周游列国时,听说老子在河雍(今孟州市境内)一带隐居修行,所以专程前去拜访,可是却几次寻访未果。最后一次,孔子终于打听到了确切地点,便直奔东口而来。老子为他的诚心所感,便骑着青牛西行,迎出5里多地,二人终于相逢。于是,便有了这座名垂千秋的相逢村。

相逢村里有一座崇圣寺，庙前有两尊高耸入云的老子和孔子的塑像，寺庙虽然年久失修，墙上的颜色看上去有些惨败，但是寺内却珍藏着当初老子和孔子相见时的一幅画像。院内有明万历甲戌年重修时郑王所撰的碑文，碑文上的部分字迹依旧清晰可见：

> 盖闻太上立德，其次立功，然德为上，功为下矣！故修道者先修其德，修德则必有功焉！所以道法五千言未尽老子之事业也。洞所以明夫深者也，微所以衍其妙者也，观所以栖其神者也。慕玄者欲修其法，先奉诸神，故有太上诸神之设，而探妙之理，此观之所由建也……原有洞微观，不知建自何时，元延佑间重修，嘉靖中已五百年矣……

东方樱西抚摩着那些碑文，引发了心中无限的追思。

南宫元宸意趣昂昂地说："我仔细观察过了，在温县，光是玉皇庙就有 12 处之多，此外，还有 11 处三官庙，6 处元君庙，4 处三教圣庙，3 座祖师庙，两处太乙元君庙，由此可知，道教在温县之盛，老子在温县的影响之深啊！樱西，这回你可是不虚此行，有的东西写了！"他陪着马海棠和港商讨论了整整一上午加一个中午的投资计划，刚刚才与东方樱西电话取得联系，匆匆赶了过来。

此时，夕阳橙红的光影正透过寺外那从杜鹃林投射在他们的脸上，越发显得他们风姿英伟，一派天仪，简直就像两尊下凡的天神一般了。引得郝中和娇唯在一旁忍不住几度顾盼。忽然，郝中想起一件十分可笑的事来：几年前，她和黛罗、娇唯讨论历史上究竟哪位男性最具人格魅力。娇唯居然一口气说出一大堆超级美男子的名字来——潘安、宋玉、子都、宋文公、独孤信、卫玠……她们便问她，这些人都好在哪里啊？娇唯芳心如醉地说："他们实在是太帅了！先说那个潘岳，因为长得超帅，每次出城游玩，都会惹得无数妙龄少女忘情地跟着他走，因此，竟吓得他再也不敢轻易出门了；再说那个宋玉，不但人长得超级帅，还那么有才华，写出了那么多脍炙人口、流芳百世的名篇佳作来！还有那个卫玠，因为是闻名遐迩的超级大帅哥，他一出现在街头，居然引来人山人海的围观，挤得他举步为艰，气都喘不过来了，后来竟因累极而病，一病而亡……哎呀呀，你们说，那他们长得有多帅呀！现在这个时代里要是真有那么超帅的男人，咱碰不到就算了，真要是碰到了，那就一定得先下手为强，哪怕是不择手段呢，总之，见到了就要不记一切代价地把他抢到手，然后，再狠狠地给他生出一堆孩子来，一辈子缠着他不放！哎呀，真要是能那样，那么，这一辈子作女人可真算不白活一场啊……"

想到这里，郝中不由格格地大笑起来。

大家的视线便都齐唰唰地落在了她的身上，娇唯迫不及待地赶着她直问："怎么啦，笑成这样？说出来让我们大家也都高兴高兴。"

郝中屏着笑，一再摇头说："不能说的。"

娇唯一听，两手伸到她的腋下，一阵乱抓乱挠："你说是不说？"

郝中笑着躲了一阵，抓着她的双手，索性站定，附在她耳边悄悄向她说了。

娇唯不听则已，一听，顿时羞得满脸飞红，连声说："不许说，不许再说了！"

大家的情绪都被她们感染得高涨起来，南宫元宸见她们十分有趣，就说："到底是什么可乐的事？一会嚷着让说，一会儿又不让说了，想必应该很有趣，还是说给我们大家一起听听吧？"

郝中一脸坏笑地盯着娇唯说："那，我就说了？"

娇唯大声禁呵："你敢说出来，看我以后还理你！"

郝中笑嘻嘻地往黛罗身后一闪，探出头来挑衅道："那你就别理我好了！"又挑着眉毛说，"上次，我们……"

东方樱西画像·清华大学美术学院 陈斌 画

娇唯眼看遮羞不住,眼睛急得铜铃一般,双脚乱跳起来,嘴里直喊:“你敢你敢!”

郝中见她当真急了,便嘻嘻一笑说:“上次,我们去离这里不远的财神庙,也在院子中间看见这样一个石碑,只是,那上面的碑文因为年头太久了,很多字迹都无法辨认了。我看了半天,才认出是‘能有几文钱’,‘给谁是好’几个字来。娇唯却说她都能认得。我说我不信,让她念出来听听。她把眼珠子都快瞪出来了,咕咕噜噜地说什么‘心好命又好,富贵直到老;命好心不好,福变为祸兆;心好命不好,祸转为福报;心命俱不好,遭殃且贫夭;心可挽乎命,最好存仁道;命实造于心,吉凶惟人召;信命不修心,阴阳恐虚娇;修心一听命,天地自相保……’黛罗听了,说她那纯粹是胡诌,说应该是‘能有几文钱,你也要,他也要,给谁是好?全无半点福,朝也求,暮也求,叫我为难!’还说,那本是财神庙的一副对联,现在这碑文上的字迹虽然无法辨认清楚,但是她以前在一本书上看到过的。那个某人听了,简直都快羞死了!”

娇唯起初见她并没有真的出卖自己,还暗暗赞叹她为人仗义。正庆幸间,谁知,她又把这段往事给揭露了出来。虽然,这件事情远没有那件严重,可她毕竟还是少女的心性,容不得自己在英俊非凡的男人面前露出一点瑕疵,因而恨得一巴掌掷向郝中:“让你大嘴巴,让你揭我老底!”

虽然有黛罗夹在她们中间,但那似乎并起不到什么实际的作用,很快,她二人又扭在了一处。

东方樱西这时一直望着黛罗笑,见她穿一袭鹅黄底上绣有粉蓝色水仙花的长裙,轻柔的面料,流畅的造型设计,完美的细节处理，加上风的鼓荡，简直将她衬托得风神咄咄，恍若离了天宫仙境的神女仙子一般。他也不知到底是为什么，她的一颦一笑，举手投足，都会那样深地牵动着他的心。这时，他忽然想起，曾经有一位相学专家称赞他：

凤眼秀起吐彩光，
华盖作命气清朗。
巍巍宰辅流光远，
福庇儿孙百世昌。

现在，他看着黛罗，就有这样的感觉。他的内心顿时被一种无限的温暖之情深深地包围了。他想："或许，这，就是人们常说的'夫妻相'吧！"

正想得出神，就听南宫元宸在他耳边说："小心小心，'看杀卫玠'！"

他这才将目光从黛罗的身上收回来，笑着捣了南宫元宸一拳。

南宫元宸便笑欣欣地望着黛罗问："像你这么温柔的性格，是不是从来都没有和人争吵过？是不是从小身边的每一个人就都特别的喜欢你？"

黛罗听了，不禁哑然失笑，一时竟不知该如何回答他是好了。

娇唯听见了，就瓮声瓮气地说："哪里啊南宫老师，你不知道，黛罗小的时候，她奶奶对她可凶呢，有什么好吃的，好玩的，全都紧着黛罗的哥哥，根本就没有黛罗的份！甚至，对那些外人都比对黛罗好过百倍！有一回，黛罗的爸爸妈妈去外地进货，等他们回来后，黛罗病得就剩下一口气了，还被她奶奶扔在小凉房里。吓得我杜鹃婶子差点没哭死，以后，再也不敢把黛罗交给她带了。更可气的是，黛罗那么聪明，可她奶奶从小就不让她好好读书，说什么‘一个女娃子，读书用来做什么’！为了黛罗上学的事，天天跟我杜鹃婶子闹，哎呀，可不讲理了！”

郝中听了，不觉也气愤起来，说：“幸亏她死得早，要不然，黛罗恐怕就要毁在那个小脚老太太的手里了！”

东方樱西和南宫元宸大为震动，他们简直不敢相信自己的耳朵，简直难以置信，在如今的社会里，居然还会有这么严重的“重男轻女”的现象。这时，都将目光盯住了黛罗。

黛罗那双美丽的丹凤眼中终于泪光闪烁起来，她低下了头，开始在感情的漩涡中挣扎着。

东方樱西的脸，瞬间便有些变色了。他只感觉这时，自己的心一直往下沉。黛罗的泪水已经说明了一切。

过了片刻，黛罗终于镇定了情绪，她的目光在南宫元宸和东方樱西之间游移着，最终还是落在了东方樱西的脸上。她淡淡地说：“其实，我觉得，这个世界上最容易变化的就是人心了。就像我时常会想起自己小的时候，我奶奶对我的种种不好，有时候，真是恨她。可是，有的时候也会忽然心情一转，就莫名地可怜起她来，觉得她只是一个没有文化的小脚老太太，能懂得什么真正的道理？何况，她都已经去世了，如果我还要和她计较，那真是太不应该了！”顿了顿又说，“所以，人家才说作家伟大，就比如曹雪芹，他能把那么复杂多变的人物写得那么血肉丰满，可歌可泣，简直堪称绝倒！所以后人称他是天才、奇才，说他‘一语为千万语所托命，笔头上担得起千钧！’”

南宫元宸便指着东方樱西说：“这位就是，”又说，“古人说‘一张楮纸，三寸毛锥，锐若戈矛，严于斧钺，上下五千年，纵横九万里，写古今悲欢离合，记中外治乱兴亡，忠孝节义则褒扬之，奸盗邪淫则惩罚之，从心所欲，信笔而书。独运广长之舌，能坠天女之花。品格清高，洒脱通透，虽以著述谋生，却似阎罗天子，执掌一本大帐簿，点尽无数鬼魂名姓。又如弥勒古佛，凸出一副大肚皮，装满无限世态炎凉。大凡含冤孝子，抱屈忠臣，能使其重见天日。如或误国奸雄，害贤邪党，即将其明正典刑。敢施造化补救之功，不让《春秋》褒贬之笔……’说的就是他这种人！”

大家都笑了起来。郝中和娇唯虽然只听得七分懂，但是见他三个笑得痛快，便也只管跟着快意地大笑起来。

一场痛快的大笑于黛罗而言到底是不多见的，也不知是因为她今天心情特别好，还是什么其他的原因，她此时的快乐似乎是无法遮掩的，这愈发为她增添了一种别样的风情，化在她身上简直就是魅力四射。此时，她凝眸望着东方樱西，桃腮生晕地说：“其实，我早在上大学的时候就读到过东方老师的一些诗歌作品，真不愧是‘品格清高，洒脱通透，掩尽诸家之作’，但是，您的其他大部头的作品我还没有机会拜读，所以，并不知道您笔下的人物是不是也是复杂多变的，但我想一定是。因为，那才是真实的人性。就比如说我，也许，两位老师只看到了我比较安静的一面，那是因为，我们毕竟相处的时间还短，你们并不完全了解我的缘故。郝中和娇唯从小和我一起长大，我们小学、中学又都是在同一所学校里上学，不妨让她们说说，我小时候有多淘气？你们看我这样，就以为我在学校里一定是那种特别听老师话的乖学生是吗？其实不然，从初中开始，我就偏科偏得十分厉害，老师说了我多少次也不管用。有时候，我倔强上来，会把老师顶撞得无以言状。”

郝中连忙接过来补充道：“你们大概谁也不会想到，我们黛罗考大学的时候，幸亏英语的填空题超多，所以，她基本上全是靠蒙，结果，不多不少，正好给她考了 60 分，算是蒙混过关了！事后，我们都说她是好命之人不用忙，可她还大为感慨地说什么，她就是无论如何都不能容忍考试表格中的分数顺序：政治，外语，然后才是专业。甚至认为，学校，更应该把对学生的人格和道德情操的培养放在首位，而不只是教给他们一些技术和常识性的知识，把分数看成一切。”

南宫元宸听了，忍不住激赏起来：“这哪里是什么淘气和不乖？明明就是有眼光、有魄力、高瞻远瞩的一个巨眼英豪嘛！我们国家现在的教育体制就是存在着不少的问题嘛，难道没听过，古贤有言‘成功在于专一，失败在于庞杂’吗？这句话可是放之四海而皆准的！”

一句话说得大家都笑不可抑。

说说笑笑中，他们一起走出了寺门。寺门外，已是漫天红霞，烟染长堤了。野径迂回中，一片如火的杜鹃林里，万蕊千花，拥聚枝头，远远地就闻到一股妙香。走近一看，原来一片新开发的新品种的杜鹃林，这种杜鹃花比普通的杜鹃花期晚了很多，硕大的花冠鲜红美艳，裂片内面有深红色斑点，花药五色缤纷，绚丽夺目。一阵微风徐徐拂来,那种特有的妙香也随风四面八方地溢散开来。林前,一弯池塘,池内水波光影,闪闪烁烁,十分赏心悦目。

南宫元宸不觉精神大振,指着那些艳霞般的花儿问:“知道这杜鹃花为什么会有这血一样的颜色吗?”

东方樱西和黛罗相视一笑,没有说话。郝中和娇唯一片声地嚷:“不知道,为什么呀?”

南宫元宸双手叉腰,似乎陷入一种追思的状态,缓缓讲道:“相传,古代有一位蜀国的皇帝,名叫杜宇,很爱他的百姓。他死后,变成了一只杜鹃鸟,每年春季,就飞回来唤醒老百姓‘快快布谷!快快布谷!’嘴巴啼得流出了血,滴滴鲜血洒在地上,就染红了这漫山遍野的杜鹃花……”

郝中和娇唯听了,先是一阵感动,后来就一起哄笑着说:“杜宇?会不会是杜鹃婶子的先人啊?如果是,那么也就是黛罗的先人了!”

“哈哈,有可能,难怪我们村所有的人都觉得黛罗与众不同!黛罗,赶快回去让杜鹃婶子查查她家的族谱吧,说不定,你们真是名人之后呢!”

黛罗听了,气得一怔,说:“不要乱说,绝对不可能的事情!”

郝中和娇唯又大笑起来,娇唯说,“你怎么知道不可能?你怎么就能肯定呢?难道,有谁还亲眼看见过自己的出生吗?”

大家正笑得收不住,随着一阵嘎嘎的怪笑声响起,众人不觉纷纷吃了一惊。抬头看时,却是村里那个有名的疯子桃红。此时,她正一丝不挂地一路踢着正步而来,把两旁的杜鹃树枝叶带得“嚓嚓”直响。她的神经病与一般的神经病患者却是有所不同，一般的神经病患者通常都是眼神呆滞，表情冷漠，见着生人就要乱抓乱骂一气，她却是一见到生人，尤其是陌生而漂亮的男人，就会狂喜不禁，像是被人打了兴奋剂一般。而她一旦兴奋狂喜起来，就不拘是什么，只要身边有能攀爬或者抓挠处，她便嘎嘎大笑着，纵身一跃，一个“秃猴挂树”，赤条条亮在你的面前。仅仅这样还不算，一定还要哇啦哇啦地嚷嚷着，狂笑着，引着人去看她那拼命大张着的两腿之间……现在，她又是纵身一跃，双臂便倒挂在一棵杜鹃树的枝桠上了。令人吃惊的是，她的动作竟是那么迅捷和灵敏，此时，她的胳膊和大腿上虽已被划出一道道触目惊心的血痕，她却完全无所顾忌，嘴里只管哇啦哇啦地狂笑着，引着人们去看她那拼命大张着的两条腿之间。

郝中和娇唯见了，气得直骂：“晦气！”最后，郝中忍不住红着脸上前一步，用言语镇吓起她来，喝她赶快下来，不要再胡闹丢人。谁知，她不但不收敛，反而更加来劲了，在那枝桠上一阵狂舞乱蹈，哇啦哇啦地像只发狂的母猴一般，甚至还气焰嚣张地和郝中叫嚣了起来，接着，一口吐沫便喷泉似地直泻而下了……

郝中这时气得恨不能跳上树去将她一巴掌拍碎，站在树下忿忿地直骂：“也不知道你的先人们做了什么缺德的事情，一个年轻的女孩子竟要沦落到这么没有羞耻的地步！”她的话对于桃红来说，简直起不到丝毫的作用，她现在在那树上越发陶醉得大叫大笑起来。娇唯的脸上也早已经挂不住了，火冒三丈地对她怒喝一阵，弯下腰去一手捡起一块土坷拉来，就要向她掷去。黛罗见状，连忙赶上前去制止。挂在枝桠上的桃红一见到黛罗，竟又一连喷出几口吐沫来，接着就立着眼睛大骂起来：“呸，不要脸的！

你怎么还不死!”

不知为什么,一般的人见了黛罗都会从心底里忍不住去喜欢她,而这桃红却只要一见到她,就会怒气冲天,骂声不绝。甚至,有好几次都险些毁了她的容。最危险的就是上个星期,那天,黛罗喜气冲冲地从她刚分配在北京的单位——北京师范大学实验中学赶回来,谁知,一进村,就被这桃红迎面扑倒在了地上,要不是杜鹃及时赶来,一阵大耳光子抽得她住了手,黛罗简直就要活活给她掐死了。要说她疯得也确实厉害,被杜鹃抽得嘴角都流出血来,忽然看见后面走来了秦守善,竟马上又哇啦哇啦地大嚷大笑起来。于是,村里的人们就轰笑着说她喜欢男人,恨女人,又说她虽然疯得厉害,可是也懂得喜欢漂亮的男人,而嫉妒漂亮的姑娘!不久,竟又有另外一种声音传了出来,说什么,“她一个傻子懂得什么男人女人的?她喜欢秦守善,是因为秦守善和她的姐姐桃丽关系好,而她之所以那么恨黛罗,大概是因为不敢去惹杜鹃,所以就把仇恨转嫁在了黛罗的身上……”总之,村里的人们各说各话,让人难以分辨真假。

郝中和娇唯这时见她如此辱骂黛罗,禁不住胸间气血上涌,要不是面前还有两位超级帅哥在,她们肯定会不顾一切地冲上前去替黛罗打抱不平的。大家正被她闹得不知所措,却见东方樱西竟不知何时,已经用那些散落在地上的嫩树枝和杜鹃花编出了一顶十分好看的花冠来,此时,他满面和然地对着疯狂焦躁的桃红扬了扬自己手中的花冠。说也奇怪,那桃红这时看见了他手中这顶花冠,竟立时像个娇羞的少女一般,跳下树来,同手同脚地向他走来了。甚至,还一连两次用自己的一双沾满了污垢的手遮挡住了羞处……之后，竟然十分安静地垂下头去，让东方樱西把那顶花冠给她戴在了头上。最后，她竟望着东方樱西娇憨地笑了。随即，又羞涩地跑去前面那弯池塘边，向水里照了照自己的影子，便一路拍着手，蹦跳着跑远了。

众人都茫茫地望着她远去的身影，似乎都陷入在一种巨大的震惊之中了。半日，娇唯才无比感叹地向郝中悄声说："天啊，真没想到，东方老师对一个疯子也有这么大的魅力！那个死桃红，真是丢他祖宗八辈的人，连我看了她那副鬼样子都会忍不住替她脸红害臊，可是东方老师他怎么竟能做到没有分别心，竟像是在面对一个正常人一样呢？哎呀，他刚才看那个疯子时的那种眼神，真是太让人感动了，他的心可真是太善良了啊！"

未待郝中说话，黛罗便笑着说道："世上本没有什么污秽和不堪，因为人们心里装着污秽和不堪，所以才满眼都是污秽和不堪。世上也并没有什么异样的目光，只是因为人们心里异样，才觉得别人的目光异样……"她说这话时，心里涌动着一种无比甜蜜的感觉，她今天似乎特别的快乐健谈。

自从黛罗出门之后，杜鹃的心里总是感到一阵阵的惝惶不安。

她一个人在房间里走来走去，走去走来。一会儿拿着抹布去洗脸，一会儿拿着开水瓶满屋子转，一会儿又举起扫帚去插花……总之，心里简直乱成了一团麻。忽然，她的面前闪现出一个影像，鼨鼨跳跃着，像个鬼影一般，直撞进了她的心坎，又搅动了她心底那块最重的病。她惊惶失措，五内如崩，眼前一片天旋地转……她被裹进一片茫茫的空白之中，被旋入一片明明灭灭的鬼魅的世界，被摔进一片漆黑的万丈深渊之中。那漆黑的世界里，阴风惨惨，鬼哭神愁，险峻不能知其深广……此时，她多么渴望能有一双温暖有力的大手，来救一救自己！然而，水底天心，万顷茫然。就在她将要全盘崩溃之时，屋子里突然掀起一阵笑声，随着一声轻快的："妈妈我回来了！"女儿黛罗救命天使一般的及时赶了回来。

"黛罗，孩子，到妈妈这里来！"杜鹃余悸未平，伸手将香汗淋漓而回的女儿搂进怀中。接着，又将她上上下下打量了一番，"现在才回来，吃饭了吗？"

黛罗一脸的笑意盎然："吃过了，和东方老师、南宫老师他们一起吃的。"说这话时，她的脸上越发显得一片桃光艳艳，忽然间，她的脑海里又撞进了疯子桃红的身影来，便忍不住又偷眼看了看她妈妈。

"哦，"杜鹃有些迷离地望着女儿，忽然抑制不住地问道："黛罗，今天早上，你在郝中家里真的说过'护苗人远比播种人的功劳大'这句话吗？你，从内心里真的是这么认为的吗？"

黛罗说："是啊，我就是那么说的，也是那么认为的！"说着话，她四下看了看，见屋里再没有旁人，便麻利地将身上那件长裙脱去，迅速换上了一身粉蓝色的家居短装，一边直说，"今天怎么会这么热呢"，一边又说，"做人，凡事都要心存厚道，才是正路。如果只是一心顾及自己的私利，而完全不顾他人的感受，甚至不念别人的恩情，为达目的，不惜制造纷乱，欺压善良，这种人，即便是聪明敏锐，最终，也会被自己的心术不正所害。就比如说，褚家的老人在把郝中的爷爷扔在雪地上的那一刻起，其实，就已经等于扔掉了他们之间的一切关系！这就好比，本来是一把好种子，播种人把它随便撒进土地之后，因为突然间的一个怪念头作祟，从此就彻底对它撒手不理不管了，任由它去自生自灭。在紧要的生死关头，走来了一位护苗人，从此，小心翼翼地将它呵护、照顾起来，不让它被狂风吹暴雨打，也不让它再经虫咬鼠啃的百般祸患，总之，是让它茁壮成长起来了。并且，还挂出了沉甸甸的果实。那么，您说，这成熟、丰硕的果实，到底是谁更有资格来收取呢？当然是护苗人！有时候，护苗人就是远比播种人的功劳大！"

杜鹃听到这里，咄地一声，跳下地来。全身似乎有了绵绵不绝的力量，一把将黛罗重新搂回在怀里，异常激动，简直就是惊中带泪，痛中有情，悲中有爱了："好孩子，你说得太好了，真是太对了！"

是夜，东方樱西躺在宾馆的床上，辗转反侧，简直就是心绪如潮。

实在睡不着，他便索性翻身在黑暗中坐了起来。他在那黑暗中一时喜悦，一时沸腾。终于，他轻手轻脚地打亮了床灯，重又拿出黛罗送给他的那幅书法作品来，小心翼翼地展开，再次郑重地欣赏起来。慢慢地，他的视线便透过那些字，破纸而出，穿透墙壁，飘回到昨晚那个曼妙温馨的黄昏时分，飘回到今天那片如火如霞的杜鹃林里去了：他又看到了那个清丽出尘，风流宛转的倩影，绝妙似临风仙蕊，鲜媚如梨花带雨般的向他款款走来；又听到了她那楚楚动人的声音，一如那些在半空中飘舞、飞扬的杜鹃花接受清风的爱抚一般，就那么轻轻软软地化落在了他的心间：“所以，人家才说作家伟大，就比如曹雪芹，他能把那么复杂多变的人物写得那么血肉丰满，可歌可泣，简直堪称绝倒！所以后人称他是天才、奇才，说他‘一语为千万语所托命，笔头上担得起千钧！’……其实，我早在上大学的时候就读到过东方老师的一些诗歌作品，真不愧是‘品格清高，洒脱通透，掩尽诸家之作’……复杂多变，才是真实的人性……”他忍不住摇动心旌，感发情怀。他想着自己与她的这份意外的奇缘，简直就是上天的恩赐，前世的缘分！

南宫元宸这时也因为想心事想得发了呆，也并没有真正入睡。这时，一见他魂不守舍地捧着黛罗送他的那幅字出神，便也翻身坐了起来。他盯着他看了又看，终于忍不住问他：“怎么，是不是你也要因为那个黛罗姑娘而失眠了？你也……爱上了她？”

东方樱西闻声，不觉一惊。心想：“什么叫‘你也因为，你也爱上了她？’难道……”他将一道疑惑的目光投向了自己的老同学。

南宫元宸生性爽直，并不回避，叹息着笑了几声之后，对他说：“缘分这东西，为什么就这么奇怪呢？之前，我来这东口至少也有三五回了，可是，来去匆匆，从来都没有碰见过她。这次，你一来，就让我们一起碰上了她！”他长长地“唉！”了一声，无限感慨地望着他，又说，“樱西，今后，咱俩该不会成为情敌吧？”他苦笑着摇了摇头，似乎陷入一片沉思之中。片刻，忽然又神色霸道地说，“不过，我想，如果真要是那样的话，最后，你也肯定竞争不过我的，因为，我和这女孩子是天生的夫妻相！难道，你就没发现,她的眉毛眼睛,整个人的轮廓神态,简直和我像极了吗?”

东方樱西被他说得撞在了心坎上,瞥了他一眼,见他那副十分自负的模样,不由在心里暗暗发笑:“难道,每一个陷入情网的男人都会产生这种错觉吗?”

南宫元宸这时乜斜着眼睛向他感叹了一声:“情海难了,情海难了啊!”

东方樱西笑着说:“情海难了,难了能了真豪杰;情欲难断,难断能断真丈夫。你不是一直都在学佛吗?那么,就应该做个榜样出来,挥利剑斩情丝啊!”

南宫元宸大笑了一声,说:“你不用拿大帽子压我,这些道理我都懂。但是,如果遇到一份天赐的奇缘,我是宁可不作豪杰,不为什么真丈夫的!”

东方樱西便又说:“情欲之祸,千经万论,处处指归;情欲之害,诸祖语录,句句皆真。念佛求生,乃弥陀之本愿;断除爱欲,乃释迦之本怀。盖此二法,涵尽经藏,末法舍此二门,不出三界……”

南宫元宸便大笑着做了一个“请”的动作,又说:“请你先去做示范!”

两人便一起哈哈大笑了起来。之后,二人不觉又说到了那个疯子桃红,不免又感叹了一番,又忍不住谈论了一回因果轮回。东方樱西无限感叹地说:“也不知是什么因果,那么一个年轻的女孩子疯成了那样,大概她一辈子都不会知道羞耻是什么了!”

南宫元宸听了,忍不住说:“不管怎么说,她总算是个疯子,即使一辈子都不知道羞耻为何物,也还总算情有可原。而现在有多少所谓的正常人,为了名利,更是从无羞耻惭愧之心,那些一个个靠着把自己剥得精光,拿在大庭广众之下去暴晒的艺人们,那些完全失去人格支撑的心理变态者,那些贪得无厌的国之蛀虫们,他们哪个和那疯子桃红比起来,不是比她更加不知羞耻几百倍呢?”

第七章

老女不嫁：踏地呼天

观自在菩萨:“世尊,若诸菩萨具足一切无尽财宝成就大悲,何缘世间现有众生贫穷可得?”

释迦牟尼:“善男子,是诸众生自业过失,若不尔者,菩萨常怀饶益他心,又常具足无尽财宝,若诸众生无自恶业能为障碍,何有世间贫穷可得?譬如饿鬼为大热渴逼迫其身,见大海水悉皆涸竭,非大海过,是诸饿鬼自业过耳!如是菩萨所施财宝,犹如大海,无有过失,是诸众生自业过耳!犹如饿鬼自恶业力,令无有果。”

——《解深密经》

昨晚,南宫元宸和东方樱西辩驳了大半晚,他们一个自认为和黛罗是天生的夫妻相,乃三生注定;一个说自己和黛罗心有灵犀,是天赐的良缘。于是,今天一早,他们说好,各自出去凭着感觉走,看看到底是谁先会遇到黛罗,就说明他和黛罗更为有缘,但是有一个前提,那就是,谁也不能去黛罗家。于是,二人出了门,一个往东，一个往西，各自迎着梦想而去。

世界养生度假村真不愧是一个天然的大氧吧，三步一翠，五步一荫的大面积森林中含有大量的“空气维生素”——阴离子，它们可以改善人体神经系统功能，促进新陈代谢，提高免疫力，使人彻底消除身心疲劳。在这芬芳幽深的绿色环境中，人的嗅觉、听觉和思维活动的灵敏性得到了最大程度的增强。此时，阳光的金粉正透过那一排排枝叶交错的树林，隐隐地打在人的脸上，打在地下那些厚厚的无菌、无灰尘、不含有毒物质的松软的落叶层上，耳边，是悦耳的鸟啼蝉鸣，不时伴着溪涧流水的叮咚之声……这一切，让人舒服得只想闭上眼睛就地躺倒，永远地睡过去才好。走出世界养生度假村，放眼看去，只见沃野千里，田园似棋，街上早已是人来人往。小商小贩，五行八作，男男女女，老老少少，做买做卖，挑担背筐，吆喝叫卖，打趣说笑，摇扇踱步，结伴还愿的，应有尽有。珠龙风情古街上的乡村集市更是红火热闹，精明的商家将集市从城里搬到乡村，使农村居民在家门口就能购买到各种新鲜时蔬和丰富的节日用品。热闹红火的乡村集市既方便了农村群众，又使商家获得了商机和利润。这里尤其是喜欢扎堆的妇女们的最爱，此时，那一声声从心底里冒出来的痛快的笑声，与枝头上的各种莺啼鸟鸣之声，立时交汇在一派繁荣热闹的景象之中了。

南宫元宸这时一路沿着珠龙风情古街信步而来，虽然他觉得这里似乎有些过于喧闹了，可是脚下却偏偏不听使唤似的，一条直线地走了过来，仿佛在这喧闹的表象深处，藏有黛罗那芳香的气息一般。这时，他路过一家店铺，那红红的炉火，热腾腾的汤面，金黄色的笸箩里那一排排摆得金金黄黄的火烧，以及店主人清晨三点便起床亲自熬煮的香气四溢的鲜浓的鱼汤，再加上那梦幻级的蟹黄汤面交织在一起的香浓的味道，简直浸入到人的骨髓中去了！甚至，就连那桌子后面的一张张黝黑的笑脸都散发着一种莫名的魅力，这顿时激起了他无限的食欲，他忍不住凑了过去，坐在了那些正在说笑着的黝黑的面孔中间。他先要了一碗黄鱼面，又要了一碗蟹黄汤面。老板应声而去，他将目光一路追随过去，随着锅盖被掀开，热腾腾的浓汤遇到冷空气，汤面立即浮起了一层皮，足见汤熬得浓烈沉厚的程度了。两碗面被先后端上了桌，他深深地吞着口水，学着周围的人们，只管呼噜呼噜地吃了起来。入口即化的黄鱼肉配上多种浇料，大口吃面之余再爽爽地喝几口鲜美的鱼汤，一边听着周围那些陌生面孔们的神侃，不知不觉中，早已走进了他们的杯酒人生之中……

东方樱西这时从另外一个方向，一路直奔凤鸣台而来。在他的心中鼓荡着一种神奇的力量，让他不可遏止地向着这里走来。虽然一路之上，各种诱人的景色偶尔也会让他心旷神怡，街边热闹的叫卖声和店铺里香气四溢的各种小吃的味道也让他感觉肚子有些咕咕叫，但是，他终究还是顾不上一心二用，只管埋着头往前急走。天意与神示，既来自自然也来自人的内心。结果，在这方曾经招来凤凰的圣地，在这块一代先哲——老子——曾经读书和思考的宝地，他果然又看到了黛罗。

此时，她正在那一派瑞彩济济的美景之中默默地出神，一会儿皱着眉头，一会儿又含笑自言自语着……东方樱西的心忽然突突地狂跳起来，这景象，让他有一种恍若隔世的迷离和甜蜜。不知不觉中，他已走了过去，在她面前站定了，叫了声："黛罗"。这是第一次，他当着她的面喊出了她的名字。秦黛罗此时正想心事想得出神，忽然听见有人在身边喊自己的名字，已不由先吃了一惊。一抬头，却见是东方樱西，心中不觉一喜，也许是因为刚才心里正想着他的缘故，所以这时脸就不由微微地红了。她有些迷离地望着他，半日，才说了一句："是你啊？"因为站得近，所以他这时几乎是低下头来看着她的。她的脸从上面看下去更加妩媚俊俏了。因为他人生得格外瑰伟俊朗，尽管黛罗已经是一米六八的身高，此时在他的面前仍然显得像一株不盈一握的纤纤秀竹一般。她总是这样，每次见面，都会使他情不自禁地升出一种想要去保护她的念头。

两个人静默地对望着，一阵微风拂来，她的裙带和裙摆便不断地扑到他的身上奏乐去了。"扑哒，扑哒扑哒……"他望着她，想起自己和南宫元宸的那个约定来，不禁甜蜜地笑了："真巧，你在这里干什么？等人吗？"

她"哦"了一声，顿了一下，点着头说："我来这里找我爸爸，还以为他到这里来锻炼了呢，谁知道找了一圈，也没看见。"说着话，便指着附近的一个赫然写着"出租"的院落说，"要不然，你帮我到那里面去看一看我爸爸在不在，好吗？"

东方樱西顺势向那个方向看了过去，一扇惨红色的大门便首先夺入了眼帘，那种阴惨的颜色很容易让人联想到旧社会里那些堕落淫腐的地方。他应允下来，又与她说了几句话，便向着那个地方快步而去了。

这院子里的面积倒也很不算小，里面有些荒落衰败，四下里飘荡着一种陈腐的气味。隔着窗户看进去，那几间同在一座院落里的房间内，有些竟是人头攒动、热闹非凡，有些则是冷冷清清，门可罗雀。厚厚的青砖墙上，一色传统的花菱型门窗，总算还能显示出一些传统中原建筑的魅力。东方樱西正在迟疑间，一个略有些干涩的声音从他的身后响起："咦，这不是东方老师吗？"

东方樱西转过脸来一看，面前是一张陌生的面孔。对方是一位30岁开外的大龄女青年，身材偏瘦，却配着一张滚圆的脸，正面看，腮骨向两边翻起，侧面看，腮骨过方，似有尖角般的向耳后突了出去。东方樱西有些吃惊地望着她，问："怎么，你认识我吗？"

那人十分热情地说："当然认识了呀，您是南宫老师的好朋友，马村长家的贵客嘛！那晚在凤鸣台，您的《道德经》背得多好呀！"接着，她自我介绍说，她叫扬桃丽，本是名人之后，是宋代大家扬补之的后裔。她与她的先人一样，善词翰，工书法，尤其擅长画梅花。只可惜，生在这个浮躁的时代，她这样一个十分传统而且保守的姑娘，为了保持自身和良心上的一片清白，从不去起哄跟风、向世俗低头，所以就只有处处碰壁的份了。因为在大城市里实在难以生存和发展下去，所以，她就迁到这方与世无争的地方来了……

东方樱西被她说得心中十分感慨，兀自叹息了一阵，才想起向她问道："你是这里的主人吗？"又说，"我来这里看看秦大叔，就是黛罗的爸爸，不知道他在不在这里？"

扬桃丽见他向自己询问秦守善，脸上不觉闪现出一丝不自然的神色来。好在，她看到东方樱西的脸上并无丝毫的奚落之意，便想着他很可能只是受人之托，其实并不深知她和秦守善的深情底里，便笑着说："哪里，我只是临时租住在这里的。至于黛罗的爸爸，我倒是没太注意，"说罢，又指着对面那间热闹非凡的屋子说，"要不，我给您进去看看他在不在那里面？"

东方樱西连忙向她道谢，她的那张被过厚的脂粉涂抹得白里透青的滚圆的脸上，顿时绽出了幸福的娇红。她向他甜蜜地一笑，一个韵味无限的扭身，便向着那间屋子快步走了进去。

东方樱西隔着窗户向那间屋子看了进去，见那里面不仅乌烟瘴气，而且好像还乱哄哄的。这不由使他想到了自己那位嗜赌成性的姑姑常常光临的那些地方来……难道，这里，是个赌场？应该不会吧……

他正在那里揣度着，只见那桃丽眉花眼笑地又返了回来，两只眼睛水汪汪地望着他说："您还真是找对地方了，我刚才进去一问，里面的人说他刚才还在，不过现在正好出去了，可能一会儿就会回来了。要不，您先到我的画室里去等一等吧？"

东方樱西这才注意到，她的眼睛有些异样。不知是由于昨天晚上没有休息好的缘故，还是别的什么原因，总之，给人一种红肿的感觉，猛一看过去，还以为是两只烂眼边呢。

东方樱西正要说什么，这时，房顶上突然传来一阵嘎嘎的怪笑声，二人不觉纷纷吃了一惊。抬头看时，却是疯子桃红。此时，她正披着一个斗篷式的大褂子，在那屋顶上叽叽嘎嘎地大笑着，来回狂奔着。那褂子的周边都被撕扯成了一条一条的，此时，正随风飘舞着。也许，正是这些随风飘舞着的破布条打在她的身上，让她有了一种飘飘然的感觉，她顿时狂喜难禁，连连发出一串大笑之后,竟然纵身一跃,从空中直兜兜地坠了下来。下面的两个人都吓了一大跳,随着一声惨绝人寰的尖叫声响起,他们跑过去看时,那桃红几乎已被摔了个半死。

这时,就连那间乱哄哄的房间里的窗户上,也都挤满了黑压压的人头。也有几个人忍不住的,已经从里面跑了出来。

大家看着桃红这副被摔得满嘴满身都是血糊糊的惨相,全都吓懵了。有的摇头叹息,有的建议赶快送神经病院得了。

桃丽这时忍不住眼中滚下泪来,她一边慌忙错乱地掏出纸巾去给自己的疯妹妹擦拭着满脸满身的血迹,一边恨得连连在她的肩上拍了两巴掌,哭道:"我到底该拿你怎么办,该拿你怎么办啊!这种日子到底什么时候才是个尽头啊?"说着,便压抑地哭了出来,又哽咽哀声地叫着"天地祖宗",哭她早死的"父母爹娘"。

东方樱西被她哭得心中十分酸楚,忍不住在旁边劝慰了几句。天地空空、我独无依的扬桃丽便顺势扎进他的怀里放声痛哭去了。东方樱西万万不曾想到,她竟然会有这样的举动。这时,拒绝也不是,离开也不行,只得暂时忍耐着。

要说这疯子桃红也真够可怜,都被摔成这副模样了,这时一见身边围上来许多男人,顿时,又哇啦哇啦地大嚷大笑起来。接着,竟把一个要帮着她姐姐抬她回家的浓眉大眼的壮汉狠狠地咬了一口,又向他喷出一团口水之后,竟又挣扎着站了起来,一阵哇啦哇啦地狂嚷乱叫一通之后,又跑了。

那壮汉被这疯子当众给了一个大大的难堪,他只管怒瞪着又趁机闪回在东方樱西的怀抱里的扬桃丽,心中这口恶气真是不知该向谁去发泄才好。最后，竟气得骂出一串粗话来，转身拂袖而去了。

此时黛罗正在凤鸣台一心等着东方樱西回来，不期，竟走来了神采飞扬的南宫元宸。两人刚说了几句话，就见郝中和娇唯也气喘吁吁地赶了过来。

她二人现在竟是要到扬桃丽的家里去找东方樱西的。原来，刚才那个被桃红当众咬了一口，又啐了一口的壮汉正是郝中的哥哥。他无端受了一个疯子的恶气，又被她的姐姐冷落在一旁，回到家里之后，却满耳朵里都听见自己的妹妹跟他的媳妇夸赞那东方樱西和南宫元宸二人是如何渊博出众，品格端方。他真是觉得万分逆耳。东方樱西因为那晚在凤鸣台背诵《道德经》，所以凡是那晚去看演出的人们，都已经认识了他。郝中的哥哥更因为自己妹妹的关系，对他更是熟悉了一层。于是，他这时便挂着一脸的冷笑，讥讽自己的妹妹是个鼠目寸光的井底之蛙，拿着石头当金子，根本不识好赖人！

郝中听了，便问他："无缘无故，你干什么诋毁别人？谁拿着石头当金子，谁不识好赖人了？"

她哥哥嘴角仍旧挂着不屑的冷笑，让她自己到扬桃丽的家里去看看。又说："扬桃丽现在正在她家里抱着你心目中那尊神圣的偶像——东方什么老师还是樱西的，哭诉她自己的不幸遭遇呢！"

郝中听了，气得直骂："无耻，撒谎！你以为所有的人都和你一样呢！"

郝中的嫂子被触动了心事，也禁不住在一旁帮着直骂："骂得好，活该，像他这种人就欠有人天天骂！”

郝中的哥哥见她们断然不肯相信自己，又急又气地赌起咒来，又将事情的来龙去脉说了一遍。又说，当时在场看见的并不止他一个人，还有三儿和铁柱都可以作证，让她们不妨现在就去问问他们去。又怂恿着郝中说：“你要是不相信，你就自己过去看看去嘛，要是去晚了，错过了好戏，你可别后悔！”又寒着脸嗤笑着说，“哼哼，男人的心思，说到底，也还是那么回事！那个东方什么的，为了撇清自己，居然找借口说他在那里等黛罗她爸爸！呵呵，不是活见鬼了吗？可见他那种所谓的有点学问的人，也没把心肠真正用到什么正经地方去！”

郝中气得直翻白眼，说：“真是狗屎眼里全是狗屎了！人家为什么就不能去那里等秦大叔了？”

郝中的哥哥十分不屑地说：“得得得，你爱信不信，我又何苦跟你在这里浪费吐沫？”又说，“我们从昨天一直耍牌耍到今天，连黛罗她爸的一个鬼魂影子都没看见，他却说他在那里等什么秦大叔，那不是明摆着红口白牙地胡说八道吗？噢，他以为他多喝了几年墨水，就可以把别人都当成傻子吗？”

郝中看着他的神色，不像是在撒谎胡说。又回思了一番他的话，便越发忍不住动起气来。说起这扬桃丽来，自从她两年前来到这东口村，不知先后生出多少事端来。起先人们见她一个孤身女子拉扯着一个人事全然不知的疯妹妹，都十分同情，纷纷给予她最大可能的周济和照顾。然而，不久，村子里就陆续有一些年轻的媳妇们站出来指桑骂槐了：“好好的东口村，忽然来了这么个不要脸的东西，就像好好的一锅汤里掉进来一只黑头苍蝇一样,让人恶心!”

也有的说:“一个不知羞耻的女人,却好意思给自己找出一堆的理由来,逢人就问,为什么她总是被命运嘲弄,爱上一个又一个不该爱的人?为什么她的人生总是错乱不堪?又为什么总是以梦想的破碎为最终的结局?却就是不知道自己去照一照镜子!”

还有的说:“买条裙子,嫌没男人看,说不知道穿给谁看,穿着也没劲。结果,还是穿出去满大街招摇,露着一道巨深的乳线,黄铜打成的包金项链紧紧地夹在中间,走起路来一晃三荡,直荡得人眼睛都花了。那一张脸,从来就看不出本来的颜色,原本的眉毛被拔得精光,后天用眉笔专门画出两道勾人的眉形,如果是夜里走出来,嘴角再沾上几滴血,那真就成了《聊斋》里那些千年的冤魂,万年的怨鬼出世了!就这样,还没有自知之明呢,天天妖妖调调的,还以为自己是天上的嫦娥,杜鹃家的黛罗呢!”

这个说:“谁说不是呢,真想结婚就老老实实找一个人嫁了就算了!真没见过她这样的,今天想着碗里的,明天望着锅里的,到底是什么意思呢?”

那个说:“这种女人的招数就是勾引。把男人勾引上了,屎盆子还要盖在男人们的脑壳子上。让男人们顶着‘流氓、不正经’的大帽子,她还满世界里喊冤叫屈,说凭什么让她一个孤苦的弱女受这种罪!”

渐渐地,就连一些中老年妇女们也按捺不住,纷纷地骂了起来,骂得也就更加厉害难听了。

这个说:“不知道她祖上缺了什么德,姐妹俩可真是一对儿!

一个真疯，一个装疯，一个明着脱，一个暗着脱！真是缺了十八辈子德了！”

那个说：“将来，也不知哪个有眼光、有造化的男人能把她这种人娶到手，真要是那样，那可真是便宜大发了！”

有人不明白，就问：“怎么还便宜大发了？”

那人便撇着嘴说：“可不是便宜大发了吗，坐在那里就能坐拥一座帽子城！”

一阵轰然大笑之后，有人又忍不住骂道：“像那种奸淫狗盗的狐媚子，心机深着呢！成天就想着怎么勾引男人和算计人家的女人，将来，一定不得好死！”

另外一个又说：“哼哼，还总喜欢把自己装扮成一个传统正派的女人，张口闭口就是什么‘我很传统……’我呸，臭不要脸的东西，她也配说这‘传统’两个字？总是见人家电视里现在都说‘传统’好，暗门子也就传统起来了！去年大八月十五，她非拉着我们家铁柱跟她上云台山去写生，我家铁柱给她缠得实在脱不开身，才说了句要带着我也一起去，她一下子就发狂吃起醋来，居然在半夜里三点一连给铁柱子发过来几十条信息，害得我们打了几天的架！后来，在我的严刑逼供之下，我才总算知道，铁柱和她根本就是井水不犯河水，毫无瓜葛的，完全是那女人自己按捺不住风骚，想勾引人。她之所以会在半夜三点一连发过来那么多的信息，目的就是为了让我看见之后和铁柱打架，她自己找回平衡。最后，我们铁柱也是让我给逼急了，就让我用脚丫子想想看，说，如果他真和她有什么不可告人的事，那么，他悄悄跟她上山不就得了，干什么还非要带着我一起去呢？咳，经他这么一说，我才醒过味来了！你们说说，这种害人精，她的心机有多深！”

……想到这里，郝中便再也坐不住了，她这时无论如何都按捺不住自己对那桃丽的一片憎恶和鄙视之情，她想到东方樱西是那么一个性格温柔，对人毫不设防的人，他一定把所有的人都想得和他自己一样善良美好，如果那桃丽趁机对他施展起手段来，他还真未必就能轻易脱得了身，那么，岂不是一块洁白的美玉，从此就要染上了污点？就算他最终不会落入她的圈套，可是，那种女人遇到了他这样的人，还愁她不会自己到处去乱吹胡说一气吗？现在，她的哥哥不是就已经在闲言诟秽、讥嘲毁谤了吗？她越想越怕，抽身就冲了出去。半路上，竟险些和兴冲冲而来的娇唯撞在了一处。

娇唯见她这副挟风带火的样子，也不知她家里究竟又发生了什么大事，正要问她几句，却被她一把拉住，只管一起向桃丽家飞奔而来。

眼看就要到达目的地了，却又被黛罗和南宫元宸给喊住了。

郝中这时跑得呼哧连天，这时看见了黛罗和南宫元宸，也顾不得喘息一下，就用手指着桃丽暂时租住的那个院落，上气不接下气地说：“东方老师……在扬桃丽那里，你们……知道吗？”

黛罗一听，不觉一怔，连忙说：“知道啊，是我让他进去看看我爸爸在不在里面的，咦，你是怎么知道的啊？”

郝中一听，顿时瞪着两只眼睛不知该如何是好了，她总不能当着众人的面，把她哥哥刚才说的那番话再复述一遍。默然了一会儿，才终于向黛罗埋怨道：“黛罗你也真是的，你怎么能让东方老师到那种地方去找人呢？”顿了顿又说，“就是要去找，也该让南宫老师进去找嘛!”

南宫元宸不听则已,此时听了这话,顿时张皇四顾地大笑起来:“哈哈,这是什么话?要去也该我进去找?那是个什么地方?老虎洞,蝎子坑吗?啊?不是吧?还真的是呀?”他环顾着大家的表情,简直惊讶得不知该说什么是好了。半日,才又万分感慨而委屈地说道,“难道,我这样子像一个坏蛋,可以任凭被毒害和侵蚀吗?”

郝中听了,哭笑不得地向他解释道:“不是的南宫老师,我的意思是说您反应灵敏,善于应变,而东方老师他太过温柔敦厚了嘛!”

一句话说得南宫元宸浑身都暴栗起来,指着对面的院落直问:“那到底是个什么所在?樱西现在真的在那里面吗?他在里面干什么啊?”说着话,他盯住了黛罗,片刻,似乎又回味过来似的,自言自语地说,“哦,是你让他进去看看你爸爸在不在里面的。也罢,我倒要进去看看那到底是个什么所在?”

郝中一听,这才知道他也是刚来这里不久。于是便眼珠一转,如此这般地将大家吩咐起来。

桃丽的画室里,她正在呻吟呓语一般地再三向东方樱西诉苦。天地之间,万事万物,都能被她生发出去又兜转回来,变成她不幸命运的一怨三叹。

东方樱西在一旁听得又惊又叹,他的眼睛其实一直都留神盯着窗外,秦大叔是左等也不见回来,右等也不见回来,真是愁人。

这时,就听见一阵穿云裂帛的歌声从院子外面传了进来:

哎，赶着羊儿进山间哎，一只白羊走在前哎；有个老女难出嫁哎，急得踏地又呼天哎……

东方樱西听着听着不觉“扑哧”笑出了声，这是一首北朝民歌，他上大学的时候曾经学过的。而那桃丽却哪里有这样的知识？现在听了这些唱词，简直把自己一张滚圆的脸都要涨破了。

东方樱西一见等了这么许久，终于还是不见秦守善回来，便起身告辞了。

他走出院门外，才一眼看见，原来竟是郝中和娇唯两个调皮鬼在那里拍着巴掌在唱那首《老女不嫁》呢，转眼之间又看见了她们身边不远处的黛罗和南宫元宸。

众人这时见了他，立即一起涌上前来，将他裹住，问个不休。他都不知道该先回答谁是好了。最后，他索性不管众人，只和南宫元宸争论着到底是谁先遇到了黛罗。好在大家并不知道他们事先的那个约定，见他们争得热闹，也不明白其中的机关，因而都只是付之一笑。

后来，他们走出去很远了，郝中在不经意间一回头，竟一眼瞥见了那桃丽正鬼头鬼脑地向他们这边再三张望着，便用胳膊肘碰了碰娇唯。娇唯回过头去再看时，她早已经隐匿得无影无踪了。

后来，娇唯小声对郝中说：“看那个女人那副臭德行，哪能赶得上杜鹃婶子一个脚趾头呢？那秦大叔也真是的，怎么就偏偏看上她了呢！这简直真成我奶奶说的那样了，‘男人的心，粪池里的蛆！哪里恶臭就专门往哪里钻！’咳，真是可悲呀！”

郝中伸手打了她一记，轻声禁喝道：“去你的，你可别乱说，小心黛罗听见了会生气!”

娇唯便吐着舌头向她做起鬼脸来,又说:“哎,你说,黛罗明明知道那个女人是那么一副德行,刚才怎么还让东方老师到她那里去找人呢?你说,会不会是黛罗故意要试验一下东方老师啊?”

“去你的,亏你能想出来!黛罗就是真的想去试验,也不用自我作践到拿那种女人去试验自己心上人的地步!”

“嘻嘻,你是说,东方老师是黛罗的心上人吗?那么,南宫老师呢?哎呀,你看他们两人现在看黛罗的那个眼神,简直都让人没法形容了!你说,黛罗到底喜欢他们两个人哪个更多一些呢?”

“我不知道,你想知道你自己去问黛罗好了!”

第八章

再赴蓬山：法脉中的神妙之光

我从红尘中率先早退

你却在因果之间迟到

——仓央嘉措

这天，杜鹃和黛罗又起了一个大早。

清晨的院子里到处溢散着各种花树交织在一起的妙香，青翠的树叶上闪着晶莹的露珠，几十只色彩斑斓的蜻蜓、蝴蝶在花树之间漫天飞舞，那一片并不起眼的紫花地丁突然爆开一串动人的红紫色小花，羊圈里的两只母羊又产下了幼崽。

杜鹃直忙得前奔后走，手脚难顾。忙累了，她就一屁股坐在后院那片绵绵的杂草上，看着那片被风吹起的芒种花的粉绿色的叶片，像是纷纷的心事，噼噼啪啪地向她砸来。忽然，她觉得日子变得那么沉重，就像一座大山一般，黑压压地向她倾来。倾在她的心尖上，挫在她敏感而脆弱的神经上，扎在她矛盾而焦虑的思绪上，让她喘不过气来。此时，她的心里充满了悲辱和感伤，想到自己坎坷多难的人生，她就忍不住要掉泪。她觉得自己简直不如一株风中的芒花，不如一朵矮篱前的紫花地丁，甚至，都不如羊圈里那两只嗷嗷待哺的小羊羔。唉！人生的前程，渺渺茫茫，众人飘泊在这无边的苦海里，究竟，哪里才是一个美好的归宿，理想的家园呢？

她深深地叹息着，临风独自饮泣。那一堆堆，一件件如麻的往事，就像一把利刃一般，将她的五脏六腑搅得血迹斑斑……进而，她又想到了秦守善——那个衣冠楚楚，满腹学问，口吐莲花的道德君子，那个眼尾勾圆，活泼灵转，说一套做一套，喜怒无常又工于心计的男人，自己从跟他结婚起直到现在，近 30 年的时间里，简直就没有从他那里得到过半点该有的温存和关爱。无论自己为了他，为了这个家是怎样忍辱负重、沥血呕心，到头来，却根本换不回他一个真心的笑容和一句真诚的赞许。多少年来，她为了这个家，甚至都忘记了自己是一个女人。炎炎酷暑，她跟一群黝黑的壮汉们在一处拼搏滚打，直累得身上脱掉了几层皮；冽冽寒冬，她早出晚归，常常一个人扛着一百多斤的货物，赶几十里的山路……最让她不能忘怀的是，当年，自己已经怀有 7 个多月的身孕，还不得不拖着沉重的身体，顶着毒哗哗的日头，汗水渍渍地站在窖口的边缘，一次又一次艰难地弯下腰去，接过那下面的人递上来的大袋大袋的土豆、山药……结果，一个不小心，小肘重重地撞在了腹上，顿时，殷红的鲜血淌了一地。随即，她一头栽倒在那片血泊之中……当时的秦守善，是被村长用大喇叭广播了十几遍，才惶惶赶回家里来的。她当时已经人事不知，听秦守善后来自己说，在赶往医院的一路上，他是几次停住那辆破牛车，把手放到她的鼻前，去试她还有没有呼吸的。后来，经院方极力抢救，她总算保住了性命，却被院方告知："从此以后，你再也不能生孩子了！"在出院回家的路上，她实在口渴难耐，就跟秦守善说了。也就那么巧，正好这时迎面开过来一辆大卡车，秦守善顿时兴奋得满脸通红，转过脸来对她说："你还真有点子福气，刚才开过去的那辆车里扔下来一地的苹果皮！你吃不吃？我下去给你捡？"

咳，一想起这些辛酸的往事，她就心如刀割。

那么，就想想以后，想想将来？可是，她的将来又是什么呢？

她的儿子秦柘吗？可惜他憨厚有余，志向不足，既没有秦守善的心机和口才，也没有她的这份吃苦耐劳的精神，基本上是一个寡言罕语，似有器量，实无远图的人。儿媳妇银珠，貌似诚恳，礼节周全，其实骨子里相当不简单，她很能洞悉别人的心事，因此很容易左右和挟制一个人，做事情口蜜腹剑却一点也不会露出马脚，城府之深、花招之多，似乎更在秦守善之上，简直就是一个不可招惹的恐怖分子。想来想去，也就只有女儿黛罗最慰己心。然而，在她的身上，却隐藏着一个天大的秘密！那秘密，像个随时会燃烧起来的大火球一般，时时让她提心吊胆，如坐针毡。有时，它就像一个鬼影一般，咻咻地嗅着路，说不定什么时候就突然闯进她的心扉，疯狂地将她噬咬起来……

她简直痛苦到了无以复加的境地，这时，她听到黛罗在喊："妈妈！"

她知道，那是女儿已经把早饭准备好了。她深深地咽了一口气，强打起精神来，应了两声，悄悄抹去了挂在脸上的泪水，向着家里走了回去。

一顿十分清爽的早饭，杜鹃却吃得没情没趣。

饭罢，刚刚收拾停当，一夜未归的秦守善拖着两只红眼边没精打采地回家来了，杜鹃看见他这副德行，按不住心中的恶气，等黛罗走出门去，将他大加质问了一番。

秦守善懒得跟她对三对四，见她不谅苦衷、紧紧相逼，就福至心灵地向着外面大喊了一声："黛罗！"

黛罗听见了，便从外面的花圃中跑了回来，问他："什么事？"

秦守善说："还有面没有？给我端一碗来。"

黛罗煞是疑惑地"哎"了一声，心想："不是说已经吃过了吗？"她过去洗了手，重新给他把饭菜端上桌来。一切就绪，她正准备离去，秦守善又连声吩咐："拿碟醋，端辣酱。"一会儿又让拿报纸，把桌子旁边那盆刺球搬远点儿，黛罗便又折回来，忙得满屋子乱转。

秦守善一边心不在焉地扒拉着饭，一边故意和黛罗东拉西扯，说一些无关痛痒的话，总之，一刻也不让她离开自己的视线。杜鹃见他又把黛罗拉出来做挡箭牌，心中怒火愈盛，眼看就要按捺不住，索性站起身来，准备甩手而去。却不料，秦守善竟在后面嬉皮癞脸地问了句："秦大嫂，干什么去？"

杜鹃没好气地说："清扫后院去，给羊圈除除腥臊，把那些烂草臭藤铲除干净，省得发霉！"

秦守善听了，倚风作邪地把旁边的一张报纸掀了起来，故意拨她的火："咳，凡事自有它的道理，自有它的规律，不是你想铲除就能铲除干净的。就比如羊圈里的那股味道，那早就是入了骨的，难道你还有本事把它变成香水的味道？还有那些藤草野蔓，你可不要太小看了它们，它们慷慨的精神，可是值得大颂特颂的——只要对人类有益，它们就甘愿鞠躬尽瘁，甘愿自我奉献，甚至，宁可被践踏，哪怕是被践踏倒了，也要再顽强地站立起来。它们不惜用自己的身体去装点整个大地，却从来不奢求人们对自己的任何回报和恩典。在我看来，这小草藤蔓的品格，比很多自以为是的人要高尚、招人喜欢得多呢！”

杜鹃听了这番话，气得浑身打颤，心头怒火高高窜起三千丈。可是，她看了一眼女儿之后，只有强压万丈恶怒，假作不理会，只管继续往外走。

秦守善抓住了她的软肋，就肆意忘形起来，竟又一次把她喊住了：“财政部长，你先给我拿 2000 块钱，再去忙，啊？”

杜鹃见他竟是这般奸狡恶劣，气得周身气血乱窜。她狠狠地咽了一口恶气，粗着嗓门说：“不是才刚给了你 800 块，都干什么了？怎么又来要钱?！你以为我的钱是大风刮来的，那么容易赚的吗？”

秦守善冷笑着把报纸掷下来，说：“什么是你的钱？你用不着天天跟我这儿夸功邀赏，我知道自己几斤几两的命，我没把那九天仙女娶下来，你的那点儿能耐也没真正了不起到哪里去！别说别的，就是和快板里说的‘勤大嫂’比，你都差得远去了！居家过日子，总要图个心平气和，何必总把那点儿小小不言的功劳天天摆在脸上，挂在嘴边儿？再说了，要不是沾傍我的这点儿福气，你也想有今天！做人嘛，不要太过于精明算计了，凡事雾里看花，水中望月，那是最好不过。如果凡事都要求明明白白，处处地方都要斤斤计较，一定会伤神，伤心，伤身……”

杜鹃被他刺激到无以复加的地步，郁积的怒火顿时像喷薄的烈焰一般，熊熊将她燃烧了起来。她再也顾不得黛罗还在眼前了，咄地转回身来，扑上前去一把将秦守善手里的饭碗抢过来，向墙上摔了个稀烂，怒发如雷地指着他的鼻头大骂：“秦守善！你不用明藏暗指，你就直接说伤我的命不是更好？早早把我伤死了，你好把那个不要脸的烂货早点娶回来！”换了只手，又骂，“你吃我的，喝我的，你还处处这么欺压我！还敢说我沾傍你的福气！你拿镜子去照照你这副嘴脸，看看你如猪不如，如狗不如！猪也比你仁义，狗也比你干净！你还想娶九天仙女，我呸！你这辈子娶了我，也是你祖坟上冒了八辈子香烟了！”

黛罗吓得眼睁睁，无计所奈，早已抱着杜鹃簌簌泪下了。

秦柘和银珠这时也都跑了进来，慌忙将他们拉的拉，劝的劝。

杜鹃气得还骂：“像你这种满嘴仁义道德，一肚子冒坏水的东西，你还想着功名抱负，老天爷长着眼呢，他就不可能让你这种人发达了！像你这种猪狗不如的东西，你就该被天打雷霹，你就该暴死街头，你就活该死了都没有棺材睡！”

秦柘见她骂得太过火，一腔怒气直往上涌，一扫平日的憨厚持重，急怒交迸地禁喝道：“行了！有你这样的吗？还人家欺负你，到底是谁欺负谁！”

杜鹃被他呵了一个愣怔，简直闷绝欲倒了，带着哭腔嚷道：“谁欺负谁！谁欺负谁你知道个屁！你倒是说说看，到底是谁欺负谁！”

秦柘眼见得妈妈就要哭出来了，不禁心中一软，放低了声调，和颜悦色去哄她："气性总这么大，我永远也评价不出你们谁对谁错。反正今天，我就听见你在那里大呼小叫地骂人，人家说话一直低声细气，轻言细语的，我没听见人家还你一句。"

秦守善听了，态度愈加谦和起来，掐头去尾地向儿子和媳妇备述了前因后果。使忍辱成为可能，使无限的包容成为了真实。又说："你们也不用劝她，你们谁能跟人家说出个山高水低来？人家这两年给家里赚回钱来了，在这个家里，那是上上下下的头号功臣！不把谁放在眼里也是应该的，不痛快了，想拿谁出气，就拿谁出气，想把谁的人格践踏成一堆臭狗屎，谁就得白忍着。还得满脸笑容地忍着，一脸高兴地听着，稍微有一点儿不顺人家的意思，看见了吗，就是这种鸡犬遭殃的下场。"

秦柘见他爸爸屈辱成了这样，心里十分难过，连声安慰他说："我们都知道，我妈她就这么个脾气，您就多让着她点儿吧！"

杜鹃听了，气得有冤无处诉，一巴掌掷向秦柘："我把你这瞎了眼的混账，他那是故意在给你们演戏，装给你们看呢！他天生就是一个伪装高手，假仁假义，坏事做绝！不是戏子，胜似戏子！"又骂，"秦守善，你给我小心点儿，举头三尺有神灵！你以为你凡事都做得精明机密，你以为天底下的人都是瞎子！你以为你的手段高明绝顶，总能叫人身上没伤，嘴上难说，心上有血！好，你不要脸，你不是会装吗？我今天就把你的臭老底儿揭出来给你晒一晒！你满世界去问一问，就算是那些最低级的下三烂，他们有哪个是回家里拿着老婆挣来的钱出去吃喝嫖赌、胡作非为的？你看看你找的那个货色，一对扫帚眉，两个烂眼边，一嘴烂牙根，如猪不如，如狗不如！我呸，你个瞎了眼的无耻下三烂！”骂着，她就哭了出来，泪如走珠，浑身颤抖，气咽喉咙。在满怀的凄怆中，她又大哭起来。她越哭越伤心，越哭越难过，似乎忘记了眼前的一切，要把所有的委屈和痛苦全部哭出来一样。

黛罗见妈妈如此悲伤痛哭，只觉得心如刀割，身似油煎一般。又拍又哄，连声叫着“妈妈，妈妈不哭”，杜鹃原本为了她，不惜要将一切的委屈悲辱全部吞咽下去的，现在却见女儿为她哭得气噎声塞，娘俩索性抱在一处痛哭起来。

秦柘直挺挺站着，又急又痛，不知到底该如何抚恤母亲和妹妹，一时竟恨不得抽自己嘴巴。他见妈妈越闹越凶，爸爸落了个气上负气，只觉得自己简直毫无半点用处，他心里有话不敢说，不开口又不行，开口又怕再戳了妈妈的心，一时心里五味杂陈，好似万箭攒身一般。

最后还是银珠上前一步，把他推开了，向他使了一个眼色，让他带着秦守善先避出去了。又见面前的娘俩哭得悲痛，不觉也辛酸起来，叫了声“妈”，又叫“黛罗”，红着眼圈把她们扶在了身后的沙发上，将杜鹃身前背后又拍又揉，好话说尽，又拿来两条新烫好的热毛巾，沏了新茶。见她们总算渐渐平缓了下来，便去收拾了碎碗，清理了现场。

收拾好了一切，银珠满脸堆笑地走上前来，叫了声“妈，”又是给杜鹃捶背又是给她捏肩地柔声劝说了起来，“居家过日子，总是难免磕磕碰碰，有什么不痛快，说出来，闹一场，也就过去了。可是妈，以后，再遇到什么事，咱们有一说一，可不能只顾解气，再说那些没影子的事了。那样，不但伤了自己人的心，让外面的人听了，也会笑话的，是不是？”

杜鹃听了，心里一阵阵直发凉，想分辨却说不出话来。她深知这个时候，没有人会相信她的话。孩子们都会一致认为，她只是一时心里不痛快，拿人随便撒气，胡栽乱骂一气的。秦守善做事，既奸且辣，既遮了众人的眼，又戳着她的心，她是有气不能出，有口难于说！又一眼看见黛罗两只眼睛肿得桃子一般，满脸泪光，不觉心如刀割，后悔不该当着她的面争这口闲气。她那眼睛一哭肿了，整整一天都消散不下去，都没法见人了，心里越发把秦守善痛恨起来。

正在这时，院子里响起一串笑声。紧接着，郝中和娇唯轻车小调，脚踩春风地卷进门来。见到黛罗，二人欢喜无限地对她说："黛罗，可了不得了，从印度来了两个大法师，听说是南宫老师以前认识的朋友呢！他们的师父17世大宝法王明天要在净影寺说法，知道南宫老师和东方老师在东口，特意让他们赶过来接他俩的！”

郝中又补充道："东方老师和南宫老师正好看见我们路过，就让我们过来叫你也一起去，说是'机缘难得'。”

随后，两人又你一言我一语地说了一阵，才忽然发现黛罗两眼红肿，满脸泪光。不觉"啊"了一声，怔怔地回头四下里顾盼一阵，一见杜鹃的脸上也似有哭泣之状，心里便明白了几分，便都安静了下来，不敢再随意说笑了。

黛罗见她们这样，心里很是过意不去，噙着眼泪，向她二人笑了一笑，便走进隔壁屋子洗脸去了。一会儿，又走了出来，勉强挤出一个笑容来，对她们说："你们去告诉他们一声，说我今天家里有事,就不去了。"

郝中、娇唯最是见不得她这副外作欢笑,内含苦楚的样子,不觉一起鼓着嘴叹起气来,二人都默默地偎着黛罗坐在一处,也不再说话,也不思离去。

杜鹃一见她们小姐仨这副形容,心中十分不忍,就说:"黛罗,家里没事了,你还是跟她们一起出去散散心去吧,在家里闷着有什么意思?我也该到后院去看看那两只小羊羔去了!"说着话,就果真站起身来向门外走去。

黛罗见状,急忙丢开郝中和娇唯,脚挨脚地跟了过去。

杜鹃一回头,见她跟了出来,就说:"好孩子,听话,妈向你保证,家里再也不会有事了,你放心跟她们一起到外面走走去吧!"

黛罗说:"不,我哪也不去,我陪着你。"

杜鹃"唉"了一声,眼睁睁看着黛罗,无计所奈。黛罗外表虽则柔弱,可是她一旦犯起倔来,那是谁也拿她没办法的。在她只有 4 岁多的时候,因为和秦柘抢一块烧土豆吃,被她奶奶推了一把,骂了句"赔钱货!",从此,她每次回家都要绕过奶奶的家门,从房后的那堵小西墙翻墙而入。那个时候,他们和奶奶住在同一排老屋中,奶奶一家人住东厢房,他们住西厢房,大家共同的那个大院门是朝东开的。所以,每次要回家,必须先经过奶奶家的房门。就那样,她这一跳,就是半年多,谁说都不管用。幸而后来分了家,否则,恐怕她就要一直那样跳下去了。

"唉!"杜鹃深深地叹息起来,又把黛罗看了一看,她那副惊弓之鸟一般的小样子让杜鹃心里又难过,又酸涩,又后悔,一时真是打翻了五味瓶。她看见郝中和娇唯这时也跟了出来,就再次向黛罗挥了挥手说:“乖,听话,出去走走去吧!”却见黛罗还是低头跟着她,就停下来,把她搂在怀里,托起她的小脸亲了一口,又说,“乖乖,你连妈的话也不听了?快去!”

黛罗眼里又滴下泪来,也不说话,她走她也走,她停她也不动。

正在这时,南宫元宸和东方樱西也一前一后赶来了。

南宫元宸一眼看见郝中和娇唯,就挟风带火地笑着说:“让你们俩来喊人,人没喊到,你们自己也没影了!”

郝中和娇唯也不敢和他再说笑,悄悄地向他直摆手。

南宫元宸会意,偷偷向着黛罗母女看去,这才知道是家庭内部出状况了。

东方樱西遥遥地就看见黛罗似有哭泣之状,不由心内一沉。

黛罗此时见了他,不知为什么,眼泪竟又一次猛地涌了出来,她越是想做出欢快的样子,泪水竟愈发簌簌地掉落下来,止也止不住。最后,她竟哭着跑回屋里去了。

杜鹃一见众人来时喜气冲冲,现在却都如同霜打了一般,向屋里茫茫地呆望,内心里觉得很是过意不去,连忙换上一副笑模样来招呼大家进屋,又解释说:“都是我不小心,弄坏了她一幅最心爱的字画,招得她哭了一早上!”

这时银珠早已端上了果品。杜鹃笑着给东方樱西和南宫元宸介绍了她。二人见她眼波灵转,清秀文静,对人十分周到有礼,都对她的印象十分好。

过了一会儿,黛罗重新洗好了脸,换了一身衣服出来,静静地坐下了。

杜鹃见她情绪稳定了许多，就笑着说："这件衣服换得好，我们黛罗更像是那画上下来的人了！"

大家听了，都一起笑着说："真是，真是。"

杜鹃又说："本来，我这个人是从来不赞成那种当父母的整天在众人面前夸嘴炫耀，说自己的孩子是如何好，怎么聪明伶俐，随众人怎么去夸，我自己也从来没有做过那样的事。不过今天，我也忍不住要当众夸夸我们黛罗了。我们黛罗就是心灵手巧，无论什么事情，只要她喜欢，想学，她看一遍就学会了。她十五、六岁的时候，我带她到市里一家裁缝店去做衣服，人家给她量尺寸的时候，她就在旁边看了一眼，怎么裁剪，怎么制作，她就学会了。"

大家听了，都心悦诚服地一致称赞起来。

郝中和娇唯又纷纷补充道："岂止是这，黛罗以前从来没学过二胡，但她拿起来就能拉，简直就是无师自通！"

"还有啊，上中学的时候，有一次我们几个去五台山，庙里的老师父送了一本《大悲咒》和我们结缘。我的妈呀，上面那些字，生僻得直到现在我还念不通顺呢，可是，黛罗当时只用了一个上午，就能全部背下来了！"

南宫元宸笑着对东方樱西说："'灵山拈花，传佛心印'，黛罗很可能是一位再来之人也说不定啊。正好，大宝法王来到了净影寺，应该请他给看看。"

郝中和娇唯一起笑着问："什么是'灵山拈花，传佛心印'？"

南宫元宸说："当年，佛在灵鹫山说法，大梵天王以金钵波罗华持以献佛，世尊颔首而笑，随即拈花对着百万人天示涅槃相。

四众当即一片黯然，唯独佛祖的大弟子迦叶破颜微笑。这一笑，佛祖便知道迦叶尊者懂得他的意思了，所以这叫‘拈花微笑传’；传什么呢？传佛的心印法门。随即，佛祖睁开眼睛说：‘我有正法眼藏、涅槃妙心、实相无相、以心印心、不立文字、教外别传，我已咐嘱摩诃迦叶。’又复以金缕袈裟，嘱咐他说，‘你拿着，保护着它，把它交给将来成佛的弥勒尊佛。’摩诃迦叶就向佛祖顶礼，说：‘我要恭恭敬敬地依教奉行，我要保护这袈裟’……”

郝中和娇唯似懂非懂地眨巴着眼睛，相互交换了一个视线，发出一阵傻笑。

南宫元宸又说：“佛祖涅槃之后，迦叶尊者就到中国云南鸡足山入灭尽定。一心等着将来弥勒佛出世成佛的时候，把佛祖的金缕僧伽梨衣和四天王所献的钵，交给弥勒尊佛。因为这衣钵是佛佛相传的，所以他就在那里等着弥勒尊佛出世。现在，很多修行人都到鸡足山去朝拜这位迦叶。在鸡足山，常常有三种光出现——佛光、金光、银光，到了那里，如果至心诚恳，就会听到山里有钟声响起。这个钟声，在整个鸡足山几百里地以内都可以听见。但是虽然可以听见钟声，却看不见这个钟，这真是一种不可思议的境界。还有一位佛门高僧宣化上人说，道教中的老子，就是迦叶尊者的化身，因为他知道中国大乘根性的人很多，不过要是没有人预先到这个地方来开辟一条比较浅显之路，这些人是不容易一下子就接受佛法的。所以他就发愿化身为老子来到中国传播道教，由浅入深，广度一切有缘众生。他还说，孔子也是水月童子化身来的，颜回则是月明儒童化身来的。他们都是因为要到中国来开辟大乘佛教，所以就先化身来到这里提倡道教、儒教的理论，将来好和佛教合而为一……”

除了东方樱西之外，大家听得简直神魂飞越，如在梦中一般。

好半天之后，郝中和娇唯才圆睁着四只眼睛惊问：“您是说，黛罗就是他们其中的一位再来之人吗？”

南宫元宸大笑着说：“那倒不是，我刚才只是举个例子说明‘以心印心’这个法，是法脉相传，以及佛门中那些‘身披宏誓盔甲，行佛使命’的乘愿再来之人的事迹。至于黛罗，我之所以说她有可能是一位再来之人，那完全是因为她的聪明利根。至于她到底是什么人的再来，我可没这个本事能看出来。要看，也只有请大宝法王给她看了。”

第九章

净影寺:朝圣之路

帝(周武帝)升御座序废立义云:"朕受天命宁一区宇,世弘三教其风逾远,考定至理多愆陶化,今并废之。然其六经儒教文弘政术,礼义忠孝于世有宜,故须存立。且自真佛无像遥敬表心,佛经广叹崇建图塔,壮丽修造致福极多,此实无情何能恩惠?愚人向信倾竭珍财徒为引费,故须除荡。故凡是经像皆毁灭之。父母恩重沙门不敬,悖逆之甚国法不容,并退还家用崇孝治。朕意如此,诸大德谓理何如?"

于时沙门大统等五百余人,咸以王威震赫决谏难从,关内已除义非孤立,众各默然下敕催答,并相顾无色,俯首垂泪。有慧远法师(净影慧远),声名光价,乃自惟曰:佛法之寄四众是依,岂以杜言谓能通理?遂出对曰:"陛下统临大域,得一居尊,随俗致词,宪章三教。诏云'真佛无像',诚如天旨。但耳目生灵,赖经闻佛,藉像表真,今若废之,无以兴敬。"

帝曰:"虚空真佛,咸自知之,未假经像。"

远曰:"汉明已前,经像未至,此土含生何故不知虚空真佛?"

帝时无答。

远曰:“若不藉经教自知有法者,三皇已前未有文字,人应自知五常等法,当时诸人何为但识其母,不识其父,同于禽兽?”

帝又无答。

远曰:“若以形像无情、事之无福,故须废者,国家七庙之像岂是有情,而妄相尊事?”

帝不答此难,乃云:“佛经外国之法,此国不须,废而不用。七庙上代所立,朕亦不以为是,将同废之。”

远曰:“若以外国之经非此用者,仲尼所说出自鲁国,秦晋之地亦应废而不行。又以七庙为非,将欲废者,则是不尊祖考。祖考不尊,则昭穆失序。昭穆失序,则五经无用。前存儒教,其义安在?若尔,则三教同废,将何治国?”

帝曰:“鲁邦之与秦晋,封域乃殊,莫非王者一化,故不类佛经。”

七庙之难,帝无以通。

远曰:“若以秦鲁同遵一化,经教通行者,震旦之与天竺,国界虽殊,莫不同在阎浮,四海之内,轮王一化,何不同遵佛经,而今独废?”

帝又无答。

远曰:“诏云‘退僧还家崇孝养’者,孔经亦云,‘立身行道,以显父母,即是孝行’,何必还家?”

帝曰:“父母恩重,交资色养,弃亲向疏,未成至孝。”

远曰:“若如是言,陛下左右皆有二亲,何不放之,乃使长役,五年不见父母?”

帝曰:“朕亦依番上下,得归侍奉。”

远曰:“佛亦听僧冬夏随缘修道,春秋归家侍养,故目连乞食饷母,如来担棺临葬,此理大通,未可独废。"

帝又无答。

远抗声曰:"陛下今恃王力,自在破灭三宝,是邪见人,阿鼻地狱不简贵贱,陛下何得不怖?"

帝勃然作色大怒,直视于远曰:"但令百姓得乐,朕亦不辞地狱诸苦。"

远曰:"陛下以邪法化人,现种苦业,当共陛下同趣阿鼻,何处有乐可得?"

帝理屈,言前所图意盛更无所答,但云:"僧等且还!有司录取论僧姓字!"

帝已行虐三年,关陇佛法诛除略尽,既克齐境还准毁之。……融刮佛像焚烧经教,三宝福财簿录入官,登即赏赐分散荡尽。帝以为得志于天下也。未盈一年。疠气内蒸身疮外发。恶相已显。无悔可销。遂隐于云阳宫。才经七日寻尔倾崩。

——《广弘明集》

南宫元宸的话,让大家听得神魂飞越,屋子里时而掀起不断的笑声。

郝中和娇唯又一起向他请教:"什么是'灭尽定'?"

南宫元宸简单向她们说了一番:"灭尽定,就是灭受想定,灭尽第六意识了,没有了分别心,经过百千劫那么长的时间,也就像一弹指的时间似的。所以就几万年都可以坐的,入这灭尽定,等付有缘人。"

杜鹃又问:"那大宝法王又是一个什么样的人呢?"

南宫元宸一听到问大宝法王,越发神采飞扬起来。他在哈佛留学期间，曾经和同学趁着假期前往印度的德兰萨拉去拜见过这位17世大宝法王。并且还留在法王的身边，跟随他过了一个月之久的出家人生活。他当时第一眼见到法王，一下子就被他的神威所震撼了，他的面相真是殊胜、庄严极了，与传说中的佛尊简直无二无别。于是，他满脸神往地说："大家都说，这位法王是当今时代的精神导师，他具有大神通、大智慧和非常的摄受力，能利益一切众生，不管是上界众生，还是一般的在家人。他能令无量众生奉行正法之善道。众生不仅奉行，还能因受其慈悲加持而圆成善道，这就是历代大宝法王噶玛巴的功德。早在2500多年前，世尊释迦牟尼就在《三摩地王经》中授记并预言：'未来在印度北方的雪域西藏，会出现一位戴黑宝冠的行佛陀事业者。他是过去诸佛、现在佛、未来佛等十方三世诸佛的总集化现。他以'噶玛巴'这同一名号不断化现人间，利益众生，他把佛陀的事业一代又一代地传承下来，直到未来佛降生。他将在弥勒佛之后成就无上正等正觉，为贤劫第六佛，名号——狮子吼佛……'"

这时，所有的人都屏息凝神，大家都被这个故事深深地吸引了。

南宫元宸说着话，忽然想起来刚才法王的两个弟子拿给他一盘《寻找大宝法王》的DVD光盘，就笑着从自己的手包中将它取了出来，让黛罗为大家播放起来。光盘一打开，大家首先听到的是一曲令人尘襟顿爽的佛乐。接着，荧屏上便闪现出一幕动人心魄的画面：

17世大宝法王的上一世——16世大宝法王，他对人类最大的一个贡献，就是把佛法带进了欧美。他于上个世纪的1981年

11月5日，在美国的伊利诺州圆寂。他的主治医师说，他在圆寂72小时后，心口竟然还是温暖的，这令他非常诧异。因为，一般的人在死亡后不久，身体就会因为血液循环停止而变得冰冷和僵硬。身为一名医师，他无法解释发生在大宝法王身上的这种奇异的现象。而更为殊胜的是，法王的众弟子们在锡金的隆德寺为16世大宝法王举行荼毗大典时，几乎所有的弟子们都在同一时刻看到碧蓝的天空中出现了一道美丽的彩虹——证明大宝法王这位证悟者已经离开他的身躯。这也证明生命是延续的，死亡并不是终点。16世大宝法王圆寂后，他的上百万的弟子们都不知道法王的下一世将会投生在哪里。大宝法王是西藏转世制度的创始人，他每一世圆寂之前，都会留下很清楚的认证信，说明他下一世将会投生到什么地方去，乃至父母的名字，出生地的所在位置，以及出生的具体日期等，他都会事先预言。直到1990年的一天，16世大宝法王的法子——大司徒仁波切才猛然想起，早在16世大宝法王圆寂前的1977年，他和其他几位法子陪同法王到印度加尔喀达的旅途中的一个晚上，法王把一个布包裹起来，交给了他，并嘱咐他不要随便打开，不可以对任何人展示。当时，在场的嘉察仁波切及其侍从年巴都亲眼看到了。因此，大司徒仁波切一直遵守法王的嘱咐，将那布包戴在身上。直到多年以后，大家都找不到这一封传统上一定会遗留下来的转世预言的信函时，大司徒仁波切才想到将布打开，这才发现布包内是一封信函，信函的内容是：

嗳玛霍！自觉就是福，法界是没有中心也没有边界的。

由此[①]往北，在雪地东边有个国度，那儿有神妙的雷声，时而自然地响起[②]；在美丽游牧民族之区，有牛为征兆[③]；方便是敦珠，智慧是洛拉嘎[④]。生在与土为用之年[⑤]，如神迹般的、白色物发出的声音缭绕，远远地传开来[⑥]，这就是大家所识的噶玛巴，他的一切为敦悦竺贝尊者[⑦]所证实。不分教派的，他遍布十方，并不只亲近某群人，也不远离其他人，他是一切众生的守护者，佛陀教法犹如太阳，持续地放射其光芒，利益他人。

后来，此信经16世大宝法王的四大法子一同认证、辨识，确定此书就是16世大宝法王的亲笔信，大家都十分兴奋，一致同意对这封信的解释。于是，他们就派出代表去寻找16世大宝法王的转世。几经颠簸辗转，他们开了好几天的车，直到前面已经再没有路可走了，他们只好又骑了好几天的马继续前行，才终于到达了一个名叫拉拓的村庄。当他们向当地的村民打听："这里有没有一个父亲叫敦珠，母亲叫洛拉噶的？7年前，你们这里有没

---

① 由此：指隆德寺。隆德寺往北，就是西藏。

② 神妙：在藏文里为"拉"；雷声：在藏文里为"拓"。预示第十七世大宝法王的诞生地是拉拓。

③ 有牛为征兆：十七世大宝法王诞生的游牧小区名字为"巴可"，"巴"的意思是牛，佛法用语牛叫做「拓就」，为上文所用之词。

④ 方便是敦珠，智慧是洛拉噶：藏文里方便代表父亲，智慧代表母亲。这里预示十七世大宝法王的父母亲的名字。

⑤ 生在与土为用之年：大宝法王生于1985年木牛年，树由土生，而牛可用来犁地；这里预示法王出生在木牛年。

⑥ 如神迹般的、白色物发出的声音缭绕：此处意指贝壳（白色海螺）的响声，在十七世大宝法王诞生时，天空中充满了神奇的号角的声音，持续了一个时辰。

⑦ 敦悦竺贝尊者：即是大司徒仁波切。

有发生过什么特别的事情?”

村民们都说:“有啊,7 年前的一天,天空中充满了号角的声音,我们非常兴奋,都跑出去看,以为哪一位大仁波切来了。”

他们听了,简直兴奋极了。可是寻找大宝法王是一件极为重大的事,所以,他们为了减少障碍,只是对村民们说,他们在找寻一位仁波切。后来,当他们被村民领进一个破旧的帐篷的时候,他们简直都惊呆了!原来,第 17 世大宝法王已经坐好了在等他们,好像早就知道他们要来一样……

后来,据 17 世大宝法王的父亲说,其实大宝法王早就被附近寺院的住持给认走了。只是在他们来不久前才赶回来,说有人要来接他,还是羊替他背着行李的呢。更为有趣的是,他出生的时候,满山满谷,都是海螺的声音,我们奇怪极了,都跑出去四处去张望……

杜鹃她们一辈子从来都没有听说和看见过如此神异之事,一个个被吸引得眼冒金光,神魂都要出窍了。这时,只见电视画面上又出现了一个面目慈悲的老者,他自我介绍说是伦敦桑耶寺的住持,名叫阿康仁波切。他饱含深情地讲起了一个有关自己和第 16 世及第 17 世两位大宝法王的故事:

16 世大宝法王在世时,曾经给过我很多舍利,他对我总是有求必应。有一次,我向生了重病的法王提出了一个请求,说我非常希望得到他圆寂后的一颗牙齿,法王立刻就答应了。但是,后来 16 世大宝法王圆寂了,他的肉身舍利在隆德寺荼毗,别人将法王的牙齿一抢而光,我为此十分懊恼。后来,我去西藏楚布寺拜见 17 世大宝法王,那是我第一次见他。当时,我开门见山地问那位还很年幼的17世大宝法王："在您上一世圆寂前，您曾应诺我的东西现在在哪里？"我万万没有想到，年幼的法王伸出他的小手，在桌子底下摸出一颗他脱落的乳牙给我，我彻底惊呆了！毫无疑问，他就是16世大宝法王的转世！他就是佛陀所预言的那位"具大神通、智慧及吸引力，能利益一切众生，能摧破一切无明的黑暗"的噶玛巴尊者，未来的狮子吼如来……

看到这里，南宫元宸拿起遥控器按了暂停，笑着说："现在，这位17世大宝法王已经来到了净影寺，明天要在净影寺为大众说法。法王自然是神通广大，竟然知道我在东口。而且，他从来都没有和樱西见过面，居然向他的两位弟子描述出了他的样貌特征，特意让他们赶过来接我们一起过去参加法会。我和樱西想着，机缘难得，就想邀请黛罗一起去，没想到，两个先锋官没请动，我们也耽搁在这里了。"说着话，抬起手腕看了看表，又说，"哟，这时间可真是不早了，得赶紧走了。"

杜鹃一听竟有这种天降奇缘，便一再怂恿黛罗跟他们一起去看看。南宫元宸和东方樱西一起劝她也跟着过去，杜鹃虽然心里十分想去，可是想到家里百事缠身，只好婉言谢绝了。

黛罗盘桓了半晌，才跟着他们一起去了。

谁知，刚走出大门，她又折了回来，望着杜鹃说："我还是在家里陪妈妈吧！"

杜鹃急得直发怔，说："黛罗，你怎么变得这样啰啰嗦嗦的？妈妈又不是小孩子，就让你这么不放心？快，听话，赶快去，你这样是耽误大家的时间，那样不好。"说着话，捉了她的手，亲自把她送了出去。

门外停着两辆越野车,杜鹃握着黛罗的手,亲自把她送上南宫元宸驾驶的那辆车去。原本,大家正在为黛罗的突然离去而懊丧,现在看见她又被杜鹃重新送了回来,不觉都又绽放出笑容来。接着,众人便一起怂恿起杜鹃来,让她也跟着一起去。恰巧这时,银珠也送出门来,一见眼前的情状,便也一起怂恿起来:“妈,您就跟着一起去吧,就算家里再怎么忙,也不在这一天半天的,再说,不是还有我吗?所有的事都交给我,您就放心去吧。难道,妈您还信不过我吗?”

杜鹃一听她这么说,众人又在一旁苦劝不已,心里不免活动起来。少不得叹着气说:“早知道要一起去,我也收拾收拾,这个样子,怎么好去!”

南宫元宸笑着说:“就是这样才更好呢,我们是去拜见法王,真人面前,您又何必着相呢?”

一句话说得大家都笑了起来。杜鹃说:“话虽这么说,可是也不能太不像样子了!”便吩咐银珠回去给她拿了两件平日里最中意的换洗衣服出来,又嘱咐了她一通,这才欢欢喜喜地随大家一起上路了。

车子里面前前后后一共有三排座位,黛罗未待如何,早被郝中和娇唯一拥上前,将杜鹃左掺右扶地拥上车去了,后面那排座位正好被她三人坐得满满的。因而,黛罗就只有同东方樱西坐在中间的那排座位上了。东方樱西照顾她坐上车之后,他自己坐在了靠车门的地方,以便随时为大家提供服务。车子里播放着淡淡的梵乐妙音,十分悦耳。车窗外,胜景如画,妙蕊争荣。

娇唯为博杜鹃的欢心,就给她讲起了笑话:

主持人问:猫是否会爬树?老鹰抢答:会!主持人说:请举例说明!老鹰含泪说:那年,我睡熟了,猫爬上了树…后来就有了猫头鹰……

大家听了,哄然而笑。南宫元宸边开车边笑着说:“你这个鬼丫头,这里还放着佛乐呢!一会儿到了佛门圣地,可千万要记住不要随便乱说话啊!”

娇唯扮了个鬼脸,双手合掌,嘻嘻笑着说:“遵命!”

郝中刮着脸骂她太低俗,又嗤笑着对她说:“牛栏里伸进张马嘴——没你开口的份儿!”

众人被逗得大发一笑。于是她二人互相嘲笑了一阵之后,娇唯又笑着让大家打起了成语。谜面是:“最遥远的地方”。之后,不容大家喘息,她又接连说出一串来:“还有,最荒凉的地方,最反常的气候,最高的巨人,最大的巴掌……”

郝中探着手打了她一记,说:“你也歇一歇,别再背过气去!”

大家便又轰笑起来。这工夫,南宫元宸已经猜出来了。他笑着说:“最遥远的地方,应该是‘天涯海角’吧?最荒凉的地方,想必是‘不毛之地’?最反常的气候,是不是‘晴天霹雳’?还有什么来着?哦,最高的巨人,呵呵,是‘顶天立地’吧?还有最大的巴掌……”说到这里,他忍不住大笑起来,说,“一手遮天!”

娇唯深为敬服地对他竖起了拇指,连声说:“我的妈呀!南宫老师您真是神人一样!全都对了!哎呀我的天呀,您真是太厉害了!”

众人见状,忍不住又都笑了起来。南宫元宸说:“这有什么,顺理一想就是了。”又笑着说,“照这样的话,我也能给出一串谜面来让你们猜——最昂贵的稿费，最宽的视野，最难做的饭，最长的腿，最短的季节……”

郝中和娇唯这时便又站成了同一条战线，连忙齐声向他喊停，说：“南宫老师够了，这已经就很难猜，够我们想上半天的了。”说罢，二人便一起缄口禁语地思索起来。

后来，娇唯拧着眉毛咕哝着说：“最昂贵的稿费，肯定要写得相当好，水平要超高才行，那就是‘一肚子点子’是不是？”

郝中白了她一眼说：“这是让你打成语，不是让你打歇后语，还‘一肚子点子’呢，你还不如说‘癞蛤蟆吃骰子呢’！”说罢，她自己又咬着牙琢磨起来，一时，也忍不住自言自语地说，“最难做的饭，难道是‘赖泥下窑’？”

南宫元宸听了，摇着头说不是。又问她：“怎么是‘赖泥下窑’呢？”

郝中说：“烧不成个东西嘛！”说得大家都大笑起来。黛罗经过这一场笑，心里顿觉痛快了许多。娇唯趁机还郝中一个大白眼道：“你也没好到哪里去，脑子理理清楚好不好？这是让你打成语，不是让你打歇后语！”

郝中正要和她申辩，就见黛罗笑盈盈地说：“最昂贵的稿费，是‘一字千金’；最宽的视野，是‘一览无余’；最难做的饭，是‘无米之炊’；最长的腿，是‘一步登天’；最短的季节……”这时，东方樱西看着她的眼睛，竟忍不住和她异口同声地说道，“一日三秋！”之后，他二人相互看了看对方，不约而同地笑了。

南宫元宸在前面的反光镜里捕捉到了这微妙的一幕，心里竟升出一种本能的嫉妒之情。他再也不曾想到，居然，有一天，他会和东方樱西同时深深地喜欢上同一个女孩子。他更不会想到，有一天，他居然也会对面前这个“不是兄弟，胜似兄弟”的老同学产生出这样一种别扭的情绪。然而，霎时间的电光石火的念头一闪而过之后，他的心中还是一阵阵愧疚了上来，男人的某些阴暗狭隘的情感令他顿觉难堪。

娇唯这时到底还是心里没底，于是便又问向了南宫元宸：“怎么样，南宫老师，黛罗说得对吗？”

南宫元宸便清了清嗓子，学着她刚才的样子，十分夸张地在前面竖起一只拇指来，连声说：“我的妈呀！黛罗老师您真是神人一样！全都对了！哎呀我的天呀，您真是太厉害了！”

满车里的人顿时一起轰笑起来。

东方樱西笑意盎然地给每一个人都递过去一瓶矿泉水或者饮料，又给黛罗把座位调节到恰到好处的位置，又在南宫元宸的建议下，洒落有致地为大家朗诵了一回17世大宝法王的诗作——《世界啊！》：

世界啊！
我们在您的怀里生生死死，
我们的苦乐在您身上自然舞动。
您是我们的家，从古至今。
我们永远珍惜您。
愿您，
化为那梦中的净土，
一切平等无私的国度，

与慈爱温柔的天女;
拥抱着您的冀盼,坚定不移。
您是最亲的滋养;
切莫任意展露您黑暗的一面。
我们要让您的一方一土,
成为和平良田,
千万幸福的果实,自由芬芳;
圆满成熟我们无尽的期望。

赢得一片轰然的喝彩。杜鹃和这些年轻人在一起,觉得自己也年轻了起来,她一边冷眼观察着东方樱西,见他真是又温柔又体贴,又细致入微,又清举不凡,心里不禁十分喜悦。恰好这时娇唯问她:“婶子,您说这丈母娘对女婿是不是永远就只是那么回事啊?”

杜鹃不禁一怔,反问道:“哪么回事啊,这话从哪里说起?”

娇唯说:“永远都只是面子上的敷衍,永远都不可能像对待自己的亲生儿子一样对待自己的女婿呗!”又说,“前几天,我妈到我姐家去了,昨天晚上回来以后,气得叨咕了大半夜。”

杜鹃问:“为什么呀?”

娇唯撇着嘴说:“鸡蛋里面挑骨头呗,嫌人家家里乱了,嫌我姐夫太懒了,嫌人家娶了她的闺女之后就原形毕露了,连在她面前装都懒得再装一下了。说他家脏得简直下不去脚,碗池里的碗堆得有房顶那么高!说她去了两天,光给他家洗碗就整整洗了两天!”又忍俊不禁地说,“她说,我姐夫下班回来,见她猫在厨房里洗碗，就跑过去和她争着洗，结果，给她一把推开了，这通数落，说‘你快躲远点儿吧，没见过你们这么懒的人，也不知道你们这日子是怎么过的！连正常生活都搞不好的人，真不知道你们还能干好什么！’您看看，这话说得多狠？您说说，我妈她有多不讲理？她自己的儿子懒得油瓶子倒了都不知道扶一下，都一米八的大小伙子了，连洗个澡都得我爸跟在后面伺候着，就那样，她还好意思出去到处跟人家夸她的儿子多么行，多好呢，换了女婿，就又是另一副态度和嘴脸了。”

杜鹃十分吃惊地说：“不至于吧？我见你姐夫每次一来你们家就又干这又干那的，为人又勤快，对人又热情厚道，是个很不错的人嘛！”

娇唯说：“谁说不是呢？所以我才要问您，是不是所有的丈母娘的眼睛里都没有好女婿，还是我妈她太各色了？”顿了顿又说，“后来我姐回来见她还在一直数落我姐夫，就把我姐夫支开了，悄悄跟她说，‘妈，您哪能老是这么没鼻子没脸地数落人家呢？上回您当着人家的同事数落人家，您走了之后，知道人家的同事是怎么说的吗？’我妈问‘怎么说的？’我姐说‘人家说，要是我的丈母娘也这样对我，我们肯定再也不会来往了。’我妈就问‘那么，那人就没跟你们说说他丈母娘是怎么对他的吗？’我姐说‘说了呀，人家说他只要一去丈母娘家，他丈母娘就满脸都乐开了花，把他从头到脚夸个底朝天，没吃饭马上去给做好饭，沏最好的茶。’我妈‘呸’了一口，说‘那哪是来了女婿？那是来了爷爷、祖宗了吧！’又说，‘你也不用拿话吓唬我，你妈不是让吓唬大的。好处半点儿没有，缺点毛病一大堆，怎么，我还不能说他两句了？

我还怕他不和我来往？我明白告诉你闺女，他要真打算不和我来往那才更好呢，我正好落得清净！’把我姐气得直哭，今天早上还打来电话跟我说‘人怎么能这么偏心呢？人家的儿子有一丁点儿的不是，在她眼里简直就比犯了杀头的罪过还要大了，她自己的儿子毛病缺点就算盖过天，在她看来也不过就是指头大点儿的瑕疵！丈母娘对女婿永远就只是那么回事……’”

杜鹃笑得满身乱颤：“那是你妈的不对，并不代表所有的丈母娘都是那样的。”又正色说道，“真疼女儿就要首先对女婿更好，俗话说‘丈母娘看女婿，越看越喜欢’，这才是硬道理。”

一句话说得大家都轰笑了起来。东方樱西和南宫元宸都觉得杜鹃的话像是专门说给自己听的，心里都暖烘烘的。

千年古刹净影寺坐落在净影风景区净影苑西北处，始建于隋代，宋以后始名净影寺。历史上又有贤谷寺、金灯寺之称，自古以来，净影寺一带就有夜观金灯的传说。据记载，五代时在此禅修的芊上人惊奇地发现：夜间常有一两盏金灯由东而西飘过，每当飘到寺院上空，寺内顿时金光满照，金灯寺之名由此而来。净影寺“金灯奇观”的现象，只能在夜间看到，尤以阴历二月和八月常见。一般可看到一盏金灯在山头林间游走，飘忽不定，有时也能看到多盏。

寺周群山环抱，崖壑交辉，中为平地。山外峡谷内浪如山倒，波涛横生。此间四季风景各异其趣：春天繁花遍谷，密密麻麻的藤萝花如串串紫色珍珠一般，挂满枝头，碧绿的松枝与紫色的藤花相互设言托意，斗艳争奇；夏天姹紫嫣红，最为奇丽，满眼的桃

净影慧远大师像·中央美术学院 朱玲 画

子艳艳生光，不但可以任意采摘，甚至，只需摇一摇树干，那满树的桃子就会噼噼噗噗地掉落一地；到了秋季，满眼的青红如绣，这时，净影三菊便成了景区红叶观赏之余的又一大看点，那些淡粉中透着紫红色的古菊，鲜洁如雪的悬崖菊，金黄的野菊，与漫山的红叶汇成了一个五彩斑斓的动人世界。这时的悬崖菊是整个岩崖峭壁上的精灵——花儿鲜洁，妙香芬馥。中秋前后，纷纷扬扬像漫天散落的雪花，又像是一群离了天国宝境的白衣仙子，就那样姿态翩跹、风神万种地在半空中随风飞舞着，在阳光的照耀下，闪烁成一片片莹洁的光；冬天，银装素裹，妙景纷呈，莫可穷变……实为一方完美殊胜、绝尘脱俗的佛国净土。

佛教历史上有两位著名的慧远大师，一位是庐山东林的鼻祖，另一位，就是这净影寺的始祖。净影寺的这位慧远大师，亦是佛教界的一座巍巍高山，曾著有《大般涅槃经义记》、《胜鬘狮子吼一乘大方便经义记》、《无量寿经义疏》、《观无量寿佛经义疏》、《大乘义章》、《十地经论义记》、《华严经疏》、《维摩经义记》……共20部100余卷，其中《大乘义章》被称为佛教的百科全书。其后，历代多有高僧在此修行，五代时著名画家荆浩，金代著名诗人元好问和文学家赵秉文也都曾在此隐居。净影寺千百年来多有重修扩建，现存寺院为清末时修建，有前殿7间，正殿7间及东西殿各3间，俱为2层砖、石、木混合建筑。2004年，焦作市公路局局长姚天恩建议在保留旧寺遗址的基础上，出资恢复重建净影寺。重新修建的净影寺现由焦作市新时代高速公路有限公司管辖，寺院规模雄伟，中路主体建筑有山门，天王殿，大雄宝殿，斋堂和毗卢阁等。东路有方丈院，藏经楼和钟鼓楼。西路有戒台和观音殿。远观殿宇寮舍飞檐斗拱，祥云缭绕，入寺则见雕梁画栋。每一处建筑设计参灵酌妙，绮丽超凡。寺内古木参天，异香遍地，猿鹿相映成趣，令人耳目清逸、尘寰顿忘。有前人留下的诗为证：

四围山壁立，天光一线通。
岩开知鸟道，嶂合是幽宫。
塔影千年月，涛鸣六月风。
应知谭法处，龙象报神功。

众人正在极目四望，远远地，就见17世大宝法王在一队威仪济济的红衣喇嘛的簇拥下，如同众花之树，群星之月般地等候在前方的台阶上。正是：

千朵红莲护住身，坐驹骑着墨麒麟。
万妖一见纷纷躲，狮子法王有妙音。

众人见到法王，内心无比欢喜震撼。又见他：巍峨雄伟，法相端严，目若青莲，唇如丹果。清虚之身，无极之体，妙宝莲华，金色晃曜。光明能照彻佛刹，智慧能除世间暗，能令见者伏断烦恼，能令闻者顿息恼热。根基方正，稳健如山，清净庄严，神通自在……

诗曰：

现身尘刹有谁识？融心法界显光明。
袋中宝物全倾出，笑颜等付有缘人！

众人欢悦无比，个个合掌礼拜。正是：才子忘记了胶扰痴缠，佳人几不知天上人间，也有的已经忍不住泪流满面了。法王微微颔首向大家合掌还礼，双手柔软如兜罗棉，连声称念："阿弥陀佛！"

南宫元宸早有准备，在他的带领之下，大家纷纷怀着无比崇敬的心情向法王敬献了哈达。法王则为众人一一摩顶。他似乎与东方樱西有着甚深的缘分，一眼便从人群中将他认了出来。两眼直视着他，对他不断地微笑。那不是平常的微笑，那微笑中散发着无限的慈悲和摄受力，使人感动得几乎要掉下泪来。

南宫元宸知道他们宿缘深厚，因此也笑着给东方樱西介绍说："法王不但精通各种佛教经典，还相当热爱艺术——性解音律，同时又擅长书法、绘画和作诗，并且已经熟练掌握了至少五门语言。号称世界上最难的语言——中文，他是用了一年时间学会的。"又说，"怎么样，看到法王，是不是就像看到了一盏智慧无限的明灯一般？"

东方樱西心悦诚服地说："是的，我就像看到了一盏威力无穷的大灯，那熊熊燃烧的光芒，足以照亮这整个的世界。"

法王微笑着与他们并肩而行，诸喇嘛分开路径，随在身后。南宫元宸向法王汇报了自己这几年来学习佛法的心得。法王一边听，一边不住点头赞叹。就这样，他三人一路相携并肩而行，谈笑风生，一如三尊下凡的罗汉，临世的菩萨。其他众人随在他们身后，先后经天王殿、大雄宝殿，过藏经楼、钟鼓楼，来到一座舍利塔前，法王带着大家绕塔三圈，各自许下一番心愿。之后，一行人迤逦来到法王的下榻处。房间内高堂素壁，异香满室。几十只红烛在一片香雾中闪闪烁烁，不禁使人有一种登临佛国仙界之感。大家愈发肃穆起来。在南宫元宸的要求下，法王首先给大家灌了长寿佛顶。这是一个很殊胜的灌顶而且历史渊源深厚——由于世人的福报有限，有时受不了大法，因此，在接受大法之前，最好能先接受具备大智慧和大威神力的修行人给予的长寿佛灌顶，如此，就能保证一般修行人在学习中不会出现魔障侵扰。

灌顶结束后，侍者将法本和法器拿走了，换上了茶点，其中有一道特产便是净影寺的素制萝卜干。由于净影寺一带盆地土质肥沃，山泉充足，因而出土的萝卜个大水多，口感极佳。影寺村民们用自己的配方腌制的萝卜干是当地一绝。茶水分别是用古菊和冬凌草泡制的。古菊是上万年前的菊花，在造山运动或冰川喀斯特地貌形成时期就因气候的变化相继灭绝了，只是近十几年通过开山修路，凿洞迁村的过程中将埋藏的种子泛起，古菊种子因地质环境发生变化，适宜了它的生长，便又重新复活了。它是菊花中非常罕见的品种，泡茶清澈幼绿淡黄，花儿在杯中被开水一冲，活像一只只水母，晶莹透亮，清芬醉人，具有提神清脑、去火健脾、帮助消化的功效，被推为菊花茶中的极品。冬凌草是一种太行山里常见的中草药，用来泡茶能清热解毒。

法王端坐在法座上，微笑着问大家刚才在塔前都许了什么愿？

南宫元宸说，他祈望正法永驻，祈愿法王长久驻世，用智慧的心灯，照亮全世界的每一个角落。

东方樱西说他一到那佛塔之前，立刻感觉到一种不可名状的缠绵之意恍惚而来，纷纷扰扰，怪怪奇奇，令他不能自已。所以，他并没有来得及许愿，一直都是在默默的感应之中。

法王听了他的话，似乎非常开心。

黛罗说她许了一个大愿，但是，她想把那个愿望放在心里，不知道可不可以？

法王那双英气逼人的眼中，闪现出一道强光，他将黛罗看了一眼之后，语重心长地向大家做了一番开示，说到人身难得，佛法难闻，讲到修心的困难与重要性，强调了修持心性的重要性及方法。又意味深长地说道：

一切是考验，看你怎么办，

觌面若不识，还得从头练！

南宫元宸本来是想借机请法王看看黛罗的宿缘如何，现在竟不知道该如何开口了。杜鹃、郝中、娇唯等人更是被这神圣庄严的场面压得不敢有任何的表示。

时间过得飞快，转眼便有侍者进来说已经为众人备办了素斋相待。

法王便含笑起身，招呼大家一起共进斋饭。

走出那房间的门，娇唯才无比感叹地向郝中悄声说："天啊！这两天里，我一直以为，天底下竟然果真有东方老师和南宫老师这样的超级帅哥，我只以为，他们的出现，就已经让中国历史上那些所有的帅哥、美男子们都黯然失色了！可是今天，我再见到了大宝法王，我简直就不能形容了！真想匍匐在他的脚下痛哭一场……"

斋饭前,法王用7粒米加满水,念了变食咒,洒了甘露水。动作简单庄严。东方樱西忍不住向他请教起来。法王便简单向他解释了一番。大概是因为想到了知识分子普遍所存在的通病,因而法王只是微笑着说:"每天早中晚施食,既能给自己增长无量的福德善根,使自己心想事成,顺风顺水,又能自利利他,得如意。"并不提及其他。

东方樱西到底天性灵颖,很快便跟着学会了。他似乎与法王天生投契,法王看着他的时候,总是会笑得特别开心。他们总是有说不完的话题。南宫元宸在一旁笑着对在座的所有人说:"能见到法王一面,7世都不会堕落恶道,大家想想看,我们今天是什么样的缘分啊!"一句话说得大家越发肃穆万分起来。东方樱西便又向法王请教道:"法王,一直以来,我都在深深地思索着一个问题,却总是百思不得其解。现在,就请法王慈悲开示,既然诸菩萨具足一切无尽财宝成就大悲,为什么这个世间还会有那么多贫穷的众生呢?"

法王望着他笑得越发开心了,说:"你这个问题问得既好又大,不知你有没有读过《解深密经》这部佛典?在这部经典中,你的这个问题正好是观自在菩萨问佛陀的问题。佛陀是这样回答观自在菩萨的,'是诸众生自业过失。若不尔者,菩萨常怀饶益他心,又常具足无尽财宝。若诸众生无自恶业能为障碍,何有世间贫穷可得?譬如饿鬼为大热渴逼迫其身,见大海水悉皆涸竭,非大海过是诸饿鬼自业过耳。如是菩萨所施财宝,犹如大海无有过失,是诸众生自业过耳。犹如饿鬼自恶业力令无有果'……"

别人听了，都有些懵懵懂懂，似懂非懂的，惟独东方樱西却听得十分欢喜明了，他深刻地感觉到，佛法的智慧与自己的心十分契合。他这一高兴，又一连向法王请教了许多的问题。

饭罢，东方樱西匆匆来到黛罗的下榻处。适逢郝中陪着杜鹃出去散心去了，这时只有娇唯陪着黛罗有一搭无一搭地说着闲话。东方樱西望着黛罗那双依旧肿胀的眼睛，将一小袋冬凌草递给了她，嘱咐说："我刚听寺里的师父说，用这冬凌草泡水，能解毒消肿，你不妨试一试。最好直接外敷，也许，明天一觉醒来，就好了。"说罢，简单向她们说了一下这几天里需要注意的事项后，又递给黛罗一份完整的作息表。黛罗才刚打开来，娇唯便从她身后探过头来，一字一顿地念了起来：

4:30～5:00 起床、洗漱

5:00～6:30 经行、坐禅

6:30～7:00 打板，供养偈，早斋

7:00～8:00 经行（不得大声喧哗）

8:00～11:30 法王开示

11:30～12:00 打板，供养偈，午斋

12:00～1:00 经行，休息（止语）

1:00～5:00 法王开示、佛法讨论

5:00～5:30 晚药食

5:30～6:30 休息，经行（止语）

6:30～7:30 念佛及礼佛

8:00～9:30 坐禅，经行

9∶30～10∶00 洗漱、休息

10 点准时休息……

东方樱西见黛罗的眼睛盯在结尾那行“有条件者，可报名最严格的斋戒”，便告诉她，自己已经报名，参加了“八关斋戒”。黛罗未待如何，娇唯已经皱着眉头在问了：“什么是八关斋戒啊？”

东方樱西便说：“八关斋戒是佛陀悲悯在家弟子，为了让大家能够过一日一夜的出家人的清净生活，种出世的善因，同时又能够适应在家人生活的特点，所以特别制定了在家人的出家戒。持受此戒，就要做到：不杀生，不偷盗，不非梵行……”

娇唯瓮声瓮气地问：“‘不非梵行’？是干什么？”

经她这么一问，东方樱西和黛罗竟同时红了脸。所幸，这时房间里为了节省，只开了一盏小灯，那灯光不是很强，甚至还有些昏暗。旁边的供桌上虽然同时燃着两盏酥油灯，但那微弱的光影简直不起什么作用。反而正好将他们内心的尴尬给冲淡了。娇唯不知所以，在那里只管追问，终于被黛罗伸手打了一记，以眼色制止了。娇唯终究还是不知道自己究竟罪过在哪里了，不免有些茫然地将他二人各自扫量了一番，只好不再做声了。

东方樱西又和黛罗匆匆说了几句话，因为心里记挂着还要去向法王请教佛法，所以并没有多耽搁，便走了。他前脚刚走，娇唯就缠着黛罗直问：“‘不非梵行’到底是干什么啊？到底是什么意思嘛！”

黛罗实在被她纠缠不过，就瞋她一眼，说道：“梵行就是净行，清净的行为。非梵行就是不清净的行为，就是指……淫欲。”

娇唯一听就炸了起来,窘得满脸通红,简直就要红破了。跳着埋怨起来:“啊?你怎么不早说?我的天啊,这回我可是丢人丢大发了!”

她正闹得不可开交,外面又响起了一阵敲门的声音。她怔了怔,以为是东方樱西又返回来了。顿时大叫着一头扎上炕去,脸伏在枕头上,又一把抓过一床小被来,把自己死死地罩住了。

黛罗打开门看时,门外站着的却是南宫元宸。他这时手里抱着两床厚被子,大概以前从未做过此等事情,那样子看上去多少有点滑稽。这时,他一路走进来说:“山上的气温要比山下冷得多,大家都来得匆忙,晚上不要感冒了才好!”他把被子一股脑地丢在了炕上,将房间里环视了一番,忽然指着炕上蜷缩成一团的娇唯小声问:“杜鹃阿姨?”

黛罗笑着摇了摇头,一低头,正好看见了自己手中的那袋冬凌草,就一边和他说话,一边走过去拿了只杯子,把那袋冬凌草放了进去,用开水冲泡起来。没想到,那水才冲了一半,南宫元宸便在她身后一迭声嚷道:“黛罗,别,千万别再给我喝这个!苦啊!”

黛罗倒被他说得一怔,忍不住回过头去,正撞上了他咧嘴的样子。她忍不住扑哧一笑,原来他竟错以为自己是要泡茶给他喝了。他咧嘴皱眉的样子真像一个天真可爱的孩子,于是,她便真的给他倒了一杯茶。

南宫元宸见她看着自己笑得这般妩媚,心里不觉升起无限甜蜜的滋味来。心里一喜悦,脸上便越发红霞似醉了。他现在离她很近,越是与她靠得近,他的心里就越是涌上一种说不出的兴奋和自信之情,他现在觉得,不但是她的轮廓眉眼,甚至就连她的神态和气质都与自己像极了，这简直就是一种天意与神示！看来，她和他简直注定有缘。他的快乐显然无法遮掩，开始在那里忽而天上，忽而地上的大谈大说了起来。一边说，一边踱来踱去的，看他那副陶醉的模样，如果此时不是在这样一个佛门圣地里，他大概就要向她直诉心曲了。娇唯这时在那被子里憋得简直要满炕打滚了，可是也只得强忍着。对于黛罗而言，南宫元宸自然也是一个格外优秀而十分有魅力的异性，他说话时总是很能吸引人，使人十分愿意长时间地听他一个人说下去。她很欣赏他的口才和他说话时那种特有的气质与神态。他谈到喜不可抑之时，不知为什么，心头竟忽然掠过了东方樱西的影子，他这时倒又有些替他难过起来，想到他这么些年好容易才遇到一个自己这样中意的姑娘，然而，不巧的却是，这姑娘却注定要和他南宫元宸最终有缘，咳，这让他有什么办法呢？这是天意啊，要怪，也只能怪天意弄人。然而，心头虽这样想着，可心底到底还是有些不好受，到底他们还是有着多年的同窗之谊，不是兄弟，胜似兄弟，一直以来，他们之间的关系都是那么真挚而纯洁……于是，他便趁着脸上的那抹意趣昂昂之色尚未完全消退之际，赶忙告辞了。走出去后还是又折回身来，将黛罗再三嘱咐了一番，让她夜里千万小心，不要受凉了。又说了一些什么"机缘难得"的话，才意犹未尽地离开了。

房间里，娇唯好容易捱到他离开，此时咄地一声跳下地来，以手点着黛罗的鼻头，呼呼喘着粗气说："黛罗你完蛋啦，你这是在两个超级大帅哥之间玩火啊！"

黛罗被她气得不禁一怔，待要如何，又不知该怎样辩驳。忍不住将她的话回思了一番，自己倒先红了脸。

娇唯在那里不依不饶地说："哎哟，他们两人现在这是一起在追你呢！啧啧，黛罗啊，你可真是走了特大的桃花运了！哎，黛罗，说实话，他们两个，你到底更喜欢哪一个呢？还是……两个你都喜欢？"

见黛罗怔在了那里，不置一词。她便越发夸张起来："啊？不是吧黛罗，难道，你，你……同时喜欢上了两个？"她的眼珠子这时简直就要暴出来了，顿了顿，又峰回路转地感叹道，"不过，有时候同时爱上两个人，也是一种很普遍的现象。因为一个人很难具备所有人身上的优点，来满足另一个人内在的所有需要。我好像在一本什么心理学书上看到过，说什么'如果没有制度和文化的约束，我们的本性当然是同时爱上两个甚至更多的人才好，这是一个人最理想的状态。因为仅仅一个人是无法满足我们的'，还说'同时爱上两个人，在很多的情况下，是两种互补的、类似于精神与物质的需要。对于爱情而言，身边有个月亮，心里还在梦想星星，这也不能说是女孩子的错。因为没有人不盼望自己拥有一切，没有人不希望自己有个完美夫婿'……"

她的这番絮聒，令黛罗一度感到置身无地。她心里十分发闹，简直慌乱得不知如何是好了。她自认为自己并不是那种三心二意的人，不但不是，她甚至一直以来都十分自负地坚信，自己的一生，将只会钟情于一个男人。她认定自己是一个坚贞而纯情的人，一旦遇到一个真心相爱之人，便可以为他生，为他死，绝对是目不旁骛的……可是，现在，她却对两个男人的感觉都是如此之美好，觉得他们都是那么可亲，与自己是这样的投缘，她简直可以对他们毫不设防！自己竟同时对他们两个产生了这般特殊的好感，而她自己竟然不知道！难道，一直以来，自己其实并不是真正的了解自己？

这样一想，她真是被自己给吓到了。

第十章

极喜地:因缘会遇

尔时云雷音宿王华智佛告妙庄严王言："如是如是，如汝所言，若善男子、善女人，种善根故，世世得善知识，其善知识，能作佛事，示教利喜，令入阿耨多罗三藐三菩提。大王，当知善知识者，是大因缘。所谓化导令得见佛，发阿耨多罗三藐三菩提心。大王，汝见此二子否？此二子，已曾供养六十五百千万亿那由他恒河沙诸佛，亲近恭敬，于诸佛所，受持法华经，愍念邪见众生，令住正见。"

妙庄严王即从虚空中下，而白佛言："世尊，如来甚稀有，以功德智慧故，顶上肉髻，光明显照，其眼长广，而绀青色，眉间毫相，白如珂月，齿白齐密，常有光明，唇色赤好，如频婆果。"尔时妙庄严王赞叹佛如是等无量百千万亿功德已，于如来前，一心合掌，复白佛言："世尊，未曾有也，如来之法，具足成就不可思议微妙功德，教诫所行，安隐快善，我从今日，不复自随心行，不生邪见、骄慢瞋恚诸恶之心。"说是语已，礼佛而出。佛告大众："于意云何？妙庄严王岂异人乎？今华德菩萨是。其净德夫人，今佛前光照庄严相菩萨是。哀愍妙庄严王及诸眷属故，于彼中生。其二子者，今药王菩萨、药上菩萨是。是药王药上菩萨成就如此诸大功德，已于无量百千万亿诸佛所植众德本，成就不可思议诸善功德。若有人识是二菩萨名字者，一切世间诸天人民亦应礼拜。"佛说是妙庄严王本事品时，八万四千人远尘离垢，于诸法中得法眼净。

——《妙法莲华经》

第二天的净影寺，庆云环绕，瑞霭纷纷。

17 世大宝法王端坐在高广的法座之上，首先给予了僧俗二众不动佛灌顶，大众皆躬身礼拜。法王目光炯炯，敷演大法，宣扬正果。讲的是学佛的基本精神，三乘妙典，五蕴楞严。

所谓学佛的基本精神，就是教人如何离苦得乐，不入沉沦，不堕恶海；所谓五蕴，就是讲组成生命的自体，包含了色、受、想、行、识五类法，让人真实地认清自我，从而看破放下，臻入妙境；所谓楞严，即是《大佛顶如来密因修证了义诸菩萨万行首楞严经》，是一部有名的破魔宝典，可说是"从破魔始，至破魔终"，是一部无法不备、无机不摄的最理想的佛教经典，此经所讲的道理既深妙，又圆融，它把世人的毛病说得很彻底，令一切妖魔鬼怪、外道邪祟都原形毕露，无法横行。

法王声若洪钟，妙音悦耳。讲罢又说："因为《楞严经》是一部有名的破魔宝典，因而那些魔子魔孙、旁门左道，最希望这部如来正法宝藏赶快灭亡，他们为了自身的利益和安全，大事宣传《楞严经》是伪经，更有一般无知无识的人，没有辨别真伪的智慧，人云亦云，助纣为虐，也说《楞严经》不是佛说。近年来，无智的学者，愚痴的教徒，对佛教不认识，对佛学不了解，在一知半解的情形下，妄测圣言，乱加批评，发表谬论。所以佛在经中说‘末法将尽、法将灭时，《楞严经》最先灭。因为《楞严经》是众魔的克星、破魔的法宝，若有本经住世，则正法得住持世间，佛弟子修行有所依持，邪魔即不能得逞。然而本经若灭，魔力则无有能制者，魔事猖獗，众生修行即罕能不堕魔数者……’又说，‘末法恶世中，除了人心浮动、混乱外，人间也被搞得有如地狱般的黑暗。世人是非不明，贪功近利。佛门中亦有许多魔众比丘混入其中……’尽管如此，佛陀也曾预言，还是会有许多行佛正法的弟子，转世人间，来捍卫正法的。因此，身为佛弟子，要深刻了解《楞严经》的道理，应善护正法，勿谤此经，共同宣扬此法门，则于菩提道深种善根因缘。尤其我们末法时期种种法上的乱相，佛在本经中，几乎全都说到了，而且讲得十分透彻、明白，佛也指出各种对治之方。因此，本经更是末法时期众生修行不可或缺的一部宝典。依此宝典，末法众生方可望于如此正法得正信、正知见、正解、正修行，而不被种种邪魔外道所转、所诳惑、所破坏。为令正法久住于世，为令邪法永息于世，这是佛教徒应该尽的责任，愿释迦正法常住不灭！”

一部楞严大经，殊妙无上。每一句经文都有无量意义，每一义都有无量功能。其中，《楞严咒》更是天地间之灵文，灵文中的灵文，秘中之秘，无上法宝，是一切众生救命之宝。又名“摩诃萨怛多般怛啰陀罗尼”，又叫“摩诃萨怛多般怛啰无上神咒”。它包罗万有，上至十方诸佛，下至阿鼻地狱，四圣六凡都要尊重此咒，十法界中，无论哪一个法界都没有超出这个范围，所有一切鬼种类、神种类、一切护法诸天的种类、声闻、缘觉、佛乘都在此咒之内了……

四众听得精神抖擞，忘记了利禄功名，没有了妄想分别、痴缠胶扰，更有那些善根利智的僧俗弟子们，早已是泪如走珠，涕下如河了。

如此殊妙法会，一讲就是整整三天。

四众弟子，不论僧俗，都深为受益。宿缘深厚一些的，则更是动静尊严，德性坚定，日有恒课，不牵外缘，入夜焚香趺坐净修，自摄其心。

第三天下午，法会圆满结束。明天一早，法王便要离开这净影寺，返回印度去了。

黄昏时分，法王在东方樱西、南宫元宸和秦黛罗等人的陪同下，一起在净影寺漫步，他们穿过巍峨的殿宇，清幽的庭院，绕过各色古树鲜花，曲桥流水，来到了泉池星罗棋布的极喜地。地西有一股清泉，未知其名，泉水碧莹似镜，沸泡如珠，溢彩流光。岸边有无数吉祥果树，妙华恒芳，十分可爱。大家在这短短的三天里受益匪浅，所以都很想知道有什么事物能令法王开心。

法王给予的是一个无限慈悲的答案："什么能够令我这单一个体开心并不重要，重要的是如何令全体人类开心。当我们的发心、动机与言行一致时，全体人类就会开心。"又说：

假使热铁轮，在我顶上旋，
终不以此苦，退失菩提心！

大宝法王画像·清华大学美术学院 陈斌 画

又将南宫元宸嘱咐了一番之后，对东方樱西深切地说："愿你能够不断深入学习佛法，利用你的特长，以笔墨作佛事，方便善巧，潜移默化地为大众传播法音，令更多的人对佛法产生兴趣，并能从中受益！"

法王深切的话语和慈悲的眼神让东方樱西大为感动，连忙合掌称颂："噶玛巴千诺①！"

法王开心地微笑了，心境坦通地跟大家聊起了他的一些私事。他说自己喜欢的历史人物是关公，他喜欢关公的忠义和英勇，而现在这个时代里，已经没有多少人再讲忠义了。又说，他在很小的时候，性格非常自然、恬静，之后随着年龄的增长以及环境的变化，他的性格发生了一些改变。他身边很多人都在讲述他小时候曾做过的趣事，但连他自已都不是太记得了。不过，他印象最深的是，当时，每年的秋天，他们牧区都会有很多牲畜被杀。虽然他们自己人不杀，但是却雇佣一些外地来的人杀，那些人还经常来牧区打猎，他们杀生时先把动物的嘴捆起来。法王说他不能忍受那种残酷的行为，又说，虽然不能说那时的心情是不是一种慈悲心，但他深深地觉得，那些动物好可怜。因此他时常为此而哭泣，到现在他还记得那种感觉。他长大后，有时在电影里看到杀戮的场景，他也知道那虽然不是真实的，可一样会觉得不舒服，只是不会再像小时候那样哭出来罢了。顿了顿，又说，他父亲的藏文写得很好，时常教他书写乌眉字体（u-med）。因为从小得益

---

① 噶玛巴：即指行佛陀事业者，亦代表十方三世一切诸佛事业的化现；是对历代大宝法王的统称。
千诺：指请鉴知我，请了解我，请护佑我，请慈悲我，请勿舍我。
噶玛巴千诺：即是尊贵的大宝法王，请您鉴知我，护佑我，慈悲我，勿舍我。

于他父亲的仁慈教导，现在当他看到很多乌眉字体的古老手写卷宗时，都能够轻松地阅读。又抿着嘴说，那时候因为他年纪很小，上课的时候，父亲也会打他，而他也会反抗。但是，今天想一想，自己还能拥有这一点点的知识都是来自父亲的仁慈。

说这话时，法王就像一个邻家的大男孩，而他抿嘴的时候，更像是个天真的孩子。

大家都很明白法王的感触，自他7岁被认证之后，他就挑起了噶玛噶举近千年不断传承的法王的重担。没有多少人知道他年幼时所遭遇的困难，虽然，他身边一直有着像大司徒仁波切、嘉察仁波切、波卡仁波切等忠于传承的仁波切和喇嘛们的护持，但法王一直要不断面对那些怀疑他的实力的挑战。而今，他已经成长为一个众所期盼的法王：英俊，威武，敏锐且具有大智慧。现在他更关注的是怎样把大乘佛法继续发扬光大，为了这种发扬和传承，他需要一批像关公那样，肯于不计个人得失、忠于法脉的弟子……

不知不觉，天空渐渐转入夜境。这一晚的净影寺，有着宛若舍弃了红尘一般的美妙。

迎着微软的风，法王最后又给大家讲了一个佛教的经典故事：

在一个寂寞的深秋黄昏，有一位旅人在无尽的荒野中蹒跚地赶路。突然，旅人发现薄暗的野道中，散落着一块块白白的东西，仔细一看，原来是死人的白骨。旅人正在疑惑思考之际，忽然从前方传来惊人的咆哮声，随即，一只猛虎紧逼而来。看到这只老虎,旅人顿时明白了白骨的原因,立刻向着来时的道路拔腿逃跑。但显然是迷失了方向,旅人竟跑到一处断崖绝壁的山顶。在毫无办法之时,幸好发现崖上有一棵松树,并且,树枝上垂着一条藤蔓。于是,旅人毫不犹豫,迅速抓着藤蔓垂了下去,可谓九死一生。然而那只老虎眼看着好不容易即将入口的食物,居然被逃离,可以想象到它是如何的懊恼,而在崖上发出狂怒的咆哮。旅人这时的心中充满了感激,幸亏那藤蔓的庇佑,使他终于有幸免难。然而,当他朝脚下一看时,顿时吓得魂魄出窍。原来,他的脚下竟是一汪深不可测的恶海,黑浪澎湃,寒风滚滚,血色滔滔。而且在那波浪间还有三条毒龙,正张开血盆大口等待着他的堕落,眼看就要无幸,旅人吓得魂飞魄散,但是,更可怕的是,那条依靠救生的藤蔓,在其根接处出现了一白一黑两只老鼠,正在交互咬噬着那条藤蔓。旅人拚命摇动藤蔓,想赶走老鼠,可是老鼠一点也没有要逃开的样子。而且每当他摇动一次藤蔓时,便有水滴从那上面落下来,其实那是从枝上筑窝的蜜蜂巢里滴下来的蜂蜜,由于蜂蜜太香甜诱人了,旅人完全忘记了自己正处于万分危险的死怖境地,而陶然忘我地不断去舔那蜂蜜,最后,终于在不知不觉中堕落到了万丈恶海之中……

讲到这里,法王将众人环视了一番,接着又说:"这里的旅人,即是指自己。深秋的黄昏,是比喻人生的孤寂感。无尽的荒野,是比喻一个人无尽寂寞的人生。何故人生就像深秋一般的孤寂?那是因为世间的每一个人都是孤独一人旅行之故,虽说有亲属、朋友的陪伴和围绕,但是,却并没有可以真正能互相倾吐心中的一切、互相理解的心灵之友,即使是夫妇,也未必能完全互相理解对方心中之事,而永远在一起生活下去。人生的孤寂,原因就在这心灵的孤独。路边的白骨,是比喻一个人在人生的旅途中,所经历的亲人或者朋友们的死亡。每个人的一生,都应该会看到过身边人的死亡,面对死亡,你有何想法,又有何感触?难道,你也没有注意到那紧逼而来的'无常之虎'吗?那只饥饿的猛虎所比喻的是一个人自己的死亡。在这个世间存在的一切事物都是无常的,所以任何一个人到最后都非死不可。死对于一个普通人来说,是最为可怕的事。那崖顶上的松树,代表的是金钱、财产、名誉和地位等等,这些东西即使再多,当一个人濒临死亡时,却一样也带不走。那条救生的藤蔓比喻的是'我还不会死'的那种自我安慰的心态。请大家仔细想一想,各位已经度过的二十年、或者几十年的光阴,是不是也只是在一转眼之间,便如梦如幻般地消失了?同理,今后的几十年也会同样度过的。那三条海上的毒龙,即指每个人心中的贪、嗔、痴三毒。那两只不断咬着藤蔓的黑白老鼠,是指白天和夜晚。它们一刻不停地缩短着人的生命。恶海所比喻的是地狱。堕入地狱,就必须要承受'八万劫中大苦恼'。蜂蜜是指人的五欲,即财、色、名、食、睡。一天之中一个人不断所想、所求的,无非是为了这五欲的满足,这五欲,让人们终日胶扰迷痴,争夺妄想,甚至互相戕害,彼此欺诈不休,使人在不知不觉中堕落到了罪恶的深渊,请各位仔细想一想,如果,我们自己拥有的是那样的一个人生,那岂不是太糊涂,太愚痴了吗?"

法王的话令人感动。大家在一片寂然之中,仿佛看到了天地之间旋转着一轮威力无穷的大灯，那熊熊燃烧的光芒，足以照彻这整个恼热的世间。

第二天一早，法王在众喇嘛和一派祥云的拥护之中离开了净影寺。留下来的众僧俗弟子们罗拜于身后，久久不肯散去。

结束了为期三天的法会，杜鹃早已彻底熄灭了萦绕在心头的嗔恶之念，她深深地接受到一股来自宇宙力量的清凉甘露，她的内心变得无比清净仁恕起来。现在，她很想回家去看看。

哪知，南宫元宸这时刚好接到他父亲打来的电话，那位老人家先是在电话里责怪儿子不听他的话，嫌他居然又跑到了东口来了。后来，听儿子说他在净影寺，便万分郑重地告诉他说，自己早已经知道了。并让他一定在那等着他，因为他本人已经到了焦作，马上就会赶过来的。

南宫元宸闻言，吃惊不小。想了一想，便决定等父亲来了，劝他一起到东口去看看。

大约等了将近两个小时的时间，那位老人家果然在众人的簇拥之下，虎步生威地走下车来。在他的身边，还紧紧跟着一大一小，两个颜如玉、眸如虹的美人儿。

南宫元宸连忙迎上前去喊了声“爸爸”，之后，与他身边那位亭亭玉立的大美女打了声招呼，叫了声“小月”，又一把抱起了旁边那个扑闪着眼睛，喊他“舅舅”的小美女，向着她粉扑扑的小脸上亲了一口，笑着说：“舅舅的小凌波也来啦！”那小女孩有着一头乌黑的秀发，皮肤像小麦一样光泽饱满，一双眼睛薄薄的，又细又长。她一笑，鲜红的嘴唇就把一排细密的牙齿都露在了外面，两个圆圆的酒窝里也盛满了笑意。她嗲嗲地向他说:“凌波想舅舅了!”

南宫元宸听了,开心不已,又与她亲昵了一阵,这才想起给众人引见。

这时,南宫元宸的爸爸竟一眼看见了人群中的黛罗,顿时颜色大变。他两眼直勾勾地钉在她的身上,眼珠子就要瞪出来一般。转眼的工夫,他又看到了不远处的杜鹃,更加如同被轰了魂魄一般,一时间真是恍如醉里梦里。

这里,杜鹃也早已一眼看见了他,心中大为惊惨,竟然脱口叫了声:“南宫远!”一时间真是五内如崩。

二人怔忡地对视着,只感觉,那似水的流年滔滔地逼来……

接着,杜鹃又万分凄惶地将视线转移到了南宫元宸的脸上,她这才幡然惊醒,为什么,自己在第一眼看到他时,就觉得他竟是那样眼熟,竟像是被他搅动了一桩沉重的心事一般……原来,竟是如此!杜鹃呀杜鹃,你真是糊涂,真是掉以轻心啊!你看看他这眉眼,这神情,这轮廓,这通身的气派,活脱脱就是王端因的翻版啊!何况,他也姓“南宫”,这么稀罕,这么可恶的一个姓,你,你怎么居然就没有一点警觉?怎么居然就没有想到,他就是那个24年前,被南宫远这个丧尽天良的无耻禽兽强抢回去的那个“小伯阳”呢!啊,端因啊端因,难道是你在冥冥之中显灵了吗,让我通过这样的方式又见到了你的小伯阳,让我替你看看他现在究竟出落得是多么优秀,多么出色,让你那可怜苦命的小黛罗,终于以这种方式和她的亲哥哥见面了吗?可是端因,你又为什么让南宫远这个人面兽心、禽兽不如的家伙也出现在这里了呢?难道,你忘了他是怎样一个冷酷无情，奸狡黑心的人了吗？听说他现在，官做得更大了，权力也更高了，你看他，一脸的营养过剩，身上的衣服，艳艳生光，他现在要是发起威、害起人来，那恐怕是更加容易，手段也会更加残忍凶狠了……

想到这里，她陡然一惊，头上跟着就冒出汗来。她再也顾不得众人，一把拉过黛罗，慌忙错乱地转身就走。

众人黑压压地追在身后，赶的赶，叫的叫，她全然不作理会。后来，还是东方樱西赶上前来，一把拉住，好说歹说，才总算把她劝上了等在下面山路上的一辆车去。上车之前，她指着气喘吁吁追过来的娇唯和郝中，说："除了她们，谁也不许再上这辆车。"

这样一来，就连东方樱西都被排除在外了。

东方樱西怔忡地望着她，又四下里环顾一番，和黛罗交换了一个视线之后，只好转身上了后面的车。

坐上车来，杜鹃闷昏昏地想着心事，一路之上，谁也不理，也不再说一句话。

回到家里，她当即就给黛罗下了死命令：从此以后，不许再搭理那个南宫元宸。

黛罗无限惶惑地问她："为什么啊？"

她说："有钱有权的男人没有一个好东西！"又说，"那个东方樱西也不许你再和他来往！"

黛罗听了，如闻惊雷，简直有些伤心欲绝了。说："东方老师只是一个单纯的文化人，现在的文人都很清贫，他，应该并没很多的钱，也并没有什么权。"

哪知，话音未落，杜鹃便大声禁喝道："没钱的男人更不能招惹!”又说,“从小出身贫穷的男人,早早就经受了各种世态炎凉,内心早已变得坚硬冷酷,不管对什么事情都怀有一种莫名的毒恨,尤其是那些外表长得好一些的,就更是势利奸诈,他们和你交往,前提就是彻头彻尾的利己主义:‘宁教我负天下人,不教天下人负我’。和这类男人交往,你就等于掉进了老虎嘴,踩到了蝎子尾,碰到了高压线,不是死,就是残,绝对不会有什么好结果的!你对他付出的越多,将来得到的伤害就会越大!”

黛罗听了,犹如雷轰电掣一般,一时之间,不能思索,不能呼吸,不能分辨,不能反驳……她木然地站在那里,在心中把东方樱西的形容相貌、言谈行事回思了一番,只觉得她妈妈很有可能真的像她爸爸说的那样了:是更年期综合症并发了。

第十一章

王屋山：丢失的生命之书

我用雅鲁藏布江
滔滔不绝地思念着她
我用圣山的祥云
默默地证悟佛法
如果从一个地方出发
能同时到达两个相反的地方
我将骑着我梦中那只忧郁的豹子
冬天去人间大爱中取暖
夏天去佛法中乘凉

——仓央嘉措

眼看着辛辛苦苦隐藏了多年的秘密，就要遮瞒不住，杜鹃每日里如坐针毡，心似油煎。她思前瞻后，沸郁愁悴，拼命想要找寻一条新的出路来，哪知，任凭她绞尽脑汁，到头来仍是无计所奈。

因而，一点微不足道的小事也会惹得她心慌意乱，生气动怒。

她再干起活来,也没有了以往的麻利洒落,每每抱着羊羔要去喂牛,拿着花种撒去喂鸡,说是到后院去铲草,结果却把前院里的花树放倒了一片。

她的脾气简直变得越来越坏,整天里眼红面青,瞪眼粗筋,说了这个怨那个,为了一点儿芝麻小事,絮絮叨叨、倒四颠三地说个不清。

秦守善便借着机会,越发每天躲在外面不肯回家来了。而他一旦回家,不拘是谁,碰到了,就伸手要钱,要到了,就又忙忙地转身出去了。银珠虽说表面上仍旧八面玲珑,见了谁都笑欣欣,可私下里,在她的铺谋设计之下,就连秦柘也渐渐躲在一旁装聋作哑去了。现在,也就只有黛罗对她不离不弃,惟命是尊了。可是,后来,南宫元宸和东方樱西接连两次找上门来,都被她以强硬的态度挡在了门外,甚至,她还违心地对无辜的东方樱西做出一副厌恶状,说:“东方老师你是来东口写作的,你不到那些名胜古迹去寻找灵感,天天往我们这贫民百姓的小院子里跑,恐怕不太合适吧?!”

使得南宫元宸和东方樱西每次都是乘兴而来,败兴而去。黛罗虽然表面上不敢说什么,可她知道,她对她这个妈妈一定是一肚子的委屈抱怨。

忽然,一种无边的痛楚直挫进她的心尖,她觉得自己真是太没有福报了,她才刚刚在法王的慈悲感召之下,熄灭了萦绕在心头的嗔恶之念,让内心变得清净仁恕起来,可是,才没有一会儿的工夫,就又被这巨大的恶缘来纠结、缠绕了! 咳,人生的希望和幸福,真是渺渺茫茫,她是那么渴望迈上一条光明大道,可是还没走几步，就又被命运逼进那黑暗的歧途里去了！回望前尘，她心似刀碎、意如油煎，放眼未来，她惊恐沉重，内外交煎……

她的眼中，含满了悲戚的泪水，有那么一刻，她真想从此永远闭上眼睛，关闭心扉，把以往的一切苦痛都抛掷出去，彻底遗忘。然而，那些往事就像是一个个鬼影一般，霍霍幢幢地，再次撞进了她的心坎：

王端因是杜鹃儿时的好姐妹，她也出生在这东口村，自幼家境富庶，是明末清初著名书法家王铎的后裔。她相貌出众，又心灵手巧，且慈善好静，所见者无不喜欢赞叹，惊为天人。

当她长到十七、八岁的时候，更是出落得美貌无比，不但男人们见了会失魂落魄，就连所有的女人见了她，都会眼睛发直，深爱不已。

当时，她简直就是全校男生们心仪的对象，可是，她却情有独钟，单单喜欢上了那个才华出众，却家境贫寒的南宫远。说起这南宫远的家境，那简直就是贫穷到了极点。他家住在王屋山脚下的愚公村，父母早亡，叔叔婶娘一直将其视为祸根，整日铺谋设计，百般荼毒。在他成人之后，他们只分给他一间不到 12 平方米的破旧茅草屋，里面，除了一条四边露着棉花的破棉被，和他自己用土砖临时搭建起的一个土炕之外，其他一应家什器具皆无。那房子既潮又矮，坐到炕上，身板都不能挺得太直，否则，就要碰到了屋顶。不过，他们全村的生活水平，也就那样了，就算是最好的人家，也实在让人不敢恭维。当地有一句名谚，很生动地形容出了他们的基本生活状况："吃了一辈子的剩干粮，穿了一辈子破衣裳。治安基本靠狗，取暖基本靠抖，致富基本靠抢，结婚基本靠想。”

这件事情对于端因的父母来说，自然是难以接受。但是做父母的，终归心疼女儿，到底还是拗不过女儿的一片痴心。经过一番波折之后，端因总算如愿嫁给了心上人。从此，她放弃了自己优越富裕的生活，跟随南宫远一起回到了他在王屋山那间不到12平方米的破旧小屋里。婚后，小夫妻倒也恩爱互重，似水如鱼，一心一计，誓同生死地过了一段甜蜜的小日子。然而，天有不测风云，不久，凌厉的文化大革命运动便在全国各地轰轰烈烈地展开了。因为受到端因出身的影响，尽管南宫远在单位里的成绩斐然，表现突出，但最终，他总是逃脱不了被排挤打压的命运，举凡单位里有提干或者到外地学习一类的好事，永远都与他无关，都不会轮到他的身上。把个心怀大志、理想高远的南宫远挤兑得就像是一株被压在巨石下面的小草一般，终日唉声叹气，自怨自悲。

后来，他们有了一个胖墩墩小男孩，二人为他取名“伯阳”。然而，可爱的儿子的到来，也并没有给他们的家庭真正带来多少欢乐。眼见南宫远屡遭挫折，内外交困，端因为了他的前途着想起见，终于痛下决心，咬牙含泪，主动向他提出了离婚。

南宫远起初听了，百般不依，倾心吐胆地对她说：“端因你当初为了我，放着那么多条件好的人不选，独独跟了我，和我结婚的这几年里，你把从前没吃过的苦，没受过的罪，全都吃了受了，但凡我有一点点本事和出路，都该让你和孩子过上好日子，可是，我却一点本事都没有，老天爷连半点出路都不给我呀！现在，我让你从一个艳艳生光的黄花姑娘，眼看就要变成了一个半老徐娘，这个时候，再让我和你离婚，我，我怎么忍心！真要那样，我真连个畜生也不如了！”说着话，眼里便滴出泪来。

但是，尽管如此，半年之后，他还是和端因离了婚。并且当时，端因还怀着一个多月的身孕。不久，他就又娶了县城里一户做官人家的女儿，从此便青云直上了。

很快，南宫远就发现，他的新妻子是一个心机灵敏的人，她的个性上成熟得很早，一般人还在做天真的少女梦时，她就已经懂得了人情世故。并且，她从来就没有什么道德、理想之类的包袱，同时自尊心超强，听不得一句批评的话。她声腺无韵，沙哑干涩，却很爱发脾气，每每都显得声嘶力竭。然而，她翘起的眼尾，又特别有一股子媚劲，很吸引男人的喜爱，把个二婚的南宫远整天哄得像是个癫狂的毛头小伙子一般。不过，也许真是命理的归宿使然，婚后半年多了，他都一直不能让她怀孕。后来到医院一检查，结果是：由于多次刮宫，造成子宫严重受创，从此，再也无望怀孕了。

南宫远当时听到这消息，真恨不得一巴掌将面前这个不贞的女人抽死。可是他不能。不但不能，他还必须在她面前低眉顺眼，俯首听命。从此，这个女人把他盯得越来越紧，也变得越来越多疑善妒。她因为早就听说过王端因的芳名，又见身边所有的男人们都极力称赞她的美貌和品行，因而十分怀恨。终于，有一天，她咬牙切齿地命令南宫远去把他的儿子抱回到这个家里来，又说，不能让南宫家的骨血，最终流入到外姓人家去。

南宫远慑于她的淫威，只好厚着脸皮回去找王端因“商量”。先是暗以言语镇压，接着又许以钱物。怎奈王端因根本不为所动。气愤之下,他竟然不顾颜面,指着王端因的便便大腹肆行辱骂起来,昧着良心说她和别人私通,眼看就要生下别人的野种了,居然还要霸占着他的儿子不放!

王端因如同被一个霹雳击中,顿时五内崩裂,大哭一声,扑上去和他理论,结果被他一把掀翻在了地上。接着,在他一阵无情的拳脚相加和恶毒的辱骂之下,她终因气怒攻心,当场昏死了过去。

等她苏醒过来之后,早已经不见了南宫远和她儿子小伯阳的踪影。如此一来,她人生那点仅存的希望和盼头都被彻底地击碎了。当晚,暴雷如吼,霹雳交加,她在一阵阵绞痛之中生下了女儿黛罗之后,便触电而亡了……当杜鹃等一些儿时的好伙伴们得到消息,赶过去时,刚出生不久的小黛罗躺在她妈妈亲手缝制的襁褓之中,哭声惊天震地,似乎是在向上苍控诉这人间的万般罪恶和惨状……

杜鹃正沉浸在痛苦的回忆中,耳边听得一团人声。走出屋子一看,原来是郝中和娇唯来找黛罗了。看她们那副交头接耳、欲言又止的神情,杜鹃便知深有古怪。她找了个借口,很轻松地把她二人打发走了。等她们走出大门之后,她悄悄尾随了出去。果然如她所料,在她家房后不远处的那片桃树林里,站着南宫元宸和东方樱西,还有那个该天杀的南宫远!

杜鹃一见到这南宫远,顿时全身血脉贲张。这个丧尽天良、禽兽不如的老混蛋,他居然也追到了这东口来了!他,究竟想要干什么?难道,他还想把黛罗也给抢回去吗?哼哼,南宫远,我杜鹃可不是王端因!我明白告诉你,举头三尺有神明,不是不报,时辰未到！你和你那个无耻的婆娘，你们这两个吃人不吐骨头的败类禽兽，正是由于你们的无耻和狠毒，才一手制造了端因的人生惨剧！像你们这样的猪狗禽兽，早就该被天打雷霹，早就该暴死街头，让五鬼分尸了！

她感觉到，自己性情中的恶，正在被快速地激发出来。有那么一刻，她几乎就要控制不住地想要冲上前去，将那南宫远生剥活撕了。幸而，在堤防就要溃决的紧要关头，她猛然想到了她的女儿黛罗。想到她自幼心高志远，敏感清高，如果让她知道自己的亲生父亲竟是一个如此不堪的一个活禽兽，那么她以后，还怎么做人呢？

想到这里，她拼命地在心里一遍又一遍遥呼着："噶玛巴千诺！"终于，她将激怒的心境平复了下来。但是，她还是向着那片桃树林里的人们故意咳嗽了几声，以起到威吓示警的作用。之后，才又转身回去了。

杜鹃回到家里，不免又对黛罗严加嘱咐了一番。黛罗虽然心事如潮，可是也不敢不听从妈妈的命令。她自幼心高志远，对于身边的那些男孩子们，向来都是心如止水。可是，突然间，天降奇缘，来了个天上少有，人间无双的东方樱西，又温柔多情，又体贴周到，又天性高雅，又清举不凡……她毕竟是少女的情怀，不免激动真情，尤其是这几天里的朝夕相处，她简直就从心底里认定，他和她之间，是一段天赐的良缘。至于南宫元宸，她承认，自己对他确实有着非比寻常的好感。但最终，还是被她证实，她对于他，就像她对秦柘一样，简直就是一种兄妹般的情谊。因为她每次面对他的时候，只会从心底里产生出一种十分亲切和踏实的感觉，那种感觉并不是绝无仅有的。完全不像她在面对东方樱西的时候，莫名的，心就会突突地狂跳起来，有时，哪怕只是听到他的声音，甚至只是听到他的名字，她也会无端地紧张激动起来……那天，在净影寺，她第一眼看到大宝法王那妙好庄严的相貌，内心里深为震撼，真是既佩服又羡慕。她真希望自己来生也能成为一个和法王一样的明慧若神、行佛使命的奇男子，伟丈夫。

可是这一生，她还是希望能有一段美满的姻缘相伴。因而，那天，她在舍利塔前，先许了一个小愿，就是祈望佛菩萨保佑她的姻缘能够成就。而后，她又许下了一个大愿：愿我来世，转身为男，身披宏誓盔甲，行佛使命。真正做到"上报四重恩，下济三涂苦……"

可是，现在，不知为什么，她妈妈好端端地就突然转变了态度，对东方樱西万分厌恶起来。甚至，还要求她也要像躲鬼一般地回避着他。她自然无法揣摩妈妈的心事，而她自己的心事，终日如潮涌动，眼看就要堤防溃决……表面上，她对妈妈的命令要求不敢有丝毫的违背和反抗，可是在她的心里，老是浮现着东方樱西那清举出尘、面如秋月的影相。

她年轻的人，不经煎熬。她深知，东方樱西几次上门，都被她妈妈强硬挡驾了。他们相互牵挂着对方，却从此不能相见，她怎么甘心让自己的这段刚刚才开始的感情，正如狂潮涌动之时便戛然而止？可她始终都猜不透，为什么在短短的时间之内，她妈妈就发生了如此翻天覆地的转变？她还十分清晰地记得，妈妈第一次见到东方樱西的时候，那种由衷的赞叹："啧啧，人家一个这么有学问的人，一点架子也没有，一个男孩子，性格好得就像是从天上掉下来的菩萨!”

她那美丽的娇容,从此渐渐地憔悴了下去。开始茶饭懒动,连续几天下来,终于一病不起了。杜鹃急煎交迸,百般呵护,四下里请医问药,终是不见起效。

一个原本在她隐忍求全,尚显得十分欢乐热闹的家庭,就这样,被笼罩在一片愁云惨雾之中了。更有秦守善趁着机会,义正词严地将她指责声讨起来:“我早就说过,你女人不像女人,当妈没有个妈样!这才刚挣了两个钱,就恨不能天上蹦个窟窿,地下钻个山洞!你现在还能把谁看在眼里?不痛快了,想拿谁出气,就拿谁出气,想把谁往死里收拾折腾,谁就得白白认命!这不,现在找不到人下手了,干脆连黛罗也不放过了!秦柘、银珠、黛罗,你们现在终于亲眼看到,亲自感受到了吧?以前我说什么,你们都还不信,现在你们总算自己也看到、尝到滋味了吧?”

眼看着女儿的病情越来越沉重,秦守善又这般用心歹毒,杜鹃在忧怒交加、内外夹攻之下,居然也险些一病而倒。

黛罗的病把她的心都要急碎了,在一个深夜,她终于长叹了一口气,发出深深地慨叹:“这人世间的情爱,就是这样的害人!”

第二天,她亲自找到了郝中和娇唯,让她们帮她把东方樱西找来了。

为了能让女儿重新恢复健康,她决定让步了。何况,东方樱西本人并无任何过患,他只是被南宫远所一并殃及带累而已。在让他与黛罗见面之前,杜鹃心情苦涩地对他说出了整个事情的前因后果,并请他原谅身为一个母亲的苦衷和情非得已。说她之所以会这么决绝,完全是为了保护黛罗,她实在不愿意看到那南宫远做出哪怕是半点会伤害黛罗的事情来。又含着泪,深责不已地说:“我只一心想要保护她,却没有想到,自己竟先把她给逼得病倒了。我真的没有想到,这孩子,简直跟她的亲妈一个样,一旦对一个人用起情来,简直超过了一切……”

东方樱西听了,心中一阵忧喜悲愕交加。他喜的是杜鹃终于不再莫名其妙地刁难设障了,而他也因此知道了,自己为之倾心的姑娘,居然对他也是一片痴心,并且,她对他的感情竟然已经到了如此地步;忧的是,黛罗此时的病情;悲的是,黛罗的亲生母亲竟有着那么悲惨的命运,还有那个聪明绝顶、与他相识了近十年的南宫元宸,他直到现在,居然还被蒙在鼓里,连自己的亲生母亲究竟是谁都不知道,还有,他心中暗暗依恋着的,他自认为是和他有着“天生的夫妻相”的黛罗,原来,竟是他一母同胞的亲妹妹;愕的是,那个平日里满口“道德正义,人性公理”的政绩赫赫的南宫伯父,原来,在他耀眼的光环下面,隐藏的竟是如此不堪的本质!

他的心中狂澜起伏。杜鹃不免又将他深切地嘱咐了一番,他连连点头,事事应允。于是,他便在杜鹃的带领下,极力按捺着自己狂跳冲动的心,来到了黛罗的房间。黛罗的憔悴病容,让他差一点掉下泪来。

杜鹃坐在女儿的病床旁边,轻声叫着她的名字,说:“黛罗,你现在觉得怎么样?樱西来看你了!”

黛罗终于从昏昏沉睡之中,沉重地睁开了眼睛。当她一眼看到东方樱西之时,顿时感觉到一种模糊而伤感的幸福,一时间竟分不清究竟是在梦里还是在梦外了,只有无声的泪水交织着汹涌地流着。

杜鹃愧疚满怀地握住了她白瘦的手，说："黛罗，都是妈妈不好，都怪妈妈根基太浅，经受不住大经，才刚学了两天，就遭魔怔了！孩子，你不要怨恨妈妈呀！妈妈现在总算清醒过来了！"

黛罗的眼泪越发汹涌，她现在终于知道，这一切是真实的，并不是在梦里了。一种奇特的痛楚扎得她喘不过气来，她索性将身上的小被子拉了起来，紧紧蒙住了脸，在被子中嘤嘤地哭了起来。

杜鹃和东方樱西彼此交替着安慰了许多好话，她才总算是渐渐恢复了平静。在他们接下来整整两天的悉心呵护、照顾之下，黛罗终于能自己走下地来，和众人轻松说笑了。

看着女儿的脸上重新绽放出动人的娇红，杜鹃的心里像是打翻了五味瓶，说不出到底是苦，是辣，是甜，是涩还是酸。

第三天一早，杜鹃不见了。

接下来的一连两天里，身边所有的人都在到处寻找她，却哪里都找不到她的踪影。

看着黛罗着急得泪流满面，东方樱西终于心头一动，他问秦柘："知不知道王屋山的愚公村在什么地方？"

秦柘点着头说："知道。"

于是，大家就连忙驱车直奔王屋山愚公村而来。

原本，东方樱西一再劝阻黛罗，让她留在家里等消息，怎奈黛罗似乎从他坚定的言语中看到了一种成功的希望，说什么都要跟着一起来。还有南宫元宸，他也根本不听劝，坚决要与众人同行。

大家谁也没有料到，在他们的身后，还紧紧尾随着一个南宫远。

王屋山位于河南省济源市，南襟黄河，北控太岳，西接中条，东依太行。是中国九大古代名山，道教十大洞天之首，古属九州之中州。因其“山形如王者车盖”，故名。主峰天坛峰海拔1715米，通天拔地，独柱凌空，上接尾箕，超然如在霄汉之表。乃宇宙间的天柱地轴，向有“运日月以旋，衡地道纲维”之誉。又有华盖峰开道在前，五斗峰罗拜于后，日月二峰相朝左右，其格局恰似“王者之屋，众仙之宫”，其威势正如“王者驾临”。天坛峰山巅，巍峨屹立着一方巨石，传为女娲补天之石。又是中华民族祖先轩辕黄帝设坛祭天之所，故世称“太行之脊”，“擎天地柱”。

有前人留下的记载为证：

黄帝于此告天，遂感九天玄女、西王母降授《九鼎神丹经》、《阴符策》，遂乃克伏蚩尤之党，自此天坛之始也。故又称天坛山华存《清虚真人王君传》称其师王褒（字子登）得道后，被封为“太素清虚真人，领小有天王、三元四司、右保上公，治王屋山洞天之中。故王屋山又称小有清虚之天，被列为十大洞天之首。杜光庭《天坛王屋山圣迹记》云：“元始天王曰：夫小有洞天者，是十大洞天之首，三十六小洞天之总首也。”司马承祯《天地宫府图·十大洞天》曰：“第一王屋山洞，周回万里，号曰小有清虚之天，在洛阳河阳两界，去王屋县六十里，属西城王君（王褒）治之。”

这里如今已是国家级重点风景名胜区，有神峰异岭三十八处，仙洞名泉二十六景，洞天福地五大奇观，于2006年申请为世界地质公园，总占地面积265平方公里，分阳台宫、愚公移山处、不老泉、千年银杏树、天坛峰、总仙宫、五斗峰等7个景区，125处景点。在唐代，这里便建有大批宫观。其中的上方院，传说轩辕黄帝曾于此处访寻四山，故原称上访院。司马承祯初来王屋时，居于紫霄峰，现在还留有青罗仙人观、三清殿、山神庙、太山庙等遗迹，这些建筑全部建于隋唐时期，不但构造奇绝，点缀天然，同时与自然景观又构成"天地星宿同构宇宙的格局"——所有宫观的轴线都对准天坛以及天坛背后的王母峡，恰好呈现出向东南方开口的勺状，于是构成一个北斗七星拱围天坛的紫微垣神话。阳台宫、迎恩宫、紫微宫相连，形成北斗七星之柄，十方院、铁梁庙、王母殿、混元殿相连，则呈勺状。天坛顶拱围其中，峻极至尊，横陈天际，飞彩流丹，似乎天上北斗七星的转动与天坛同步，佛神司命，百仙是依……千百年来，王屋山以其神秘雄奇的自然风光，势凌尘寰百万群峰的峻极神功，吸引了无数的帝王将相和文人墨客前来探访寻幽，怡情养性。李白、杜甫、白居易等大诗人都曾经到此观赏游览过，并都留下许多摩崖石刻和脍炙人口的名篇佳作。其中，诗仙李白为此间书写的草书《上阳台》：

山高水长，物象万千。
非有老笔，情状何穷。

为当今故宫博物院唯一的李太白传世手迹。此外，宋徽宗亲笔题跋及历代收藏印玺，堪称价值连城的珍宝。又有诸如元代著名画家、楷书四大家之一的赵孟頫书写的《投龙简记碑》、盘谷寺韩愈的《送李愿归盘谷序》、乾隆皇帝“御制书济源盘谷考证”及“用韩昌黎盘谷子诗韵明向误并制今考诗”，以及北魏文帝、宋徽宗、明太祖、清世祖等人留存下来的封祭济渎等碑文遗迹，更是为这方文化圣地增添了无穷的魅力。

愚公村坐落在王屋山脚下的西侧，这里是王屋山旅游线路的起点，一路上的建筑自南而北，依山就势，凌空欲飞。森林覆盖率达到98%以上，各种珍稀动物不可胜数。

不过，这时车子里的几个人谁也没有心情去观赏这满眼的美景，景区内的丽水飞瀑，绮山幽树，他们都一概视而不见。

车子一开进村里，刚一停下，车里的几个人就蜂拥跳下车来，眼睛齐唰唰地看向东方樱西，看他将如何施展神通。

东方樱西这一次十分郑重地对大家说：“我之所以断定阿姨可能来了这里，是因为几天前她对我说，她有个至交好友住在这里，她有大概20多年的时间没有再见到她了。这两天里我们找遍了所有她可能去的地方都没有找到她，因此，我推断，阿姨她大概是来这里看望她的老朋友来了。可是现在，大家看看，我们一下子来了这么多的人，如果一起到人家家里去找，那肯定会让人家以为阿姨是跟家里闹了矛盾，生了气跑出来的，那样，阿姨一定会在老朋友面前很没面子的对不对？那好，大家现在就听我的话，由我和秦柘负责去找阿姨，剩下的人全都留在车上等候消息，如果我们真能找到阿姨，到那时，你们大家是否需要露面，就听阿姨的安排，我们再做最后的决定！”他的口气几乎是不容商量的，说完，就掉头和秦柘大踏步而去了。

不一时，二人来到一户人家的大门前，那门前有两株七叶菩提树，粗约 3 米，高约 15 米，开得风神咄咄，郁茂非凡。那树下，有一口汩汩流淌的清泉。二人正在犹疑之间，从那大门里走出来一位 50 岁上下的慈眉善人，见他二人像是要打探路径的样子，就和他们招呼了起来。

东方樱西向他致过谢，虚心请问他，知不知道这里有一个名叫王端因的人？

那善人一听见“王端因”三个字，眉毛立刻拧在了一处。他将面前的两个年轻人重新打量了一番，叹了一口长气说：“哎，在我们这王屋山方圆几十里的地方，有谁不知道王端因啊！可怜她人好命衰，找了一个牲口不如的男人，早在二十多年前就已经让祸害死了！你们打听她做什么？”

秦柘一听这话，几乎不曾吓死，当场惊出一身冷汗来。他愕然地看着那老者，许久，又回过头来看了看东方樱西。

东方樱西一脸沉着地对那善人说：“我阿姨是这王端因从前的好朋友，几天前说是到这里来祭奠她，现在还没有回去，所以，我们特地赶来接她回家的。不过，我们都不知道那王端因的坟地在什么地方，所以，烦请您给指一下路。”

那善人一听这话，忽然回味过来什么似的，转头就向屋里直喊：“毛蛋子，你出来一下！”

话音未落，就见一个黑壮的年轻人连声答应着走了出来。

那善人又问：“你媳妇前天回来是不是跟你说，有一个从外地来的婶子，到你端因婶子的坟地，回来后就住在她的旅店里了？”

那毛蛋子连声说:“是,是啊!”

那善人听了,喜笑颜开地对东方樱西和秦柘说:“你们还真是问着了!嚏,这真是有福之人不用忙啊!走,我和我儿子领你们过去认一认,看看是不是你们要找的那个人。”

东方樱西和秦柘一听,心里便估摸着那人大约就是杜鹃无疑了。他们的心里简直要乐开了花,简直都不敢相信,这一次的寻找,居然会如此出乎意料的顺利。二人高兴得连声向那毛蛋子和他的老爹道谢。

然而,让东方樱西没有料到的是,那毛蛋子和他老爹居然带着他们又重新向着他俩刚才来的那条路走了回去,结果,半途中,他们还是又不可避免地迎头碰上了等候在原地的一班人马。

第十二章

华盖峰：玫瑰之杯

我问佛：世事本无常是什么意思？

佛说：无常便是有常，无知所以无畏。

我问佛：为什么我的感情总是起起落落？

佛说：一切自知，一切心知，月有盈缺，潮有涨落浮浮沉沉方为太平。

——仓央嘉措

看到他们，秦黛罗、南宫元宸、郝中和娇唯等人一涌上前，齐声打探着消息。

未待东方樱西和秦柘说话，那毛蛋的爹一眼盯住了光彩神俊的南宫元宸，然后便失惊打怪地嚷了起来："哎呀，你，你该不会就是小伯阳吧？哎呀，就是你呀，看看这眉眼，和端因简直就是一个样啊！"说着话，他上前一步，紧紧握住了南宫元宸的手，激动得简直不知如何是好了。当他又一眼看见了旁边的黛罗时，更是激动得泪水都流了出来，声音也变得颤抖起来，“你，你们这是回来看你们的妈妈来了，是不是，啊？南宫远那个老东西，他终于良心发现了对不对？”

东方樱西一见如此，心里不禁跌足大叹，暗暗叫苦。除他之外，周围所有的人都惊呆了。大家都搞不清楚面前这位慈眉善目的老人家，葫芦里到底卖的是什么药。

南宫元宸起初见他虽然说话前言不搭后语，然而却一脸的真诚无欺，所以并不忍心拒绝他的一番热情，始终任由他那双粗糙的大手在自己的双手间到处摩挲、拍打着，现在，听他居然把他爸爸的名字都叫了出来，不由陡然一惊，深知其中的问题肯定不简单。于是反过来一把抓住他的手，只管询问起来。

东方樱西只觉恐怖万状，心中一急，头上便冒出汗来，他脑子里急速盘桓着，该如何尽快将这老善人支开。

然而，也许是冤孽使然，那南宫远的车子不早不晚，偏偏就在这紧要关头赶了过来，随着车门被打开，他威仪赫赫地走下车来，紧随他走下来的是一个亭亭玉立的时髦女郎，怀里还抱着一个两三岁大的小女孩。

那毛蛋的爹这时正好迎面一眼撞见了他，二人相见，彼此悲愕了一阵之后，毛蛋的爹放开了南宫元宸，双手颤微微地指着南宫远骂了起来：“南宫远，你这个丧了天良的！”骂着，便三步并作两步赶上前去，欲大动干戈。不料，早被一个大块头的司机冲下来横在眼前，一把揪住脖领，若不是南宫元宸的疾声断喝，险些就被一把扔了出去。

那毛蛋的爹脚下才刚站稳，便又照着南宫远那张营养丰富的白净脸膛狠狠地啐出去一口，又骂："像你这种丧了天良的东西，你还没让雷劈死，你还人模狗样地活着哪！你总算还有狗胆再回这王屋山来！"

突如其来的重大变故，就像一记惊天霹雳，将大家都打晕了，一时让所有的人都分不清南北西东了。

那个被人抱在怀里的小女孩这时也挣下地来，手脚齐上，竖着眼睛对着面前的乡下老头一阵乱踢乱打，嘴里直嚷："你这个坏老头，你为什么骂我外公？"

毛蛋的爹见这小丫头小小年纪就这样一副凶狞的样子，便知道这是南宫远夫妇一手调教出来的好苗子了，越发拱上火来，瞪眼道："为什么骂他？你让他南宫远自己告诉你吧，我们王屋山的人没有这个脸替他说！哼哼，我是坏老头，他南宫远才是坏人里头的尖子，尖子里的蝎子！"

毛蛋听了，急得眼睛都红了。赶上前来一手拼命攥住他老爹还在挥舞的双手，一手死死抱往他的后腰，疾声禁喝起来："爹，你今天这是怎么了？一个吃屎的孩子你也跟她计较，也不怕让人笑话！"又用本地土话在他耳边叽里咕噜地说了一大堆。

谁知那老人家听了，越发气盛起来，面红筋粗地嚷道："老子不怕他，他官当得再大，能把他老子咋样？走到哪，他还能不让老子我修理这个地球疙瘩吗？他祖宗的，老子我一辈子行的端走的正，良心没让狗吃了，我怕他！"又骂，"南宫远，你个老畜生，王端因怎么没变成厉鬼把你的心掏了？你敢跟你的好儿好女们抖抖你自己的那些个臭老底儿吗？"

骂声未绝，那小女孩一头扎进她外公的怀里放声大哭了起来，呜呜咽咽地道："外公我们回家，这里的人坏，还不讲卫生！"她哭起来，简直就是一张海口，嘴巴咧得很大。那个刚才被吓怔了的时髦的女郎这时连忙走上前去哄她："凌波乖，凌波不哭！"

南宫元宸也赶上前来，叫了声："小月，"和她交换了一个视线，便将那个哇哇大哭的小女孩一把抱过来，交给了她。这北溟月是南宫远的第二任夫人从自己妹妹那里抱养回来的女儿——南宫元美——的同学兼闺密，一直以来，都深爱着南宫元宸。怎奈却是神女多情，襄王无梦。这次南宫远的亲自现身，便是拜她所赐。是在她一番渲染性的挑唆下，南宫远担心儿子会被外面某个攻于心计的女孩子铺谋设计了，所以才亲自追踪而来，一观究竟的。却哪里会料到，一到净影寺，便迎面碰上了王端因生前的好姐妹杜鹃和一个简直就是王端因的再生的年轻姑娘。在极度的震惊中，他终于想到，这个姑娘很可能就是当年王端因给他生下的那个没有见过面的亲骨肉，后来被这杜鹃抱养了。

为了弄清这个事实，这几天里几经波折变故，他终于忘乎所以地一路悄悄尾追到这王屋山来了。更不曾想到的是，端因的事情已经过去了这么多年，居然还会有人将他这般恨入骨髓。他不知道，一会儿，在这片生他养他的土地上，还将会有多少人将他认出来，把他唾弃指责，并且，随着他的根底被进一步地揭露出来，还将会发生多么翻天覆地的事情！他只知道，他这个平日里威风八面的大领导，一个威严的父亲，此刻，算是颜面尽失，甚至，竟不敢再和自己的儿子对视一眼。

哄哄乱闹中，渐渐有人三三两两地聚拢过来，东方樱西心中大惊，连忙一手护着南宫远，一手拉起黛罗，又连声招呼着南宫元宸，将他们一起送回了车上。

人群中，有几个上了年纪的老人很快便都认出了南宫远，一个个都拧起了眉毛，粗了筋，有的在骂，有的在嘲笑。一时议论纷纷，指手画脚。年轻一些的都跟在后面笑嘻嘻地看着热闹。

南宫元宸何其聪明，早就在大家你一言我一语的议论中听明白了其中的奥秘。因而，当东方樱西不顾一切地将他们父女三人推上车之后，并命令司机赶快把车子开走之时，他还是又找了个借口，转身走下了车。

这里，老实巴交的毛蛋总算让人把他爹拉走了，一脸歉意地望着东方樱西和随后而来的南宫元宸说："咳，说是带你们来找人，没想到……我爹他就那么个倔脾气，太对不起你们了！走吧，我现在领你们去看看那个婶子是不是你们要找的人。"

东方樱西看着重新返回来的南宫元宸不觉犯了难，看他的神色，事情是根本瞒不住的，他前思后想了一阵之后，终于冲他点了点头，又招呼着秦柘，一起随那毛蛋去了。

众人走了不远，便又一眼看见了屹立在村口那尊醒目的愚公挖山不止的雕像。看情形，这里应该就是传说中"愚公移山"的地方——王屋山之阳了，放眼望去，但见一条从王屋山主峰延伸下来的南北走向的大山梁，山梁西面，便是大家现在所在的愚公村。据记载，山梁东面应该有一条"小有河"。当年，愚公村的人们每天要到小有河去取水，正是这条大山梁给他们带来了诸多不便，所以愚公就立志要带领他的子子孙孙将其挖掉。现在的人们都可以清晰地看到，在这条大山梁中间，确实断开一条很大的山口……

东方樱西的心中感怀万千。如果不是今天情况特殊,这应该是一次极有意义的旅行了。

不一时,那毛蛋领着众人来到了他家的农家宾馆。他媳妇正好和一个小姑娘迎面走出来晾晒被单,两下里一阵问答之后,那媳妇说:“那个婶子说她今天就要回去了,一大早,托我给她买了不少东西,又去端因婶子的坟地了。”

毛蛋问:“知道她姓个啥,叫个啥名?”

他媳妇说:“好像是姓杜,不知道叫啥名。”

未待毛蛋开口说话,身后的东方樱西和南宫元宸异口同声地说:“是她,肯定是她没错了!”

于是,大家便又在那毛蛋的带领下,直奔王端因的坟地而去。

几经迤逦曲折,众人来到了阳台宫北面的华盖峰下,只见一处清溪和滴水岩环抱于峰下,正是风水学中所谓的“二龙戏珠”的风水宝地。那宝地不远处有一株千年银杏古树,树高35米开外,开得郁茂非凡,遮天蔽日。树冠投影面积约为850余平方米,相传是汉代遗物。它不仅是河南省罕见的名木古树,也是全国五大银杏树之一,被誉为“中国植物活化石”。在距离这株银杏树不到15米的一个老碑的后面,大家果然一眼看到了杜鹃颓然地坐在一处青冢前,深深地呜咽着,诉说着什么。

此时,她正哭得昏昏沉沉,眼前忽明忽暗,恍惚间耳边听得一团人声,转过头来一看,真是悲愕不已。众人见她泪痕斑斑,满眼的惊惶、伤心、悲骇之情,内心都不由被抽紧了。秦柘叫了声“妈”,连忙走过去扶住了她。众人一起叫了声“阿姨”。

杜鹃再次将目光落到南宫元宸的脸上时,顿时五内如崩,泪如泉涌。大哭一声，回头又向着那坟冢扑跌了过去，嘴里叫着：“端因，端因你看见了吗？你的儿子伯阳他已经长大成人，他现在回来看你来了！”

众人都被她哭得心里十分酸楚。杜鹃仍旧一面诉说一面痛哭不止，这时，南宫元宸来到了她的跟前，俯身将她扶起，一五一十地向她询问了起来。

杜鹃一心要安慰王端因的亡魂，再也顾不得一切的禁忌，心如刀绞地将事情的来龙去脉向他陈述了一番。

除了东方樱西之外，众人都被震惊得如痴如傻。尤其是南宫元宸，更是如同被五雷轰顶一般，他怔怔地看着杜鹃那无限哀伤的神情，听着那让人难以置信的字字句句，他实在不敢也不能相信！他这个一向被众人喻为“衔着金钥匙出生的人”，原来，竟有着这样不为人知的身世，自己的亲生母亲竟有着那么悲惨的命运，而自己一向深为敬重的父亲，竟然就是导致她悲惨下场的始作俑者！那个名高位重、威风十面的现任母亲，她原来竟是这样一个机关算尽、不惜戕害人命的胭脂虎和美女蛇！看来，他的老同学东方樱西一向反感官场的人，说他们绝大多数的为人“一半是贪婪一半是权威，正是由于他们不可遏制的野心和无止境的欲望，才制造了无数人间惨状”的话，现在，真的被印证了！

最后，在一片巨大的震惊中，在一阵近乎窒息的情形之下，他又红着眼睛问杜鹃：“那么，那个没有出世的孩子呢？也跟着一起死了吗？”

杜鹃的眼泪便像绵绵的秋雨一般，再次纷纷滚落。她无限凄惶地在内心里盘桓了一阵：如果，对他说出实情，那简直就等于让人摘走了自己的心肝一般;但是,让她当着众人的面,尤其是在端因的坟前昧心隐瞒一切,承认她可爱的黛罗从来无生,那对她而言,更加是生不如死!

她心中的血泪汹涌交和,她强忍悲痛克制着自己的情绪,终于还是心碎神伤地对他说出了一切!

眼前便又重新陷入一片巨大的震惊之中,南宫元宸浑身的血液都凝固了,他连一个字都说不出来了。他怎么能相信!那个让他一见倾心的,他十分自负地认为他们有着“天生的夫妻相”的黛罗,原来,竟是他一母同胞的亲妹妹!

秦柘更是觉得莫明其妙,几乎都不知身在何处了。

恍惚间,又听见那碑后传来一片呜咽之声。众人大为惊骇,寻声过去一看,竟是黛罗。此时,她正半伏在那碑后,已经哭成了一个泪人。

众人这时见了她,更是愕上加惊,谁也不知道她是怎么竟会这般神不知鬼不觉地突然出现在这里的。却不知,她被东方樱西将她和那南宫远一并送上一辆车去,那小小的空间里让她感觉格外压抑,她觉得自己和那位衣着光鲜的老先生天生气场不合,十分不愿意多面对他一刻,因而便也悄悄走下了车,远远地尾随了过来。

谁知,竟让她无意中听到了如此惊天霹雳般的事件!

杜鹃此时看见她,不禁肝肠寸断,冲动得几乎忘却了一切。然后,她上前一步,伸出双手,一下把女儿紧紧地搂在怀里,痛中有愧,悲中有怜,泪中有情地说:“黛罗,乖,不要哭……”她自己却止不住又呜呜地哭了起来。一面又悲声哽咽地说,“端因,你现在都看到，都看到了吧？你该瞑目了！”

黛罗将头深深地埋进她的怀里，眼泪汹涌地流着。她的一双白净而瘦弱的手，紧紧抱着杜鹃，气噎喉堵地抽泣着说：“现在，我终于明白了，为什么，从小，奶奶会那么不喜欢我，爸爸也不十分重视我……只有妈妈为了我，不惜得罪所有的人！原来，我，竟是这样一个来历！”她泪落如雨，一时多少心绪袭上心头，却无从表白。回思那黑暗冷酷的一幕，她只感觉彻骨的冰凉。她对人世间的一切，突然有一种深恶痛绝的情绪。顷刻间，她的眼睛直了，脸也惨绿下来，仿佛被鬼魅附了体、夺了魂魄一般，忽然，她心中一阵冲动，翻身挣起，便没命地向着前方狂奔了出去。

杜鹃惊叫一声，悲恐万状之中，险些吓晕过去。

东方樱西和秦柘连忙快步追了过去。杜鹃跌跌撞撞地跟在他们的身后，一路凄厉地尖声叫嚷着：“黛罗！黛罗！快，快把她截住！”

南宫元宸总算又重新回到了现实中来，他镇定了一下情绪，也连忙不顾一切地猛追了上去。

那个朴实的毛蛋，在短短的时间里被这群城里来的人震吓得几番天上地下，云里雾里，简直分不清南北西东了。不过，虽然他还在心慌意乱之中，这时也早已抄近路追赶了上去。

再看那黛罗，这时跑得飞快，简直如有神助一般，不一时，竟然奔到一处悬崖峭壁的边缘去了。

下面的几个人顿时吓得面无人色，杜鹃更是在悲苦绝望之中，双腿一软，瘫倒在了地上，一口一声“黛罗，乖乖！”地放声悲号起来。

东方樱西深知黛罗此时心中绝望悲苦,无处发泄,一时情急,迷了心窍。倘若继续强行追上前去,真不知她将会做出什么事来。于是,他伸出双手,制止了身边的几个人,然后,他自己迎着那峭壁一路择步而去,一面缓声缓语、情深似海地对她说:“黛罗,我知道,这个世界上有很多冤枉,到处都充满了假相!漫漫人海,尽都是些聋子瞎子和没有心肝的人!可是黛罗,你不能因为一时的伤心绝望,就把一切都抛开不管,把一切美好的事情也都全部否定!请你想想在净影寺,大宝法王对我们说过的那些话,想想这难得的人身,想想杜鹃阿姨她含辛茹苦地把你抚养长大,想想你自己还未报的大恩,想想你的未来!难道,你忍心把这一切都归化为零吗?”他言之凿凿,字字激切,终于让黛罗那颗跌入了万丈深渊的心为之一动。

她停下了脚步,回过头来,与他四目相接了。眸光交会的一刹那,黛罗终于还是有些于心不忍了,她心中千回百转,满面凄然:“你不要再说了,我的心如刀绞!”她眼中簌簌流着泪,喃喃地说,“现在,我才终于明白,为什么,我小的时候,会经历那么多非同寻常的事情!为什么,在别人那里至亲至近的骨肉之情,在我这里却是冷冰冰,甚至是无限狰狞的。如果不是因为还有妈妈和哥哥的关心与疼爱,我简直就不是活在一个人的世界里!因为,人是不应该那么残忍和冷漠的!而现在,我才明白了一切!原来,我真正的身世竟远比我奶奶的残忍和我爸爸的冷漠更加可怕一万倍!那些贪婪无耻、衣冠楚楚的所谓权贵,他们更是一些吃人不吐骨头的野兽,为了一己私利,不惜戕害人命,制造出无数的人间惨状!”又无限怅恨地说,“我一生最憎恶狭劣狠毒之人,老天爷却偏偏觉得我还没有被捉弄够，居然又赐给我这样一个身世，又要和那样的人结缘！现在，我知道了这一切，我只感觉到无比的羞辱！”说到此处，不觉又义愤填膺起来，索性把心一横，又说，“我知道，我妈妈含辛茹苦把我养育成人，她的恩情，我将无以为报！怎奈，她算是白白养育了我这么一个不孝的女儿！妈妈对我的好处，我只有来生再报答了！”说着话，她便将双眼一闭，准备投身跳下崖去一了百了，再也不用面对这世间上丑恶的一切。

下面的一班人见状，都被吓飞了三魂六魄，杜鹃大哭一声，双膝跪倒在了地上，五脏六腑都被撕裂了：“黛罗，你不要做傻事，你不要把妈妈往死里坑啊！”

东方樱西在不知不觉中，已经距她只有几步之遥了。情急之下，他终于脱口道出了自己的肺腑之言：“黛罗，你这是要让我也跟着你一起跳下去吗？你这样做，未免太狠心了！你知道吗，这些年来，我于茫茫人海之中，苦苦寻觅着一个人，我找得简直就要绝望了！如今，我好不容易才蒙老天爷格外开恩，遇到了你，难道，你这是要亲自向我证实，让我从此彻底接受和承认，生命，真的就是一刹那的惊喜繁华过后，永远的为难和绝望吗？如果真是这样，那好，如此的人生，让我生无可恋！那么，就让我跟着你，让我们一起化风化蝶，化云化虹而去吧！你到哪里，我都跟着，永远不变！你跳我也跳，你不活我也决不生！”

黛罗听了，不觉心痛神驰，轰然一声呆怔在那里了。眼中热泪抛沙一般，滚滚而下。

东方樱西趁机飞身上前，一把将她紧紧搂回在了怀中。

众人一见总算有惊无险，这才纷纷将那急煎煎的一颗心放了下来。半日，东方樱西握着黛罗的手，重新走了回来。其他人尤可，杜鹃不免又心碎魂伤地抱着女儿大哭了一场。

南宫元宸这时看着黛罗，真是既痛又爱，一种绵绵不绝的天然的亲情力量，顿时在他心间无限荡漾开来。他看着她，只觉得温馨入骨。又见她眼腮赤红，如鲜花带雨一般……此番的对视，竟恍如隔世一般，有种虚幻的不真实了！他和她对面站定，待要说几句心里的话，忽然半空中一声响亮，众人抬头看时，只见西北上空霹雳交加，风尘滚滚之中，几只彩色斑斓的大蝴蝶在风中翩翩翻翻，眼看就要下起雨来。

杜鹃连忙招呼了一声，众人急急来在王端因的坟前，各怀心事地祭奠了一番，便纷纷洒泪而去了。

返下山来至村口，只见郝中、娇唯、北溟月、凌波儿都等在路上，此时正凑成一堆儿谈得热闹，南宫远一个人遥遥地躲在自己的车里。这里郝中、娇唯见众人终于不负辛苦，找到了杜鹃，便一起笑逐言开地迎上前来，问长问短，一时缠个不休。

为了避免一会儿和南宫远撞见再生尴尬和意外，东方樱西连忙把南宫元宸叫到一旁商酌去了。

不料，才刚说了半句，大雨就漫天砸落下来。

大家都惊叫着，慌乱往车里躲了进去。因为南宫远的那辆车离得远，所以众人都就近躲上一辆车来。那毛蛋见大家总算相安无事了，就笑着招呼了一声，一个人冒雨跑了回去，众人怎么都叫他不住。

大家一见白白扰了人家大半天，这时又让人家淋雨回去，心里都很不过意。杜鹃便提议，把车子开到他家的那个农家宾馆去，大家好好消费一顿，以为报答。

众人都拍手说妙，南宫元宸脚下一使劲，加大了油门，转眼就赶上了毛蛋，最终，他还是被众人局不过，水淋淋地坐在了副驾驶的座位上。好在，路程极近，不过三五分钟也就到了。

第十三章

清风岭：杜鹃啼血

一个人需要隐藏
多少秘密
才能巧妙地
度过一生
这佛光闪闪的高原
三步两步便是天堂
却仍有那么多人
因心事过重
而走不动

——仓央嘉措

在那毛蛋媳妇的亲自督率下，很快，一桌上好的农家饭菜便摆上桌来了。

杜鹃见南宫元宸和那个名叫北溟月的姑娘远远地站在一旁，再三向老板娘吩咐着什么，不时将打包好的饭菜送了出去，煞是惊奇，便问东方樱西是不是外面还有什么别的朋友没有一起进来？

东方樱西怔了一下，正要说话，黛罗抢先附在她耳边说明了来龙去脉。

杜鹃一听到南宫远居然也一路尾追到了这里来，顿时勃然变色。待要发作，黛罗又悄悄附在耳边，将她抚慰了一番。最后，正色对她说："妈妈，对一个人真正最大的蔑视，就是不理他！"

一席话说得杜鹃心悦诚服，思前想后，很是在情在理，不觉把心头一把熊熊的怒火，平息了下去。

这时，南宫元宸也和那个北溟月一起前来就座了。

现在，他看着黛罗的眼神里盛满了无限的爱意，然而却到底还是说不出什么来，只顾频频往她的碟子里夹菜，又亲自给她的杯子里斟满了果汁。看着黛罗终于绽放出了笑脸，他简直幸福得无以言状。他的殷勤周到，款款深情，真是羡煞了一旁的郝中和娇唯，他那俊朗明亮的笑容就像一根荆棘，刺得北溟月心里隐隐生疼。南宫元宸每照顾黛罗一次，她的心就跟着抽紧一下，现在，她终于气得吃不下饭去了，就竖着眉毛怔怔地看着黛罗。她的那张脸，既具有骊姬、息妫的美貌，更兼妲己、褒姒的妖娆，简直就是相书上所说的那种"无往而不胜，能令男人们一见倾心，并能一生迷惑男人"的销筋蚀骨的狐媚相！她现在终于明白了，为什么，南宫元宸这段时间里像是被人吸了元气，施了法术一般，三番五次地要往那地处偏僻的东口村里跑了！她真恨她。

更为可气的是，旁边又加上了一个东方樱西，他和南宫元宸一唱一和，你来我往，护宝捧神般地把那秦黛罗围在中间，对她那叫一个殷情备至，让人看了，简直迸得全身的筋骨都酸楚了！相比之下，那东方樱西总算还要好些，眼里至少还能看得见别人，偶尔，也会照顾一下其他人，不过，也只是那种心中不过意，顺便地照顾一下而已。而南宫元宸此时的眼里，简直就只能看见那秦黛罗一个人了。

这时，小凌波突然把手中的筷子一扔，趴在桌子上呜呜咽咽地哭了起来。

大家都被唬得一怔，北溟月、郝中和娇唯连忙起身，交替着抱着她哄了起来。忽然，小家伙挣起头来，瞪着一双细眼问向杜鹃和黛罗："你们是不是都特别不喜欢我？"

杜鹃和黛罗怔忡地交换了一个视线，杜鹃便问："我们怎么就不喜欢你了？"

小家伙咬了一下嘴唇说："在我们那里，所有的太太和阿姨见了我，都会抢着来抱我的，可是你们怎么几次都不理我？还说不是呢！"她呼呼喘着气，嘴角边缘淌着亮晶晶的液体，煞是让人怜爱。

杜鹃听了，顿时幡然醒悟过来，大笑着一把将她接在了自己怀里，照着她那桃光粉嫩的小脸蛋狠狠地亲了几下，一面说，"看看我喜不喜欢你！"

黛罗也十分亲切地捏了捏她的小胖手。

那凌波便快活地在杜鹃的怀里格格笑了起来，她笑的时候，嘴巴咧得很大，里面泛出一股奶香。

杜鹃这才想起她是叫南宫元宸"舅舅"的，便顺嘴问了一下他们的关系。

南宫元宸听了，连声咳嗽了几下，言语婉转地说了一番，尽量不让凌波听明白，她的妈妈是被他们家抱养回来的。

杜鹃听了，心里终于一动，暗暗掂掇："就算是被抱养来的，那个该天杀的南宫远也不配有这么好的后代！"于是，便又低下头去问那小不点儿，"你妈妈呢？她怎么没跟你们一起来呀？"

凌波听了，便愁着眉说："我妈妈生病了，很厉害的那种，在医院呢！我特别想她，可是我姥姥和我姥爷都不让我去见她，说她的病会传人！其实我根本就不怕，戴着口罩去就行了呗，可是他们还是不让去！"说着话，又要流下泪来。

杜鹃只觉心中一沉，不由向南宫元宸看了过去，见他频频向自己挤眼，便连忙插科打诨，转移话题，不一时，又将凌波逗得格格欢笑起来。

杜鹃这时指着满桌子的人问她："这里面的人，你最喜欢谁？"

小家伙立即不假思索地说："我喜欢你！还喜欢她！"她伸手指了指黛罗，又说，"还喜欢他、他、还有她，"她接连将手指向她舅舅、东方樱西和北溟月，又眨着眼睛看了看郝中和娇唯，最后，索性做起了顺水人情，把她们也一并都指了一遍。

大家一起哄笑起来："你这个小鬼精，倒是谁也不得罪！"

凌波便又笑着扑进了黛罗的怀里，嗲嗲地说："阿姨你长得最漂亮了！你的睫毛真长啊！你长得就像芭比娃娃一样，穿的衣服和鞋也像！你今天晚上和我一起睡好吗？我教你怎么做心灵感应！"

未待黛罗答话，南宫元宸便一把将她抱在了自己的怀里，连声称赞起来："舅舅的小凌波，眼力就是超级棒！"

北溟月听了，心里一阵刺痛，眼中差一点流出泪来。她看着眼前的场景，顿时明白到，真正的有情人，在这儿。自己，只是一个自作多情的傻瓜而已。

因而，饭还没吃完，她就提前退席了，一个人闷昏昏地上了南宫远的车。

南宫远一见她这副无精打彩的样子，还以为她是受到自己刚才的那件事的影响，破坏了情绪，因而不免安慰了她几句。

北溟月起先听得一片糊涂，现在总算听明白了七八分，便将一肚子的怨忿，全部转移到了那毛蛋爹的身上，寒着脸说："大家都说农民老实忠厚，依我看，却也未必！农民就是农民，根本看不得别人好。见别人生活过得比他好，眼里能滴出血来，见别人做了官，他能气得死去活来！总之，不管看见别人有什么好处，都恨不能全部抢到自己的手里去！实在可恶！"

南宫远一见这时总算还有人向着自己，不禁长舒了一口气，他感觉呼吸畅快了许多，仿佛有人为他打开了一扇迎风的窗户。半日，他叹着气正色纠偏道："其实，事情也不尽是你想象中的那样，我自己也有做得不好的地方。"

北溟月听了，越发将他敬服了，心里也越发气愤起来："我亲眼看见的，分明就是那样，不是也是！典型的农民心态，天生一副别人欠他活该报答的不健康心理！"

南宫远微笑了，说："好孩子，我们不说这个了。不管怎样，我忍下来也就算了，再惹得你们无辜的孩子们也跟着生气，就太不划算了！"又义形于色地之乎者也了一通，才又展转问了一阵儿子的情况。

一提到南宫元宸，北溟月的心口便又刺痛起来。她趁机怂恿南宫远，应该让南宫元宸早点离开这里才好。

南宫远点了点头，又开始盘算起自己的心事来。以他自己的推断和直觉，他已经可以肯定黛罗就是当年王端因给他生下的那个孩子了！这么多年来，他一直都不知道，自己居然还有一个如此温柔美丽的女儿活在这个世界上！现在，他想着她那标致可爱的模样，就忍不住心潮激荡，内心里就会涌出一片对她的遐思遥爱。

当东方樱西等人走出那农家宾馆时，南宫远遥遥地看见，凌波正被杜鹃抱在怀里，引逗不休。黛罗正和南宫元宸愉快地说笑着，他的内心顿时升腾出一种十分温暖的情愫，一时只觉得眼前一片光明，一时又变得无限迷离起来，看着那无限温馨的一幕，简直有种虚幻的不真实了。

不知不觉中，他忘情地走下了车，向众人走了过来，却眼睁睁看着黛罗从自己的面前一闪而过，径自上了车，那张美丽的脸上简直没有一丝的表情，就好像完全没有他的存在一样。杜鹃更是对他视而不见，抱着他的小外孙女就一头钻上了车去。后来，还是他的儿子走上前来，淡淡地将他看了一眼，转身吩咐身旁的郝中和娇唯，重新又将他劝回到了自己的车上去了。南宫远心中虽有无限怅然，但是，好在身边的两个丫头很是活泼有趣，在他的引导之下，她们一路上都在争相向他讲述着黛罗小时候的一桩桩趣事。

后面的这辆车子里，凌波在教大家如何做心灵感应，她将自己的两只小手合拢，做了一个“心”的形状，贴在自己的心口，然后，告诉大家，心里想着谁，就喊谁的名字，那样，就能和对方心灵感应了！大家被她那认真的小样子逗得笑了又笑。凌波耐着性子教了大家几遍，见大家总是嘻嘻哈哈地敷衍她，并没有真正上心，就不由又想起自己的妈妈来了。

她妈妈离开她将近半年了，关于妈妈的离去，周围的亲人们都对她说，她妈妈是患了一种很重的病，现在，不得不被医院隔离起来全力以赴地救治。起初，凌波因为看不见妈妈，尽管哭闹得不成样子，但是，每次哭闹过后，她一想到外婆说过的话：“母女连心，凌波你这么哭，你妈妈尽管不在身边，但是她的心里还是会感应得到的！你这么闹，你妈妈的心里就会不安，那样就会影响她早日康复出院的”，她就安静下来了，就又开始幻想着和妈妈在一起的时候，种种幸福的情形来了……这种漫长的等待一等就是将近半年！这对于一个年幼的孩子来说，是何等残酷的事情！现在，就连凌波自己也已经记不清楚了，有多少个夜晚，她梦到妈妈笑盈盈地来到她的身边，把她紧紧地抱在怀里，一次次亲吻着她粉嫩的脸颊，抚摩着她乌亮的秀发，又把她的小脸贴在自己的心口，给她讲起那些让她心醉神迷的神话故事——哦，那种只有妈妈才特有的温暖的怀抱，是多么令她沉醉！

可是，那种幸福的时刻终究只是梦幻！她已经记不清，那种泪湿枕畔、心在碎裂中痛醒的情形已经重复出现过多少回了。终于，有一天，凌波再也无法忍受对妈妈极度的思念而放声大哭起来，声音大得震撼四壁，似乎要把积蓄在心中所有的委屈和悲痛都发泄出来一般，整整大哭了一天。那一次，她外婆慌得呼天忏罪。最后不得不向她发誓保证说:“等凌波上学的时候,你妈妈就一定会回来的!乖宝贝,外婆向你保证!”

凌波听了这话,才总算停止了嚎啕。那一瞬间,她的内心仿佛触到了一种最为柔软的东西,外婆的话,让她和妈妈的心灵又一次感应在了一起!是的,从前妈妈在她身边的时候,对凌波将来要受什么样的教育,上什么样的学校,是最为放在心上的。

有一天,妈妈给她洗完头发,把她抱在阳台上那只被太阳晒得暖暖的花吊床里,抚摩着她的脸颊说:“凌波,等你上小学的时候,妈妈就要狠一狠心了,那时,妈妈就要把你送到一所寄宿学校里去了。”

凌波扑闪着她那双薄薄的,又细又长的眼睛问:“妈妈,什么是寄宿学校?”

妈妈揉着她湿漉漉的秀发说:“就是那种从周一到周五都必须在学校里上课和生活,直到每周五放学以后和礼拜天,才能被接回家里来的地方。”

凌波便又闪烁着眼睛问:“那,妈妈为什么要把我送到那里去呢?”

妈妈语重心长地对她说:“只有经过学校严格的训练和培养,我的小凌波将来才会成才啊!”

凌波顽皮地咬了一下嘴唇,又问:“妈妈,人为什么一定要成才呢?”

妈妈说:“那可太重要了,一个人,受了正规的教育,就会明是非,知善恶;成才和有智慧的人越多,我们的这个世界就越会清明祥瑞,到处都会充满和谐的景象!”

凌波似懂非懂地眨了眨眼睛，又问："妈妈，那么，谁是这个世界上最有智慧的人呢？"

妈妈想了想，说："孔子。"

凌波听了，忽然无比兴奋起来，拍着巴掌问："孔子他是做什么的？他会不会像孙悟空那样七十二变？"

妈妈听了，扑哧一声笑了，说了声："小傻瓜！"娘俩就抱着笑在了一处……现在，想到这些，凌波的眼睛里禁不住又蓄满了泪水。她将自己的两只小手合拢，做了一个"心"的形状，贴在自己的心口，然后，在心里痛痛地喊着："妈妈！我——爱——你！妈妈，我——想——你！"

她这样不知喊了多少遍，终于疲乏起来，歪在杜鹃的怀里，沉沉地睡了过去。

正在开车的南宫元宸听到她发出了微微的鼾声，在前面的反光镜里看着杜鹃问："睡着了？"

杜鹃点头说："睡着了。"低头看见小不点儿那么放心舒服地躺在自己的怀里，不禁有些感动起来。又忍不住说，"小丫头真招人喜欢，对了，她妈妈得了什么病？"

南宫元宸叹了一口重气，十分沮丧地说："胃癌，"半日，又说，"半年前已经没了。"

杜鹃及身边的黛罗都吓了一跳。接下来，她们再看这个小人儿时，便有了一番别样的心情。杜鹃想的是，可恨那南宫远夫妇一对冷酷阴毒、少信寡恩的败类，从来不知道行善积德，给人方便，而今，终于把祸端贻害到自己的后代身上来了！

那黛罗的眼中一阵刺痛，心内无限凄惶。暗暗地思忖："这么一个小人儿，早早就没有了亲娘，从此以后，她便只有在朝朝啼痕，夜夜幻梦之中与自己的妈妈重温母女情了，这，是多么残酷的事情！”想到这里，眼中不觉流出泪来，将杜鹃偎得更紧了。东方樱西此时的心情就更是复杂、沉痛了，其实，当初他还在上大学的时候，南宫元美就对他十分有好感，那个时候，她常常借故去看他，有事没事都要邀他出去，时常会送一些特别温情的礼物给他。于他而言，元美自然也是一个十分出色的姑娘，她活泼可爱而又感情真挚，并且心地善良。然而，也许是他们之间的缘分不够深的缘故，又或许是他们两家门庭相差太过悬殊的原因，总之，他总是感觉自己和她之间似乎隔着一道无形的屏障一般，始终难以逾越。当然，他和南宫元宸的感情又另当别论了，因为他们是先知心，先成为一对“恩德相结、腹心相照”的知己之后，他才知道南宫元宸的出身究竟是多么富贵辉煌的。而对于元美，就不同了，他已经是在另一种心境之下了。元美过 21 岁生日的那一天，特意郑重邀请了他，她眼波宛转地对他说，她将要在宴席上向大家宣布一条重要的消息，当时，他看着她那脉脉含情的眼神，完全明白了她的心迹。那天，他一个人走在马路上，想了很多、很久，最后，他还是决定了回避。就是那一天，元美最终成为了盖司——一个长期热烈无悔的追求者——的女朋友，并在一年之后嫁给了那人。元美婚后不久，有一次他们无意间在路上碰到了，看着元美眼睛里平添了的那抹忧郁，他只觉得心直往下沉。他问她过得还好吗，元美怔怔地望着他没有说话，眼泪在眼睛里一直滚……现在，他只要一想起这一幕，心口就忍不住隐隐作痛。现在元美走了，他倒是常常自觉不自觉地就想起她来了，想起她曾经对自己的一片柔情厚意,想到她年纪轻轻的,就匆匆走完了自己的一生,心里真是十分酸惨。

车窗外,群岭诸峰四壁如削,济水南去冲过黄河,其横千里,浑猛如涨。山河之间扼喉而起,重楼垒垛,殿宇辉煌。主体建筑上的几十对石刻柱子上翻滚的云龙、朝凤的百鸟、闹梅的喜鹊、牧羊的苏武、过海的八仙、战蚩尤的黄帝等,转眼便被飞速前进的车轮丢在了身后。

一场大雨过后,西北上空彩虹映现,光彩夺目。不知不觉,已来在了与王屋山隔河相望的黛眉山,只见峭壁万仞,群山伏地,15座山峰直插云霄,中拥一峰,仙梯接斗,飞彩流丹;赫赫然天造灵境,炳炳兮阆苑圣地;更有王母峡红石嵯峨,王母洞幽深曲折,一线天与潭瀑时隐时现……真是让人感叹不尽大自然的鬼斧神工和无穷造化!

不知过了多久,凌波被一阵温柔的抚摸和说笑声弄醒了。睁眼看时,真给她愣了一下,她竟差一点将黛罗错认成是她的妈妈了。她睁圆了一双细眼,使劲辨认着,终于还是发现不是。她的心口一阵创痛之后,勉强笑了一笑,这是怎么回事?妈妈的眼睛、鼻子、笑脸,刚才还在那里,怎么一眨眼的工夫,就换成了别人的面孔了呢?

以前的凌波特别爱笑,她一笑,鲜红的嘴唇就把一排细密的牙齿都露在了外面,两个圆圆的酒窝里也盛满了欢笑。身边的人们看了,越发把这个小人儿爱得像凤凰一般了!不过,大家偶尔也会皱一下眉头,觉得她笑的时候,嘴巴似乎咧得过大了,用她外婆的话说“这孩子笑起来,简直就是一张海口!”这当然与中国的传统审美观有关了，因为中国传统的审美是“樱桃小口”、“笑不露齿”；更因为，凌波的妈妈就是一位十分标准的古典美人儿。

哎呀，她真是想妈妈啊！于是，她扑闪着眼睛，从杜鹃的怀里坐到黛罗的怀里去了，一会儿伸出小手故意碰一碰她的脸，一会又翘起小指去捏她的睫毛，勾着她再三垂下头来，将温热的呼吸扑了自己满脸。

她很为自己的小诡计感到自鸣得意，虽然，她知道，眼前的这位小阿姨并不能代替自己的妈妈，可是，她那温柔的笑脸，温情的注视，却让她有一种虚幻迷离的幸福和甜蜜。

意趣洋洋中，车子已经开回了东口村。

南宫元宸在清风岭把车子停了下来，他本欲把凌波抱下车去，交给父亲和北溟月，让他们先带回下榻处，以免一会儿告别时，彼此又撞见了生出尴尬。谁知，凌波跟黛罗玩熟了，一时不舍得分开，任凭百般哄劝，都不能使她改变初衷。

后来，北溟月听说了，便亲自走来，去抱凌波，竟同样被拒绝了。

凌波的反应使她受到十分不愉快的刺激，她内心震动已极，面上却倍添春色，支吾搪塞着给自己解围。黛罗对她友好的微笑，被她视为是胜利者的挑衅。南宫元宸只顾满目深情地注视着那秦黛罗，更是撕痛了她的五脏六腑，她终于忍不过，垂头丧气地败下阵去了。

迎面，又碰上郝中和娇唯一路喊着“黛罗”，兴冲冲地一起跑过去和大家汇合去了，总之，是将她的万分不快淹没在一片明朗的笑声里去了。

这里，南宫元宸的车子正要继续前行，却一眼看见银珠正和两个年纪相仿的年轻媳妇一路说笑着而来，便回过头去看了看杜鹃。杜鹃心明眼亮，一眼便看见了那个传说中的秦守善的情人桃丽了。她虽然不像大家哄传中的那样糟糕，有着一对断断续续的间歇眉，两只烂眼边，一口牙齿七突八龅，门牙不像门牙，虎牙不像虎牙……却也真是有一张滚圆的脸，正面看，腮骨向两边翻起，侧面看，腮骨过方，似有尖角般的向耳后突了出去。听其声音，沙哑干涩，声腺无韵，偶尔还显得声嘶力竭……

杜鹃此时见了她，不由从心底里厌恶上来，忍不住胸间一股气血上涌。她让秦柘把他媳妇喊上了车，也不顾车窗外那两个小媳妇一番真情假意的问候，吩咐一声，车子便一路扬尘而去了。

回到家，杜鹃一眼发现自己新买的那辆小面包不在院子里，便问银珠车哪去了。银珠说："我爸爸开出去给桃丽家帮忙去了。"

杜鹃听了，只觉一口恶气汹涌在心间，浑身像是火烧一般，她才刚离开了两天，那个女人竟敢胆大包天地找上门来了！

正在这时，郝中的家人又来找她了，这整整一天里，他们已经一连来过好几次了。原来，今天是她24岁的生日，家里热热闹闹地给她准备了一个生日宴。郝中一听，顽皮地做了一番鬼脸，连声说："这么重要的日子都给忘了，真是不应该！"之后，便极力邀请大家一起去给她过这个生日。

小凌波第一个举起双手，欢快地喊着："好啊好啊，去过生日喽，去吹蜡烛喽！"杜鹃见状，便趁机怂恿着大家一起跟她去了。

这样,家里只留下了杜鹃和儿子与媳妇。杜鹃便忍不住盘问起银珠来,并告诉她,那个桃丽就是秦守善在外面的那个相好,那个招魂幡。

银珠一听,差一点把刚喝进去的茶水一口喷了出来,半天,才笑着说:"妈您也真是的,就凭我爸爸那一表人才、满肚子学问的,怎么可能呢,您这是从哪听来的?真把人给笑死了!"

秦柘也在一旁十分不快地说道:"妈,咱这是干什么呀?一天到晚就准备这么乱闹下去了吗?这好歹是个家,居家过日子,总要图个心平气和,咱没事干点什么不好,老这么瞎找寻!"说罢,拧着眉毛噔噔噔地上楼去了,把脚下的楼梯踩得直颤。

杜鹃见媳妇不相信自己,儿子也不向着自己,又不能跟黛罗去说,自己满腹的辛酸委屈却百口莫辩,有冤无处诉,真是又急又痛,好似万箭攒心一般。

那秦守善现在自以为抓住了她的软肋,已经变得越来越肆无忌惮、奸狡可恶起来,现在,她一想到他,气得喉咙里都要冒出烟来了!她咬着牙决定,今天一定要跟他见个山高水低,再继续任由他发展下去,自己迟早要被他活活气死。

黄昏时分,秦守善一脸惬意地开着那辆小面包回家来了。

秦柘怕杜鹃又挑衅寻事,连忙跑下楼来,亲自坐镇监视。

杜鹃虽有一肚子的气,这时当着儿子的面,也不好发作。

秦守善见杜鹃一副气鼓鼓的架势,方寸泰然地笑了:"财政部长,劳苦功高,回来了?"

杜鹃气呼呼地瞥了他一眼,想要跟他理论,又不知从哪里开口。

秦守善满屋子盘桓了一阵,忽然把车钥匙丢给了秦柘说:"明天把车开去修理厂看看,水箱好像有点漏了。"

杜鹃一听就炸了,问他:"好好的车,怎么你一开就出问题了?那车买来是为了让家里方便,难道是让你开出去满世界白做人情的吗?!"

秦守善不以为然地笑了一笑,说:"我怎么知道一开出去就成这样了呢?再说,你本身买的就是一辆二手货,质量能好到哪里去呢!"

杜鹃被他气得周身气血乱窜,霍地站起来,怒声喊道:"二手货!只怕一手货你还看不在眼里呢!"

秦守善被她骂得撞在了心口上,一时无言以对。秦柘一见情况不妙,连忙支吾打岔,喊来银珠,转移话题。

秦守善虽然一时语塞,但只是神色略尴尬了一阵,最终,他还是无法将气概就此低矮下去,便又说:"你以后有事说事,能不能不要老是这么拉着一个扯着一个,红口白牙的乱嚼乱龇一通?你眼看也是要抱孙子的人了,你给自己留点体面行不行?要不,你今天就干脆当着全家人的面,给我划个界限出来,看看这个家里到底什么全是你的,我从此以后看也不能看,碰也不能碰一下,你就明白说出来!"见银珠上来口吐莲花地苦劝了一回,他便越发又惊、又恨、又惧、又气地对秦柘说,"秦柘你看见了吧?你说说,这个家现在还怎么过下去?人家现在见了我,天天就这么鸡蛋里面挑骨头,想怎么痛快过瘾,不管有的没的,抓起来就是一顿乱糟践!这不,我怕家里不宁静,出去躲气,也不行,她又满世界给我唾臭,把我的人格糟蹋成了一堆臭狗屎!让我怎么办?啊?作为一个男人,还让我怎么退让？啊？她高兴不高兴了,一甩手想往哪跑就是一连几天连个鬼魂影子都找不着,全家上下害了麻风病一样的到处找她！就是这样,谁又说她什么了？谁又问她什么了？又盘查她什么了？啊？这,你们都是亲眼看到的吧？要是我也乱怀疑一气,逮着什么骂什么,乱糟践起来,她又怎么样呢？啊？还让我怎么做？"

杜鹃听了,气得身颤气咽,竟说不出一个字来。

秦柘被父亲说得着实同情起他来,但是,他深记着上次的教训,又不敢当着妈妈的面再去抚慰父亲,依旧是心里有话不敢说,不开口又难过,竟急得冒出一头汗来。

银珠在一旁笑嘻嘻地叫了声"妈",又喊了声"爸爸!"说:"谁家过日子,都有一本难念的经！谁家又不是吵吵闹闹,磕磕绊绊地一路走过来的？不说别人,就说我海棠婶子,那是多好多强的一个人,前几年不也因为有人嫉妒我姚大叔,往省里市里写匿名信,告他的黑状,结果被再三调查,后来,险些还给弄成了冤案,在我姚大叔被停职调查的那段期间,我海棠婶子陪着他受了多少冤枉,遭了多少罪？结果,人家不也一路坚持着走过来了吗？和人家比起来,我们家这点小事情,那又算得了什么啊？夫妻嘛,哪有一辈子都是顺顺当当的？有的时候,往往越是磨难里才越能见真情！就说妈你走了这几天,我爸爸比谁不急？我们都是看在眼里的,您让秦柘说说,这几天里,是谁吃也吃不好,睡也睡不安的号召全家人到处找您呢？最后,又是谁最先想起到王屋山去的？还不都是我爸爸吗？"又柔声叫了几声"妈,"倍添春色地说了起来,"妈妈,您这么精明的人,还用我再多说什么吗？您为这个家里做的一切，您对我爸爸所有的好，他心里能没数吗？只是有时候，男人和女人的表达方式不一样，再说，我爸爸本来就是一个稳沉持重的人，难道，您非要让他和那些薄嘴贱舌的男人们一样，把什么事都挂在嘴边向您表达出来吗？至于其他的，妈妈，我也不多说什么了，您只记住一句话就行，过好自己的日子，不要上别人的当！现在，就有那么一些人，根本见不得别人家里有一点好，表面上跟你称姐道妹，谈交论情，背地里却恨不得你家里天天打成热窑她才高兴呢！”

一席话说得杜鹃静悄悄无言以对。秦柘忍不住大声激赏称切。秦守善像是喝了一杯甘露一般，浑身上下有说不出的舒爽痛快。

正在这时，黛罗回家来了。她因为放心不下杜鹃，怕她回家来又跟她爸爸吵闹，所以就找了个借口，提前溜了回来。却发现，家里竟是出乎意料的和谐安宁。

杜鹃此时见了她，越发气软心和下来，问了一回郝中的生日办得怎么样，又跟她说了一会儿闲话，忽然感觉胃口痛胀起来，有一种说不清的闷胀感，开始是间歇性隐痛，继之逐渐加重且持久起来，便忍不住“哎哟”了一声，黛罗等人都吓了一跳，忙问她：“怎么了？”

杜鹃摆了摆手说：“没事，”让黛罗扶着她回里屋休息去了。

秦守善茫茫地望着杜鹃离去的背影，忍不住冷笑着跟儿子、媳妇说：“看见了吧，不管有理没理，每回闹起来，她都必定要占了上风才肯作罢，好容易今天打了个平手，就又气病了！”

秦柘、银珠听了，忍不住一阵暗暗发笑。

杜鹃的病，到了夜里，越发沉重起来：反酸、嗳气、呕吐不止，全身酸软乏力，如同火烧一般，胃腹疼痛越发难以缓解忍受。如此这般，精神颠倒、恍惚不宁地整整苦挨了一夜，也未曾合眼。

第二天，黛罗一早醒来，准备好了早饭去喊她起床时，见她病容憔悴，形销骨立，一夜之间竟恍惚苍老了十几岁，顿时吓得面色惨烈，疾声唤醒了全家人。结果，被送到市医院里一检查，竟被查出患了晚期胃癌。

黛罗拿着那医院的化验单，哭得肝肠寸断，说什么也不肯相信这是真的。

因而，接连又换了一家更大的医院去检查，结果竟是分毫不差。

这家医院的院长还当众把秦守善严厉批评了一通，说："病成了这样才把人送来医院，你们这些家属也真是够可以的！"

于是，阖家商量着如何住院、治疗等问题，秦守善愁着眉，为了一天将要花费上千元的医疗费慨叹起来。银珠流着泪，义形于色地说："要真是钱能解决得了的话，那么，就是把家里的钱全拿出来，哪怕再把房子卖了，甚至现在就去砸锅卖铁，有谁敢说一个不字？问题是，关键不是钱的问题，钱它现在根本就派不上半点实际用场！老天爷真是不长眼，怎么让好好的一个人，说病就病了，还偏偏是这种病！"

后来，在黛罗的强烈要求下，银珠和秦柘还是先办好了手续，让杜鹃住院了。

杜鹃生病住院的消息不胫而走，不到两天的时间，整个东口村的乡亲们就把住院室挤个不开。

马海棠、姚天恩、牛二嫂、李石榴、王菊玲、王绍生、王宝根、郝中、娇唯……黑压压地，刚刚走了一拨，地下又站满了一片。

黛罗这几天里日日以泪洗面，寝食俱废，整个人已是形销骨立。那双清澈的眼睛里增添了无限的伤情与哀怨。

现在，东方樱西只要一看到她的眼睛，心里就疼痛难忍。南宫元宸亦是看在眼里，痛在心里。他二人除了一心一意地关心杜鹃，让她接受最好的治疗，并极力照顾黛罗之外，把一切的事情都丢开了。

这天，马海棠又带着全东口乡亲们的一片浓情厚意来看望杜鹃了，她把大家自发筹集的近5万元的现金好说歹说，最后总算塞给了银珠。看着杜鹃这时好不容易入睡，她流着眼泪，心如刀碎地在外边的屋子里给大家讲起了杜鹃小时候的一件事情来：

在她只有12岁大的时候，那时，正赶上饿人的时候，全国不知饿死了多少人，她妈妈领着她和她的两个哥哥也随着众人，去闯关东。那年，正值寒冬腊月，东北的雪下了足有几尺厚。杜鹃的妈妈在长期的贫病交迫之下，眼看病得奄奄一息了，那是一个深夜，杜鹃眼见她妈妈病得涎水直流，她吓坏了，她很早以前就听人说过，一个人到了满嘴流涎的时候，就是快要死了。她不想让自己的妈妈就那么病死，哭着叫醒了两个哥哥，让他们赶快去给妈妈请医生。她两个哥哥惶惑地瞪着眼睛说："外面有狼！这么黑的天，谁敢出门？"

杜鹃听了，就咬着牙，自己打开房门走了出去，才刚迈出去一步，就又把脚收了回来，她低头看见脚上穿的是她妈妈以前给她缝的一双新鞋，心里想，万一这回请来医生她妈妈也救不过来，现在，再把这双鞋也糟蹋了，那么以后，她就再也穿不到妈妈亲手缝的鞋了！想到这里，她退了回来，把鞋脱了，然后，光着两只脚重新冲向深夜的大雪地里……

结果，那晚，她在大雪地里来回走了十几里的路，终于把医生给请了回来，她妈妈得到了及时的医治，而杜鹃从脚到膝盖，都结了厚厚一层冰凌，就像套着一双大冰靴一样。后来，她把两只脚泡在水里消了一个小时，都没把那一腿的冰消掉……从那以后，她的肾出了问题，常常小便失禁。甚至在课堂上，所有的同学老师们都看见了，她自己却根本没有知觉。可是，大家全都知道她是为了救自己的妈妈才落下的这个病根，所以，没有一个人笑话她。

后来，有一个很有名望的老中医，听说了她的事迹，被她的这份孝心所感动，竟不辞辛苦地亲自找上门来了，前前后后给她调治了将近一年的时间，终于才彻底把她的病给根除了！

马海棠讲得泪流满面，众人心里都十分凄惨。

临走，马海棠哭了又哭，再三哽咽着叹息道："可怜她这么个好人，上行孝道，下行仁义，对身边所有的人都是慷慨仗义，一片忠厚，从来没有半点坏心，怎么偏偏就让她得了这种病！"

第十四章

水珍珠:重重虚幻

佛告阿难:“若是男子,在世之时,入于伽蓝,听讲经律,礼拜三宝,念佛名号;所以其骨,色白且重。世间女人,短于智力,易溺于情,生男育女,认为天职;每生一孩,赖乳养命,乳由血变,每孩饮母八斛四斗甚多白乳,所以憔悴,骨现黑色,其量亦轻。”

阿难闻语,痛割于心,垂泪悲泣,白言:“世尊!母之恩德,云何报答?”

佛告阿难:“汝今谛听,我当为汝,分别解说:母胎怀子,凡经十月,甚为辛苦。在母胎时,第一月中,如草上珠,朝不保暮,晨聚将来,午消散去。母怀胎时,第二月中,恰如凝酥。母怀胎时,第三月中,犹如凝血。母怀胎时,第四月中,稍作人形。母怀胎时,第五月中,儿在母腹,生有五胞。何者为五?头为一胞,两肘两膝,各为一胞,共成五胞。母怀胎时,第六月中,儿在母腹,六精齐开,何者为六?眼为一精,耳为二精,鼻为三精,口为四精,舌为五精,意为六精。母怀胎时,第七月中,儿在母腹,生成骨节,三百六十,及生毛乳,八万四千。母怀胎时,第八月中,生出意智，以及九窍。母怀胎时，第九月中，儿在母腹，吸收食物，所出各质，桃梨蒜果，五谷精华。其母身中，生脏向下，熟脏向上，喻如地面，有山耸出，山有三名，一号须弥，二号业山，三号血山。此设喻山，一度崩来，化为一条，母血凝成胎儿食料。母怀胎时，第十月中，孩儿全体一一完成，方乃降生。若是决为孝顺之子，擎拳合掌，安详出生，不损伤母，母无所苦。倘儿决为五逆之子，破损母胎，扯母心肝，踏母跨骨，如千刀搅，又仿佛似万刃攒心。如斯重苦，出生此儿，更分晰言，尚有十恩：第一、怀胎守护恩；第二、临产受苦恩；第三、生子忘忧恩；第四、咽苦吐甘恩；第五、回干就湿恩；第六、哺乳养育恩；第七、洗濯不净恩；第八、远行忆念恩；第九、深加体恤恩；第十、究竟怜愍恩。

第一、怀胎守护恩，颂曰：

累劫因缘重，今来托母胎，月逾生五脏，七七六精开。

体重如山岳，动止劫风灾，罗衣都不挂，装镜惹尘埃。

第二、临产受苦恩，颂曰：

怀经十个月，难产将欲临，朝朝如重病，日日似昏沉。

难将惶怖述，愁泪满胸襟，含悲告亲族，惟惧死来侵。

第三、生子忘忧恩，颂曰：

慈母生儿日，五脏总张开，身心俱闷绝，血流似屠羊。

生已闻儿健，欢喜倍加常，喜定悲还至，痛苦彻心肠。

第四、咽苦吐甘恩，颂曰：

父母恩深重，顾怜没失时，吐甘无稍息，咽苦不颦眉。

爱重情难忍，恩深复倍悲，但令孩儿饱，慈母不辞饥。

第五、回干就湿恩，颂曰：

母愿身投湿，将儿移就干，两乳充饥渴，罗袖掩风寒。

恩连恒废枕，宠弄才能欢，但令孩儿稳，慈母不求安。

第六、哺乳养育恩，颂曰：

慈母像大地，严父配于天，覆载恩同等，父娘恩亦然。

不憎无怒目，不嫌手足挛，诞腹亲生子，终日惜兼怜。

第七、洗涤不净恩，颂曰：

本是芙蓉质，精神健且丰，眉分新柳碧，脸色夺莲红。

恩深摧玉貌，洗濯损盘龙，只为怜男女，慈母改颜容。

第八、远行忆念恩，颂曰：

死别诚难忍，生离实亦伤，子出关山外，母忆在他乡。

日夜心相随，流泪数千行，如猿泣爱子，寸寸断肝肠。

第九、深加体恤恩，颂曰：

父母恩情重，恩深报实难，子苦愿代受，儿劳母不安。

闻道远行去，怜儿夜卧寒，男女暂辛苦，长使母心酸。

第十、究竟怜愍恩，颂曰：

父母恩深重，恩怜无歇时，起坐心相逐，近遥意与随。

母年一百岁，长忧八十儿，欲知恩爱断，命尽始分离。”

——《佛说父母恩重难报经》

这天一早，银珠把所有的人替换出了病房，泪流满面地扑到杜鹃的床前，摧肝毁肺地向她哭诉道：“妈妈，我对不起你！以前，您总跟我们说，我爸爸很会伪装，一直都在大家的面前演戏，我们还都不相信！现在，我……总算亲眼看到了，妈妈，我们对不起您呀！现在我才知道，您这病，很可能就是给气出来的！一直以来，您都是有气不能出，有嘴难于说！妈妈，我们真是太糊涂了！”

杜鹃听后直觉得五内沸腾，头上热气直冒。

银珠又抹着泪，把事情的来龙去脉如此这般地说了一遍。最后又说："我也是这次回去给您收拾换洗衣裳的时候，才发现，被您藏在大衣柜里的离婚证的，我才知道，原来，您在半年前就已经和我爸协议离婚了……妈，您为了这个家，付出的真是太多了！如果不是再也忍受不了，以妈妈您的豁达宽忍，又怎么可能会走出这一步呢？即使这样，您也并没有真的把他赶出家门去让他另过。可是我爸他，他简直是鬼迷了心窍，现在，他竟然已经在和那个桃丽打算着将来怎么分割咱家里的财产了！那个无耻的丑女人居然还趁机怂恿着他能再跟您复婚……妈，您和她夫妻几十年，您是他的元配啊，他怎么忍心这样对待您？真是太没有人性了！"如此这般，数了又哭，哭罢又数，哽咽哀声，号成一片。

杜鹃气得干噎，五内一阵翻绞膨胀，最后，嘴里竟跟着喷出一口血来。

银珠见了，急得呼天忏罪，披头散发地冲出房门去叫医生去了。

这边，东方樱西和南宫元宸好不容易总算哄着黛罗勉强吃了一点东西回来，正好迎面碰上了南宫远和北溟月前来探病。那天，从王屋山回到东口之后，整整一夜，他都未曾合眼，反复向儿子求证黛罗的出身。南宫元宸咬着牙，目光坚定地再三否定着黛罗是自己的亲妹妹的事实。以致竟瞒过了南宫远，他竟没有看出，在儿子那坚定从容的表情下面，包裹着的是一颗怎样悲伤淌血的心。接着，南宫元宸转移了话题，说自己已经知道了自己的真实身世，请父亲给他一个解释。南宫远被儿子问得耳热眼跳，满面羞愧。连忙支吾打岔，倍添春色地天上地下、之乎者也一顿之后，一路忍愧而去了。既然黛罗并不是自己的女儿，他虽然心里疑惑，也只得作罢了。因为他的儿子从来就不会说假话。后来他又想到，人们常说“两个人常在一起，心中总是想着对方，相貌都能长到一块去了。”便又活动了心思，暗想着，很有可能是杜鹃与王端因那时感情很好，心里大概老想着她，所以，生出来的女儿竟也有几分像端因罢了！眼看在这里耽搁的时间也不短了，他本想明天就起程回北京的，却听说杜鹃得了重症，心里着实不安，于是便买了重礼，喊着北溟月一起前来探视。谁料，杜鹃一见到他，竟连连喷出几口鲜血来，最后竟瞪着眼，浑身痉挛着再也说不出一个字来了。

众人吓得半死，这时正好银珠喊来了大夫，一阵急救之后，那大夫摇着头出来吩咐家属说：“不行了，准备后事吧！”

黛罗如被雷击，擗踊痛哭，哭得众人心如刀割。

大家都慌乱起来，叹的叹，哭的哭，劝的劝，忙的忙。挨到晚间，杜鹃终于无幸，一口气不来，呜呼哀哉，驾鹤西去了。正是：

生老病死谁替得，酸甜苦辣自承当。
生前枉费心千万，死后空持手一双。
悲欢离合朝朝闹，富贵穷通日日忙。
顷刻一声锣鼓歇，不知何处是家乡！

黛罗受不住悲痛刺激，当场哭昏了过去。

银珠更是哭得扑天抢地，直挺挺地死过去了几回。

东方樱西又急又痛，一身难以两顾，一个大男人，竟也哭得直不起腰来。

南宫远惨白着一张脸,再三不安地向众人说个不清,最后被南宫元宸喝令北溟月将他拉走了。走出门去,终于还是不安,又命那北溟月折回去放下了一万块钱,才一路惴惴而去了。

杜鹃的遗体被接回了东口,她家的院子里已经设好了灵堂。

银珠非坚持着把杜鹃的遗像摆在客厅里不可,她要在家里另设一个小灵堂祭奠。秦守善见了,心头怒火高高窜起八千丈,责问她这是哪家的规矩,哪有在家里设灵堂的道理?喝令她马上停止这种荒唐的主张。谁知银珠听了,竟一扫往日的温柔有礼,怒火难禁地说:"谁家的规矩也是人定出来的!再说了,我这是遵从我妈临终前的意思。爸您现在最好安生一些,如果您非要和我摆道理论规矩,那咱们就不妨说一说!我也不瞒您了,我妈她临走之前,可是已经告诉了我,说她早在半年前就已经和您办完了离婚手续,至于为什么要和您离婚,我妈说您自己心里最有数!我妈可是留下话了,该给您的,早在半年前她和您办离婚的时候就已经和您交割清楚了!我妈说,如果她走后,爸您愿意留下来吃口闲饭,让我们好歹关照一下,可是如果爸您还有什么其他的想法,哼哼!"她将一道犀利的目光扫向秦守善,那灼灼的烈焰,简直能把人给焚化了。接着,又说,"其他的,我也不想多说什么了,大家都留点体面也好见人!如果爸您还要继续跟我讲理论道的话,那就是逼着我把实话对全东口的父老乡亲们说出来了,如果真是那样,我是不怕的,就算说到天上去,秦柘他也是这个家里的长子,该怎么做,怎么处理,他是最有决定权的!您既然已经和我妈离了婚,从法律上说,就等于已经和这个家没有任何关系了!如果您不拿出长辈的身份来压我们,刁难我们,让我们顺顺当当把这场丧事办完,让我妈妈她安安生生地走,我们就还当着外人的面尊您一声爸爸。可是,如果您非要在我妈她尸骨未寒的时候和我们闹一场的话,我也不怕!”

一席话说得秦守善冒出一身的冷汗来,他的脸瞬间变得惨白了,像是忽然失去了脊梁一般,他震动已极,感到一种从未有过的惊惶和虚弱。

从杜鹃被检查出病来,住院到死亡,前后还不到半个月的时间。她的离去,震动了全东口的乡亲们。整个丧事期间,全村人倾村出动。声声哀乐中,人们议论纷纷,叹息纷纷。交情深厚一些的人,纷纷放声号啕,哭声直冲到云天里去了。心肠软一些的,个个淌眼抹泪,回忆着她生前的种种好处,如何宽厚慷慨,怎么慈善怜贫。看破的,暗暗摇头叹息:一切生灭无常,转瞬即逝,如梦幻泡影,无法掌握。痴迷的,依旧使心设计,运筹帷幄,外头一脸笑,内里一把刀。

东方樱西和南宫元宸,为情为义,此时都穿上了全孝。面对着眼前的遗像,二人好不黯然神伤。睹物思人,一种物是人非的巨大悲哀,压得他们喘不上气来。南宫元宸的耳边,猛然间竟响起了那句:“嘻嘻嘻,哈哈哈,哥哥不去妹妹家”的唱词来。万没有想到,这句玩笑话,这时竟成了一句惨痛的谶语了!

他在心中十分痛责自己,如果不是自己这个哥哥突然闯到黛罗的家里来,也许,这个时候,杜鹃也不会因为黛罗的身世暴露,而惊恐沉重,导致病发。而黛罗又怎么会从那个丰姿若神的花仙一般的灵转快乐之人，变成眼前这副精神颠倒、形销羸顿的样子呢？

中午时分，南宫远也踯躅蹀躞地带着北溟月和小凌波前来吊唁了。黛罗此时见了他，嗓子里简直要喷出血来，挣扎着挺身站起，声音撕裂地喊着："樱西，郝中，让这个人出去！"她的声音让人不寒而栗，眼里简直要喷出火来了。不知是由于她的声音少有的尖厉，还是浑身所爆发出来的铮铮之力，总之，是让身边所有的人都陷在一片巨大的震惊里了。

南宫元宸见状，连忙赶上前来，将他父亲架了出去。南宫远只得惨白着一张老脸，惶惶离去。

黛罗望着杜鹃的遗像肝肠寸断，大哭一声，再次昏了过去。

众人惊得呼天叫地，慌忙又掐又灌，忙了半日，黛罗总算又哭出声来了。东方樱西看着她那副形销骨立的样子，心中大痛，眼泪忍不住又涌了出来。他低头悄悄擦泪的时候，看见她那身孝服已经绽裂得不成样子了，尤其是那孝裤，有一边已经就只连着三两针的线了。他眼中涌动着一种别样的痛楚和辛酸，心中好似刀扎一般，他默默地找来了针线，四下里看了看，便悄悄央求着身旁的牛二嫂帮忙把黛罗的孝裤重新给缝好。牛二嫂先是一怔，继而摆着手对他说："好后生，不用不用！丑孝丑孝嘛，这孝服是越丑越好，越破才越显出孝顺来呢！也难怪，你们大城市里的人不懂得这个。"又说，"后生，你就等着看吧，黛罗以后肯定会越来越好的，又能发大财，又能万事顺利！"东方樱西一听她如此说，只得作罢了。银珠见众人这时都攒在一处去忙乎黛罗，心里很是不悦。整个丧事过程，她忙得上窜下跳，哭得四脚朝天，结果，却总是给黛罗处处抢尽了风头，她真恨她入于骨髓。现在，她又听见说“丑孝”好，便忍不住低头向自己的身上打量了一番，却见自己的孝服除了有点脏之外，竟是完好无损，心里不由一恨，便咬着牙走进了卫生间。到了里面，她两下里一用力，将那孝裤嗤地撕开了一道醒目的大口子。等她再次走出院子的时候，正赶上疯子桃红一路笑声嘎嘎地闯了进来，转眼之间，竟直冲着灵棚而去了。灵棚内外的人此时见了她，不禁纷纷变色，一起起身又轰又赶，连呵带骂地把她拖了出去。尽管如此，桃红还是又跳又笑地在那灵棚前拍着手一连翻了几个跟头。银珠见状，心头这口腌臜之气真是不发则窒！她一脸忿色地直追出了出去，一眼看见那桃红正嘎嘎笑着，把自己的一条裤子脱下来撕了又撕，直到撕成了一条一条的……这越发让她受到了不愉快的刺激，可巧这时，那边又走来了桃丽，她便恶狠狠地向着半天里啐出去一口，骂道：“也不知道你祖上缺了什么德，都沦落到这种猪狗不如地步了，你还想来别人的门前幸灾乐祸！呸，一家子不要脸的东西，一个卖傻，一个装疯，一个明着脱，一个暗着脱，真是占全了！”

头七的前一晚，刚入夜，秦守善在昏昏睡梦中，感觉身下一片冰凉，伸手一摸，四下里全是水，顿时吓得睡意全无，翻身起来忙忙地去开灯。谁知，满屋的开关这时竟没有一个能打亮的。幸而院子里守灵的灯光这时照得如同白昼一般，现在，那哭丧的乐曲也被换成了庄严的佛号声，这样，他便少了一些惊惶恐怖，借着打火机的光，一路检查着跑水的原因。原来是厨房里的水龙头没有关紧，碗池子里横七竖八地堆满了碗盏，剩饭屑将排水孔堵死了，因而水流冲出水池，一直流到屋子里来了。地上的电插座一接触到水，便自动跳了闸。他这时仗着胆子，刚将那水龙头关好，恰好打火机的开关便不耐长燃地烧坏了。在一片明明灭灭之中，他忽然想到杜鹃常常站在这个地方大说大笑的样子，顿时唬得毛发倒竖，几度耸肩侧目。后来，他脸青筋麻地转身飞逃了回去，一脚踢醒了秦柘，让他起来重新把电源修好了。当屋子里的电灯重新打开之时，秦守善又被重重地吓了一跳。

原来，因为这几天里亲戚朋友们来得众多，一时挤个不开，所以晚上他就和秦柘单拿了一张床垫铺在地上睡，可是，刚才被水淹过的地方实在是不可思议：他们父子同睡在一张床垫上，而且，秦柘还是睡在外边的，可是，那从厨房里流出来的水，却绕过秦柘，单单把他给泡了一个淋漓痛快。也就是说，秦柘睡的那半边，竟连一点水迹都没有。

这时，正好赶上一个亲戚起夜，见了眼前的阵状，有口无心地说了一句："是不是我杜鹃婶子放心不下，回来了？"

说者无心，听者有意。秦守善顿时吓得惨无人色，哪里还再敢合眼，拉着秦柘和那人说了一夜的话。第二天，他说什么也不敢继续住在家里了，向众人扯了一个淡，竟躲了出去。

银珠得到消息，气得脸色铁青，趁机向黛罗兄妹散布着消息说："他真是太过绝情无义了，结发妻子的头七刚过，他就等不及和别人跑出去到处逍遥去了！这么大岁数的人，只管这样丢人败兴，真是岂有此理！以前，妈妈在的时候，总跟我们说他会伪装，说他一直都在我们大家的面前演戏，我们还都不相信呢！现在，妈妈这才刚走，他就暴露出自己的真面目了！"说着，又放声痛哭起来，"妈，妈！我们对不起您呀，现在我才知道，您这病，很可能就是给气出来的，一直以来，您都是有气不能出，有嘴难于说！妈妈，我们真是太糊涂了！”

秦柘听了，简直要把他的亲爹恨死。

黛罗眼下已经只剩下了半条命在，除了眼泪还是眼泪。最后，直哭得眼里就要滴出血来了。突如其来的巨大灾难，成了无法挽回的现实。24 年的母女情深，点点滴滴，全部涌现在顷刻之间……她心酸胆碎地凝望着妈妈的遗像，视线却穿过了那张照片，落在了那遥远的从前：酷日炎炎，妈妈被晒得满身满脸黝黑冒油，脱掉了几层的皮，却不忘给她戴上自己连夜赶制好的遮阳帽。收工回来的路上，大家看见妈妈抱着鲜洁如雪的她，就轰笑着打趣道：“杜鹃啊，瞧你那卷子样，居然有这么漂亮的丫头。”妈妈听了，笑容直从心底荡漾到了脸上，说：“别看我丑，可我就是有本事，有福气有这么好的姑娘！”冽冽寒冬，妈妈天天早出晚归，常常一个人扛着一百多斤的货物，赶几十里的山路，每次回家来，都累得只剩下了半条命在，还得强撑着，用冻得到处是裂疮的手料理全家人的饭食，还再三郑重下令，不许黛罗再偷偷地帮着干那些“大人们干的活”；她到了上学的年龄，那个一脸横肉、裹着小脚的奶奶，百般阻挠，横加干涉。妈妈力排众议，态度坚决。为此，婆媳俩吵得不可开交。奶奶最终没有坚持过妈妈，气得陷入半疯状态，把自己关在屋子里，抓花了自己的脸，等她爸爸回来，向他哭诉着说，是杜鹃嫌她没把孩子带好，就把她打成了这样！爸爸听了，大怒如狂，当下就和妈妈展开了一场铺天恶战。晚上，她从梦中哭醒，扑进妈妈那伤痕累累的怀里，呜咽着说：“妈妈，我不上学了，你别和奶奶吵，别和爸爸再打架了！”妈妈流着泪，笑着说："傻丫头，不说傻话。就凭我的小黛罗这么聪明，如果不去上学，那老天爷也不能答应！好孩子，别管他们，有妈妈呢！咱不但要上学，将来还要上大学，活活气死那两个瞎眼短命的"……24年中，妈妈唯一一次和她动过气的，就是那年她考上郑州大学，收到学校寄来的录取通知书的那一刻，兴奋过后，她简直沮丧到了无底的深渊，因为，那时家里正是经济最为拮据的时候，根本无力支付那巨额的学费，就在她打定主意，准备将录取通知书一把火烧掉之时，被兴冲冲赶回家来的妈妈一眼撞见，急怒交迸之下，狠狠地打了她一个耳光。然后，母女俩痛哭着抱在了一处。夜里，妈妈心疼不已地抚摸着她那被打过的半边脸，泪流满面地将刚从马海棠那里借来的学费放在了她的枕畔……想起这些，惨凄之情不禁越发痛入了骨髓。

银珠见状，便又拧着眉毛说："妹妹，人走了，大家谁不伤心？可是也不能就只是这么哭！现在，最重要的是，我们几个要团结一心，一致对外，绝不能眼睁睁看着妈妈一辈子辛苦赚回来的这份家业，不明不白地让外人算计了去！"

说罢，她将杜鹃夫妻早在半年前就已经悄悄办理了离婚手续，和她亲眼见闻的那个耳后见腮、一脸刮精的桃丽，是怎么在背后和秦守善谋算的事情，又再三郑重地说了几回。

黛罗依旧只是泣血悲啼，她反复向身边的东方樱西和南宫元宸说："我是一个最爱妈妈的人，可我也是一个最没有福运的人，一个连母恩都不能报答的人，真是要多失败就有多失败啊！"

她的话，真是把他们的心都绞碎了。

好容易煎熬到杜鹃下了葬，这天秦守善挨回家来，将杜鹃的两个娘家哥哥请了出去,含泪向他们备述了一番自己的苦衷和满腹冤屈。又哭着说:“夫妻一场,平常打闹归打闹,现在她出了这样的事,我心里能不难过?可说这人命,真的就成了一个游戏场了!好好的一个人,说没就一下子真没了!她在的时候,我常劝她不要太逞强,也该好好保重自己的身体才是。活儿哪是一下子就能干完的?钱,赚多少是个尽头?儿孙自有儿孙福,莫为儿孙做马牛!咳,可她那个硬脾气,什么时候听过一句劝?不听劝也就算了,还为这个天天和我生气闹饥荒。这么多年,多少大风大浪她都闯过来了,怎么这回就再也躲不过去了!”说着,忍不住心中情感激越,伏在桌上,大哭了一场。

两位舅爷被他哭得心内十分凄惨,哽咽着劝慰了半日,深为他的真情厚意感服,连连伸着拇指,对他称赞不绝。

秦守善见火候已到,抹着泪又说:“现在出了这样的事情,当然谁先走谁好活,留下的人,就是难受死,冤死,也只有干受着了!”说着,便又把自己当初如何因为劝止杜鹃不要太过伤神劳累,而不被理解,引发夫妻不睦,杜鹃在气头上,和他写下了一份离婚协议书,现在,媳妇银珠竟要以此为把柄要挟,准备把他挤出家门之事,万分沉痛地叙说了一遍。

两位舅爷听了,一个个气得眼红面青。当即返身回去,找到秦柘,将他一通好训:“小子,你妈才刚刚下葬,你们要是还有半点人心,就不能再让你爸出现个好歹!否则,别怪舅舅跟你们翻脸!”

银珠听了,很是逆耳。忍了几次,终于还是按捺不住,替秦柘辩解了起来。

两位舅舅很是不屑地将她扫了一眼，齐声禁喝道："你不要在这里尽说自己的理！天下无不是的老人，难道，你连这个也没听说过吗？"

大舅接着又说："怎么，老人把你们生了一回，养了一场，没有功劳反而还要落你们一身的埋怨不成？这世道变成了什么样！从来没见过你们这样的晚辈，眼里除了钱和利益，你们还能看见什么！"

二舅跟着义愤填膺地表示，如果他们还要继续这么无情无义地乱闹下去，那么，他们势必要遍请诸亲六眷，郑重召开一场家族会议了。到时候，就让诸位族亲长辈们理论理论，亲娘才刚刚下世，就急着把亲爹往门外赶，到底是什么规矩！看看大家容不容得下，老天容不容得下！说罢，两个怒脸，一对忿容，扬长而去了。

秦柘一见这般情形，不免吓得胆怯退缩起来。

银珠见状，十分生气。认为丈夫这近乎土老冒似的迂腐和懦弱，简直就是戕害天性，不可理喻！不免耳提面命地连夜教导了一番。

因而第二天，秦柘便又恢复了原来的态度和决心。

再见到他两个舅舅，不但没有了一丝的怯意和悔过之态，反而义正词严地只管将自己的父亲一通丧谤。最后又气不忿地说："这么多年，他什么也没为这个家做过，我们都是看在眼里的。他每天除了吃饭就是睡觉，再不就是和一些不思上进的闲人凑在一起，酸文假醋地说大话吹牛皮！我们这个家，从里到外，上上下下，都是靠我妈一个人支撑起来的。就是我们兄妹，也是我妈一手养大的，有他什么事？说白了，说到底，也无非就是当初用了他的一点精子而已,如果是为了这个,那让他自己说,要顶多少钱,我们还给他!"

他两个舅舅一听他这个堂堂的大学生居然如此出言无状,一个气得眼斜嘴歪,一个气得跳在了半天里,一起指着他的鼻子痛骂起来。大舅在气怒交加之下,一个大耳光兜头盖脸地扇了过来,打完又骂:"他那泡精子要真变成了你这么个混账东西,可以说半文钱不值一个!你这个混账东西,你妈才刚刚下葬,你们就这样丧尽天良地算计自己的亲爹,还拿着死人撵活人!你们这样心地歹毒,就不怕遭报应,不怕五雷轰顶,不怕你妈晚上回来掏了你们的心肝吗?!"

二舅接着怒啐了一口,道:"臭小子,我当初怎么就没看出你是这么个混账东西来!"骂着,也要扑上来打他。

银珠见状,把心一横,索性一不做,二不休,挑着眉毛迎上去说:"我们怎么拿死人撵活人了?舅舅们都是聪明人,怎么也不好好想一想,同样是一间屋子,我们怎么住着就没事呢?何况,只是在那房间里多摆了一张照片而已。他作为丈夫,怎么就那么容不下区区一张相片呢?夫妻几十年,如果不是做了什么亏心事,怎么一张照片就让他怕成了那样呢?舅舅们也不去问问他,是我们这些当小辈的不安好心,还是有人连自己结发妻子的头七都等不及过完,就忙着和别人跑出去到处逍遥快活去了!这样的丑事,我们当小辈的本来是没有脸面当着旁人说出来的,就算是我们自己被冤死苦死,也要给他留点体面,那么一把岁数的人,以后也好出去见人!可是,既然现在连舅舅们也让人拿来这么利用,我就不能不说了!我言至于此,究竟谁是谁非,谁歹谁冤,舅舅们都是聪明的人,你们自己去琢磨吧!"说罢,见两位长辈相互交换了一个视线之后,都低下了头,陷入了沉思状态。心中一动,越发拿出了宋太祖灭南唐的气焰来,"说到底,我妈她才是舅舅们的亲妹妹,我只最后再说一句,请舅舅们回去问问我爸,问他到底为什么不敢住在家里,问问他到底害怕什么,再问问他到底是替谁在争这口闲气呢?!而且,我这个做晚辈的为了我妈妈一世的尊严,还要再向他这个爸爸大不敬地提醒一句,请他不要打错了算盘!那个家,是我妈妈辛辛苦苦一手创下的,说什么,也不可能让他再娶个小老婆回去住着!何况,他的原配才刚刚下葬,尸骨未寒!"说着话,眼泪便抛沙一般地落下来。

两位长辈听罢大为震惊,抬起眼睛怔忡地望望银珠,又望望红肿着半边脸的秦柘,一时感慨交煎。懊丧、沸腾、羞惭、悔恨、激愤、失望,诸般情绪尽皆涌上了心头。

当天,他们就愤然拂袖而去,离开了秦家。银珠却眼珠一转,当机立断地找到了南宫元宸,将秦守善如何不肯轻易罢休、煽动闹事的情况向他铺陈叙述了一番。

一阵沉默之后,南宫元宸叹息着说:"无论怎样,父母终归是父母,不管他做了什么不近人情的事,我们做晚辈的也不能彻底断弃了应尽的孝道。"又说,"你去问问他,如果他想从此住在外边,那么,我愿意拿30万出来,给他安家。就算是为了回报杜鹃阿姨对黛罗的养育之情吧!如果他觉得不够,一切都可以再商量的,无论如何,请他千万不要再闹了。"

银珠等不得这一句,这时听了这话,又惊、又喜、又怅、又叹地说了一番。第二天,她便亲自拿着钱,去找秦守善去了。

秦守善这时正陷入一片半疯状态。他好端端的，被人一棒子从云端打落到了万丈深渊，不明不白地就再也回不了家。他苦苦酝酿出的一场大好计划，这时又胎死腹中，被彻底宣告流产了。而那个将他打落到万丈深渊，当众揭破了他的机关，使他威信扫地，颜面无存的人，正是他的儿媳妇，那个貌似诚恳，礼节周全，做事情口蜜腹剑却一点也不会露出马脚的银珠。他知道，一直以来，家里一应大小事情，基本上都是银珠在背后铺谋设计，他儿子照章实施办理的。这时，他才猛然惊醒，杜鹃在世的时候，每逢遇到他把银珠夸上天的时候，就忍不住向半天里啐出一口，骂他："简直就是有眼无珠，瞎了狗眼！"又说，"我仔细留心观察过了，这个丫头，其实骨子里相当不简单！城府之深、花招之多，更在你秦守善之上！"

他当时听了，十分不悦。越发认为杜鹃就是一个典型的上不得台面的农村妇女，心量狭窄，气度鄙陋，连自己的儿媳妇都容不下。现在，他才算如梦初醒，真正领教了这个媳妇的厉害。这个女人确实手段高明，不容小觑，做事情真是八面玲珑，十方光滑，她有本事既堵众人的嘴，又戮对手的心，让人身上没伤，嘴上难说，心里有血，虽然不死，也已九分没气！可是，尽管如此，他堂堂的秦守善就真的怕了她吗？呵呵，他要是真把一张老脸豁出去了，那么，到头来，究竟鹿死谁手，还真就不一定呢！

他心中怒潮起落，一时间，竟把性情中所有的恶，全部激发了出来。瞬间，世上所有的最残忍凶暴的场面都在他的脑海里一一展现了出来。他心中简直越想越邪，越思越猛恶。

就在这时，银珠居然主动找上门来了。

一进门，她就从包里拿出20万块钱来，齐墩墩地放在了秦守善的面前："爸，无论怎样，父母终归是父母，不管您做了什么对与不对的事情，我们做晚辈的也不能彻底断弃了这份应尽的孝道。"

秦守善这时见了钱，诸恨顿息。又听了这番话，眼中不由一潮，竟要滴下泪来。

银珠又说："爸，跟您说实话吧，这些钱，是我和秦柘放心不下您，瞒着黛罗，跟我娘家借来的，是多是少，也就这些了！您好歹先把自己安顿下来，"说着话，眼圈一红，眼中流出泪来，"您不知道，那天在医院里，我妈她跟我说了您和桃丽的事，我听了，简直比吃了苍蝇还要难受恶心。我根本就不相信，还跟我妈妈顶嘴说，'就凭我爸爸那一表人才、满肚子学问的，怎么可能呢，您这是从哪听来的？真把人给笑死了！'我妈一听，当场就气昏了过去。为此，吓得我几天都没敢合眼，幸亏当时黛罗和秦柘都不在身边，否则，我妈后来出了事，他们还不都得怪罪上我吗？我原以为，这事就这样也就过去了，谁知道，我妈她临走前，还是特特地又把我叫进她的病房，再三嘱咐我，说她辛辛苦苦才赚下的一份家业，绝对不能让外人白白算计了去！否则，她死了也不能闭眼，也要再回来找我们算账！您不知道，我妈当时的那个眼神有多吓人！把我吓得要死，站也站不住了，看都不敢再看她一眼，低着头，一句话也不敢再说，只是一个劲地哭。后来，我妈又再三安顿说，等她走了，务必要在客厅里另设一处灵堂祭奠。我不敢违背，只有按着去做了。后来爸您跟我生气，如果我再不咬牙说出狠话来镇唬一下，让您当着那么多亲戚朋友们的面闹一场，先不说我妈会走得不安生，就是大伙看着我们一家人当众吵闹起来，那到底是谁的脸上无光呢？说到底，人家还不是会笑话我们秦家吗？”

秦守善给她问得哑口无言，面红耳赤，心中不觉大为惭恨。

银珠抹了一把眼泪又说：“爸，该我做的，我都做了。不该我做的，我也做了。我这个媳妇是好是歹，您就多担待着点儿吧。至于您自己选择的路，要怎么走下去，和谁一起走下去，我想，您既然已经选择了出来住，就是没有再回的打算了，我们做儿女的也不便多加干涉。爸，您多保重，好自为知吧！”说罢，把那堆钱往前一推，头也不回地一径儿哭出了门去。

留下秦守善一个人窝在房间里，又羞又痛，又惭又愧，一时间，真是千回百转，万端交集。

秦守善的旗纛一倒，银珠便又迫不及待地将矛头对准了黛罗。既然，她并非秦家的亲生骨肉，那么，就不能再继续毫无道理地占据秦家的地方，就该哪里来，还回到哪里去。既然她和那富贵逼人的南宫元宸才是一对亲手足，那么，又何苦白白浪费了这可以平步青云的大好机会呢？既然她不开窍，那么，她这个做嫂子的就要想办法让她开窍，教她明白：这个世道，人不为钱，天诛地灭！

于是，这天深夜，她故意以一对儿珍珠耳环找不到为由，满屋子翻箱倒柜地搜寻起来，搅得全家不得安宁。秦柘问了她几次，问她到底在找什么，她都不耐烦搭理。最后，她找得自己也没办法了，才拧着一对愁眉，走过去向秦柘罕然厉色地嚷道：“我那对儿珍珠耳环怎么就找不着了？你到底看见了没有？那可是我陪嫁过来的东西！”

秦柘苦着脸说:"你自己的东西自己不看好,到处瞎问什么?我就算看见了,难道还要故意藏起来,留着以后我自己戴吗?"

银珠被他问了一个愣怔,回思了一下他的话,不禁气得满脸变色:"没看见就没看见,谁也没拿刀架在你脖子上要你的命,用得着这样急赤白脸的大呼小叫吗?!"又寒着脸嚷道,"你这样子,我看就是此地无银三百两!一副做贼心虚、不打自招的鬼样子!"

秦柘听了,气得噗嗤一声笑了出来,连连点着头说:"对对对,是是是,我看见了,我拣着了,我藏起来了,留着以后我自己出门戴呢!"

银珠并没有被他那滑稽的表情和腔调逗笑,依旧一脸严肃地嗔着他道:"你不用在这里和我油腔滑调的!你越是这样拿腔作势,就越说明你心里有鬼!说不定就是你偷了出去,送给哪个相好的去了!哼哼,你们秦家,上梁已不正,下梁弯九弯!"

秦柘被她骂得有冤无处诉,说又不好说,辩又无从辩,打又不能打,劝又不能劝,直气得满屋子乱窜。才刚仗着胆子说了一句:"你别没事找事,闹不痛快啊!"

银珠便瞪了眼,双手叉着腰说:"我就没事找事了,我就和你闹不痛快了,你准备怎么办吧?"

秦柘见状,脸上的气焰早矮了下去,唉声叹气地直抱怨:"倒了什么霉,才刚没了一个大活人,现在又让撞客上了!"又峰回路转地眨巴着眼睛讨好道,"这些天,也就数郝中和娇唯来的次数最多,要不,咱去问问她们?"见银珠的一对大眼珠子这时就要瞪出来一般,连忙又说,"姑奶奶,你那东西,男人要来真没有什么用!你就不要再瞎耽误工夫,乱怀疑自己人了行不行!"

一直在一旁沉默的黛罗听了这话，一脸严肃地说：“我劝你趁早打消了这样的念头，郝中和娇唯肯定没有看见。如果看见了，别说是区区一对耳环，你们就是再有十倍百倍的东西，她们也绝对不会起半点贪心昧下的！”

秦柘听了，深不以为然。再说，他好不容易才将自己脱了干系，让银珠转移了目标，怎么能再让她重新怀疑到自己的身上来呢？便铮铮言道：“黛罗这就是你的不对了，人心隔肚皮，外人终归是外人，哪能就那么相信她们呢？再说了，因为咱们是一家人，你嫂子她才不和咱们见外，才这么无遮无拦地跟咱们说了出来，真要是和咱们隔了心，就不会这样了！话又说回来了，谁又没红口白牙的就赖上了她们，只是过去问一问还不行吗？”

黛罗说：“当然不行。我自己的朋友是什么样的人，我心里有数！再说了，你也不想想，人家这阵子来得勤，到底是为什么？现在为了这么点儿的小事，平白去伤害人家的一片好心，你良心上过意得去吗？要去问她们，倒不如先来问我。”

秦柘见她虽然声音不大，却是动了真气，且处处说得在理，难以反驳。又见她一副茕独羸顿，形销骨瘦的样子，不由低了头，盘桓了半晌，准备就此作罢。

银珠却不能就此甘休，倚风作势地又把秦柘骂了起来。

黛罗懒得看她那副恶赖的样子，便站起身来，回自己的房间里去了。

银珠便又隔着门，泼声嚷道：“我说你自己心怀鬼胎吧，你还偏要到处攀扯好人！现在怎么样？把人得罪了吧？人家黛罗是什么样的人？会受你这种闲气！别说是我的一对破耳环了，就算是这整个一个家现在就有个什么山高水低，又能怎么样？你以为人家真会稀罕吗？人家身体里流着的是什么血液？能把你这农家小院子里的这点破事真看在眼里，放在心上吗？”

黛罗听她越说越混账起来，有心出去跟她理论几句，想了想，又觉百般无趣。一时又想起杜鹃来，便忍不住又暗暗大哭了一回。一时又想起大宝法王在净影寺说过的那些话来：一切是考验，看你怎么办，觌面若不识，还得从头练！

接着，又想起那日她妈妈下葬之时，她简直要活活哭死，坚决不让下葬掩埋，东方樱西附在她耳边，对她说出的那番情真语切的话来：“黛罗，这就是人生的实相啊！所谓生、老、病、死、苦、怨憎会、爱别离、求不得……这是我们每个人都不可避免的所必须要经历的事情！外在因素绝非我们消沉痛苦的根源，本是因为我们自己缺乏心灵的训练，因而才会被情绪所困。生命中隐藏着数不清的无奈和艰辛的考验，要活着，就必须要面对。之所以会冷，是因为曾经暖过，之所以有阴影，是因为背后有阳光。人生总是有很多劫难，熬过去，就是赚来的福……”

是啊，人生的实相！可是这人生的实相又到底是什么呢？又有多少人能真正完全看得清楚呢？就算看清楚了，又有几个人能真正放得下呢？就比如，明明很多人都知道人生不过短短几十年，弹指即过。生老病死更是世人无可避免之苦。可是，古往今来，上至达官显贵，下至平民百姓，又有多少人不是倾其一生都是在拼命追逐和营造那个“贪嗔痴慢”，不是在那“求不得”上苦苦折磨自己的？谁人不是有了白银又想黄金，有了珍珠又想钻石，既为自己打算，还要为子孙谋划，一生都在辛苦忙碌中愁悴交煎的呢？更有多少像银珠这样的外表看上去温柔贤让，骨子里却最是工于心计、好胜寡和的人，为达私利，机关算尽，不但忘恩负义，赶尽杀绝，而且手段毒辣，令人发指。到头来，却还能蒙蔽那么多双眼睛，赢得众人一致的好评。可算是真正使有才与缺德在她身上得到了天然的融合，发挥到淋漓尽致的地步了！所谓这个世间上的一切，真真假假，虚虚实实，究竟有多少东西是能经得住长久一看的呢？又比如说，有的人具有高尚芳洁的品格，有的人生性奸狡；有的人被赞美歌颂，名垂青史；有的人遭遇诽谤唾弃，遗臭万年……这本就没有一定的标准界限，只不过是要看当事人的表演功夫，和是否有高超的智术与欺瞒的手段了。历史上那些贪污腐化的官吏，因为他欺瞒人民得法，百姓一样对他敬重羡慕，山呼万岁；志士仁人，因为他们富于胆魄，勇于直言，往往被当朝叱为藐视王法，而遭受百口嘲谤，万目睚眦，甚或刑罚屠戮，直到多少年以后，才得以被沉冤昭雪。还有那些富于精力才智，再加上几分心黑的人，他们硬是能在这世间上颠倒黑白，翻手云覆手雨地随意制造纷乱，混淆视听，同时还能游刃有余地凭借对现实的了解，为自己谋取到最大的利益。而那些忠厚、不会投机取巧的人，本来是一块美玉，也会被人说成是一块顽石，或者，最终，也会被人影响得变了质……好像，这世间本身就是一个宜假不宜真的游戏场，一切的好坏美丑，都是生灭的无常，转瞬即逝，如梦幻泡影般的虚假不实，令人无法掌握的。

第十五章

心火炎炎:烧尽菩提种

阿难："世尊，如来常说和合因缘。一切世间，种种变化，皆因四大和合发明。云何如来，因缘自然，二俱排摈，我今不知，斯义所属。惟垂哀愍，开示众生，中道了义，无戏论法。"

世尊告阿难言："汝先厌离声闻缘觉，诸小乘法，发心勤求无上菩提。故我今时，为汝开示第一义谛。如何复将世间戏论，妄想因缘，而自缠绕？汝虽多闻，如说药人，真药现前，不能分别，如来说为真可怜愍。"

——《楞严经》

不知不觉，整个暑假就要过去了。

东方樱西的单位就要开始上班了，加上这几天里，他的姑姑一连打来了几次电话催促抱怨，先从家里的鸡毛小事埋怨起，到现在的世道人心，乃至整个宇宙的变迁，天气的不正常，再到东方樱西的自幼多灾多病，和她为了他牺牲掉了的将近大半生的大好时光……聒噪得他头疼耳胀，立脚不住。

他和南宫元宸商量了一番，都准备着在这一两天之内就要返回北京去了。

之后，他们便都沉浸在各自的思想境界里去了。想到黛罗，一个愁思暗生，眼前只剩下了白茫茫的一片；一个心情无比沉重，多么希望时间的脚步能够长久地停留下来。之前，黛罗就一再向他们表示说，打算把自己的工作关系调回到东口来了。尤其当她知道了自己的真实身世之后，那种决心似乎更加急切了。那天，在郝中的生日宴席上，她已经把话说得很明确了。如果不是中途出了杜鹃这桩事，想必，她早就已经在着手办理这件事了。

他二人恍惚辗转了一个晚上，从来不抽烟的南宫元宸居然开始一支接一支地吸起烟来，床头的地上落了一层烟灰。第二天一早，他二人匆匆洗漱完毕，便又双双来看黛罗了。

一向有早起习惯的黛罗，今天却安逸稳卧，一直昏睡不醒。醒来后，也无心梳洗，表情一直恹恹的，似乎对周围的一切都失去了信心。银珠和秦柘都赶着跟她说话，明显地向她讨好，她也不怎么搭理，就好像站在她对面的，只是一些空气而已。就连后来郝中和娇唯相继赶来，彼此不停地变着花样给她讲一些近期所发生的趣事和新闻，也并没有引起她多大的兴趣。

东方樱西和南宫元宸见状，只好将他们准备离开的打算暂时隐忍下去不提。二人交换了一个视线，环视着房间里的一景一物，不觉又把黛罗夸赞起来。

南宫元宸指着墙上那幅《秋庭婴戏图》的十字绣，连声称赏，说是："灵心慧性，绝艳惊才。"又说，"情怀透发，摄其神理，故能颖秀葩呈，动人心目。"

东方樱西则一脸春风地指着墙上那副篆体《满江红》，说是："乍看只觉和婉，细品方知情伤。笔法真率自然，不受控捉。虽不作态，而一笑百媚生，实是大家气象！"

接下来，二人又你来我往，婉转而不露痕迹地将她激赏称道一番。除黛罗之外，其他人虽然不能听得十分明白，却觉得他们说得煞是好听，不觉都跟着付之一笑。

这样一来，屋子里总算稍稍有了一些欢声笑语。

谁知，午饭开始前，在银珠的一番连环炮般的追问之下，南宫元宸说到兴头上，一个不小心，还是把他们即将启程的消息给说漏了。虽然他很快便幡然惊醒，及时打住了，紧接着又插科打诨，转移着话题。黛罗还是听得十分真切，不由眼中一阵刺痛。她低下头去，随手拿起一张报纸来翻着。半日，忽然压抑不住地伏在桌子上嘤嘤哭了起来。众人都劝慰不住，最后，她竟翻身走回到自己房间里，掩着门哭去了。

众人看时，只见那报纸被泪水打湿处，刊登的是一则悼念学界泰斗季羡林先生的文章：

随着文化老人们的仙逝，靠什么挽救日益变味的人品、学品？我们之所以强调这些文化老人的人品、学品，是因为一个国家也好，一个民族也罢，要强盛起来，不仅要强在经济、军事、科技上，更要强在文化、思想、制度上。环视全球，凡是强大的国家和民族，无不是文化、制度受尊敬的、被模仿的。而这些实力的培养，就看这个国家、这个民族有多少优秀的学人。假如我们的学人都忙于学识变现，忙于走穴圈钱，不安于书斋，耐不住寂寞，那么，我们的学术和文化谈何强大……

郝中见了，连声惊呼："难怪她会这样！平常我们在一起谈论当今的文化名人时，她最敬佩的就是这位学贯中西的老先生了！"

东方樱西这时真正体会出黛罗的心意来，心中不禁柔情攒动，忙忙地走进屋里去抚慰她去了。

银珠一见机会难得，趁机将南宫元宸请到一个僻静处，倾心吐胆地对他说："黛罗这阵子一直跟我们闹不对劲，先开始我还摸不着头脑，这两天，听她那话里话外的，我总算是明白了她的心思，她这是想要跟你们一家人骨肉团聚呢！这本来也是无可厚非的事，可她这个傻丫头，还不好意思自己说出来呢！所以，就总跟我们三天两头的赌气。平心而论，这么好的一个妹妹，我们是无论如何也舍不得她离开这个家的。可是，俗话说的好，'人往高处走'，何况黛罗从小就心高志远，一心想要到大城市去发展。我们这里所有的人都觉得她从小就与众不同，您也看到了，以她这样的人才，如果一辈子都屈居在这种小地方，那也真是太浪费了不是？我妈在的时候，最疼的就是她了，现在，好好的一个人，说没就没有了，我要是再不知疼知热多关心着她一点，替她出头，把以后的大主意拿定了，就算是我妈她泉下有知，也肯定会心疼，会生气的……"说着话，眼中便掉下泪来。

南宫元宸听了她的一席话，真是狂喜不禁。原来，黛罗竟然有这样的心意，这真是太出乎他的意料，太令他大喜过望了！此

老子像·〔明〕文征明 画

刻,他简直不知该如何是好了,只觉一股热血,澎湃在体内……

银珠趁机又如此这般地嘱咐了许多话,提醒他一定要记得到时不要和黛罗把话说得太过直白了。

南宫元宸一时被幸福迷了心窍,虽然频频点头答应着,但是并未真正将此话放在心上。因而,不一时,他还是在满怀激动的情形之下,把话说造次了。黛罗在又惊又气之余,连一句话都说不出来了,最后,竟连东方樱西也未能幸免,一律被她下了逐客令。

这样一来,竟足足过了两天,他们才终于得以使她肯站住听自己一句解释。虽然如此,她待他们的态度,已经远非昔日可比。

南宫元宸不觉悔上心来。与东方樱西商量、讨论良久之后,二人再次来到黛罗的家中。这一次,他们是开着车,拿着行李,向众人来辞行的。

大家见状,都忙着招呼,问长问短。惟独黛罗坐在那里就像泥塑木雕一般,并不见有任何异常的表情和表示。然而,忽然间她的喉咙里竟哽咽了起来,她便索性站起身来,一路用指甲使劲戳着手心,快步走回自己的房间里去了。

南宫元宸和东方樱西交换了一个视线,紧跟着来到她的房门前。南宫元宸隔着门,情辞恳切地向里说道:“黛罗,我们今天就要回北京去了,这次的东口之行,我将终身铭记!分别在即,我也没什么可以送给你的,这里,有樱西连夜用小楷为我抄写出的左思的《悼离赠妹》四言诗一幅,我,就把它留给你吧!”说着,向里面听了听动静,过了一会儿又说,“虽然,我生性愚钝,远没有左思的才华,但是,我却有着和他一样的深情和眷恋!”说罢,悲不能已，将那手卷展开，凄切地朗读起来：

郁郁岱青，海渎所经。阴精神灵，为祥为祯。峨峨令妹，应期挺生。如兰之秀，如芝之荣。总角岐嶷，龆龀夙成。比德古烈，异世同声。厥德伊何，塞渊其虑。厥声伊何，日新其誉。幽思泉涌，乃诗乃赋。飞翰云浮，摛藻星布。光曜邦族，名驰时路。翼翼群媛，是瞻是慕。匪惟见慕，善诱善导。斟酌诸姬，言成典诰。匪唯辞章，多才多巧。黼黻文绣，几微要妙。积德弥高，用心弥奥。伊我之闇，晞妹之曜。惟我惟妹，寔惟同生。早丧先妣，恩百常情。女子有行，实远父兄。骨肉之思，固有归宁。何悟离拆，隔以天庭……

穆穆令妹，有德有言。才丽汉班，明朗楚樊。默识若记，下笔成篇。行显中闺，名播八蕃。以兰之芳，以膏之明。永去骨肉……

读到此处，他心尖一阵疼痛，已有两行热泪直流下来，喉咙一时也哽住了。一时间多少心绪竟相涌上了心头。好一会儿，他才又继续读了起来，这回他却读得一字一顿了：

至情至念，惟长惟兄。悲其生离，泣下交颈。桓山之鸟，四子同巢。将飞将散，悲鸣忉忉。惟彼禽鸟，犹有号咷。况我同生，载忧载劳。将离将别，置酒中袖。衔杯不饮，涕洟纵横。会日何短，隔日何长。仰瞻曜灵，爱此寸光。何以为赠，勉以列图。何以为诫，申以诗书。去去在近，上下欷歔。含辞满胸，郁愤不舒。燕燕之诗，伫立以泣。送尔涉涂，涕泗交集。云往雨绝，瞻望弗及。延伫中衢，愊忆呜唈。既乖既离，驰情仿髴。何寝不梦，何行不想。静言永念，形留神往。优思成疚，结在精爽。其思伊何，发言流泪。其疚伊何，寤寐惊悸。咏尔文辞，玩尔手笔。执书当面，聊以永日……

后来，周围所有的人都被他感动得簌簌落泪了，房间里也传出了黛罗那压抑不住的、间或发出的嘤嘤的哭泣声，然而，她始终也还是没有将那房门打开。这样一来，他和东方樱西便全然没有了办法，二人又一次交换了一个视线，无须任何言语，已是心意两明。他们只有暂时离开，另作打算去了。

不过一时三刻，二人又来了。黛罗却已不在了家中。他们问了银珠、秦柘，又去找到了郝中和娇唯，却没有一个人知道她究竟去了哪里。南宫元宸一时急得兀自打转，一时又立在那里仰天沉默，眼中竟又要滴下泪来。后来还是东方樱西心中一动，想着她很可能是去了杜鹃的坟地，便连忙与众人一起赶了过去。

果然不出他所料，黛罗此时正在杜鹃的坟地。此刻，她穿着一身雪白的素衣，双膝跪倒在妈妈的墓碑前，正哭得伤心，面前那堆已燃成了灰烬的纸钱都“沙沙”地飞起来避到半天里去了，似乎就连它们也不忍听闻那令人心碎的悲声。南宫元宸看着这一幕，心中真是有说不出的凄惨酸楚。他疾步走了过去，在黛罗的身旁站定了，他看着她，只觉悲感万端，心中汹涌着万语千言，要说时却不能讲出半句来。不知何时，他也已双膝跪了下来，无论他是怎么努力地抑制着自己的情绪，眼泪还是又一次滚落下来。

他望着那墓碑至心郑重地说道:“阿姨,请您放心,从此以后,我会替您照顾黛罗一生一世的!”说着话,他转过脸来喊了声,“黛罗,”沙哑着喉咙向她说,“我已经认真考虑清楚了,如果你决定从此要永远留在这东口,那么,我也绝对不会有任何异议的。这次,我和樱西一起回北京交接好那边的一切手续之后,我也到这里来定居,从此,永远陪着你,替杜鹃阿姨照顾你一生一世!”

黛罗挂着满脸的泪水怔怔地望着他,他眼神里流露出的那种真切的疼爱关切之情,那种疼到骨头里、爱到血液中的真情,终于让她泪水迸涌地扑进他的怀里去了。

银珠看了,直喜得呼天念佛;郝中、娇唯惊得左顾右盼,东望西张;秦柘和东方樱西陪着在一旁一时酸惨一时踌躇。

让黛罗没有想到的是,从她妈妈的坟地回来的当晚,南宫元宸就真的去找马海棠去了,向她说了自己今后将要长居东口的打算。这样一来,东方樱西的心思也跟着活动了起来,他十分踌躇地表示说,如果不是还有一个姑姑在北京需要他照顾,那么,他简直也可以从此长居在这东口了!

又经过两个漫长的不眠之夜,这一天,黛罗终于还是想通了,她决定还是先跟着南宫元宸和东方樱西一起回北京去。临走前,她特意找到银珠,与她进行了一场长谈。

她简直没有什么铺陈,开门见山地就问向了银珠:“告诉我,你真心爱过秦柘吗?以你的条件,你是不是只是为了和我赌气、一争高低输赢,才嫁到我家来的?”

银珠被她问得撞在了心坎上,心内一阵澎湃如潮。却强颜欢笑地说:“傻丫头,你在说什么呢!”

接下来的空气就有些僵冷了。黛罗目光灼灼地看着她，记忆又回到10多年前：那时，她和银珠都在温县县城一中上中学，银珠比她高1级。那时，她们两人都是学校中舞蹈班里最顶尖的尖子生。在一次大型的汇报演出前，银珠因为对她的过分嫉妒，竟临场偷走了她的演出服。眼看离上场就剩下几分钟的时间了，所有的人还在后台乱哄哄地帮她这个领舞到处找服装。舞蹈老师知道了消息，急得脸都黄了，气急败坏地将所有的人都斥责起来。万分急迫下，黛罗灵感激动，竟用女同学们的丝巾为自己临时"设计"了一套裹纱。这样一来，不但成功救了场，还赢得了意外的轰动效果。并且，从此还成就了她在服装领域的发展。

后来，她从郝中和娇唯那里听说，当时有人亲眼看见银珠将她的演出服裹在报纸里，然后，扔进垃圾箱的。这件事情，直到现在，她都一直没有正面向银珠问起过。现在，她很想让她明白一个道理，那就是：心存不善，祸虽未至，福已远离。还有就是：君子乐得做君子，小人冤枉为小人。

于是，她静静地发出一股冷气来，说："世间的一切，都在一个缘字。种下了什么样的因，就会有什么样的果。正所谓'万般带不去，惟有业相随'，尤其是缘分这东西，该是你的，早晚是你的。不是你的，就算你怎么使心费力也得不到，就算暂时得到了，最终一样还是守不住的。也许，到时的结局还会更加不幸。人生的价值，在某种意义上讲，逃避不一定躲得过，面对不一定最难受，算计不一定能得到，得到不一定能长久，失去不一定不再有，转身不一定最软弱。"

银珠听了她这番话，无异于受到了诅咒一般，不禁耳热眼跳，满面羞惭,浑身像是火烧一样。是啊,这么多年来,她又何尝好受过一天呢?当初在学校,黛罗就是全校最为光彩照人的人物,她的明慧俊逸,超迈不群,使她几乎成了全体男生们心仪的对象。就连当初正与她沉浸在热恋之中的初恋情人——那个全焦作市赫赫有名的体育冠军,也因为见到了黛罗之后,而情难自禁,竟狠心地对她绝尘而去了!为此,她几乎流干了泪水,痛断了肝肠。于是,她将一腔怒恨全部转移到了黛罗的身上,她认为,自己一切的不幸,都是因黛罗而起。从那时开始,她就发誓,要用今后全部的时间和精力来报复黛罗,击败黛罗,要让黛罗付出最惨痛的代价。悲愤之余,她最终选定了走近秦柘。以她的聪明和心肠之坚忍,秦柘蠢得与一头猪无异,如何能配得上她?不过,她没办法。为了达到最终的目的,这是她必须要付出的代价。然而,与黛罗越是挨得近,她就越是清晰地看到她是如何快乐、尊荣、得宠,就越是清楚地看到她的内心究竟是多么丰富、超拔和底蕴深藏!因而她就越发惶恐和不堪忍受,常常一边笑着,一边暗暗心碎。多少年来,每一念及黛罗,障在心头的恶恨总是有增无减,明里暗里,她对她咬牙切齿,磨刀霍霍,多少次铺谋设计而终究又何曾真正如愿过一回呢?每次,在最为关键的时刻,在她离最后的胜利只有那么一步之遥的时刻,不是杜鹃站出来替黛罗挡了驾,就是那黛罗自己吉星高照,总是能使自己化险为夷,遇难呈祥。为此,她恨得骨头都发凉了,迸得全身的筋骨和牙根都酸楚了,也根本无济于事。如今,总算是苍天有眼,黛罗眼看就要一无所有地被她挤出这个家门了,她已经完全没有了再和自己较量的资格,今后,这个家里,只有她银珠才是可以指点乾坤的人!想一想真是痛快，没有了杜鹃的庇护，她只是那么小小地施展了一下手段，黛罗这个眼中钉、肉中刺，就被逼得进退维谷、立锥无地了。当她发现自己中了圈套，想要奋力脱身之时，才发现已是万难回头了！

然而，现在明明她已经彻底胜利、如愿了，可是，为什么，她的心间竟又涌上了一种更加巨大的酸楚和难以言说的凄怆怅惘之情呢？是因为她目睹了东方樱西对黛罗的一片款款真情，殷殷之心吗？那种男人疼女人，最让人感动的，出自最真心的疼，最真切的爱吗？还是因为亲眼见识了南宫元宸对黛罗的一片拳拳的血脉深情呢？是的，她亲眼看到了，并且深刻体会到了，东方樱西对黛罗的爱，那是一种超越一切的不畏势不重利不惜命，肝胆相照，至死不渝的，可以随时为对方付出生命的人间至爱！而黛罗居然能拥有如此人物的这般的厚爱！那篇著名的《悼离赠妹》四言诗，本来就已经是丰骨峻上，尽掩诸家的千古绝唱了，而那天竟被南宫元宸演绎得更加是那般一往深情、血泪斑斑！即便是旁观如她者，也要忍不住为之心灵颤动，感叹欷歔了……

而她呢，她有什么？和黛罗比起来，她究竟像什么，又算什么呢？她虽然用尽心力赢得了秦柘，可是在她的内心深处，又何曾真正看得起过他？秦柘只是她当初迈向成功的参照系数，是为了彻底击败黛罗，并最终让她一无所有的一个盾牌而已……然而，现在，全盘的结局，究竟又是怎样的呢？黛罗依然是何其的幸运和尊荣，而她，依旧是何等的不幸与凄惨！

她实在不明白，为什么，黛罗总是一辈子都能有这样的好福气？为什么，所有最出色，最优秀的男人，都要自觉不自觉地围着黛罗团团转，都会对黛罗那么温柔深情，情有独钟，都要和黛罗有着剪不断、理还乱的绵绵深情呢？尤其是东方樱西和南宫元宸这样一对人物，现在，他们竟一个成了黛罗的情人，一个成了黛罗的哥哥，这也真是太气人了！现在，看似她终于如愿以偿，终于让黛罗一无所有地走出了这个家门，可是，她又何曾不知道，等在黛罗面前的，将会是一扇更加锦绣辉煌的富贵朱门将要为她打开！说不定，从此以后，黛罗便越发要一步登天了呢，而那个将黛罗托上天的人，正是她银珠自己！这样一来，自己最终到底是惩罚了黛罗，还是真正的成全了黛罗？她实在说不上来，更不敢去深加分析。她只感觉到，这时，自己的情绪低落到了极点，内心苦涩到了极致，懊恼得简直不知立刻把谁杀了才好。

现在，她迎着黛罗那灼灼的目光，实在避无可避，低头盘桓了半晌，终于还是放出笑颜来，强作镇定地说："黛罗，你以为，我这一片苦心都是为了谁？难道，是为了我自己吗？你这个傻丫头，现在，你不理解我不要紧，总有那么一天，你会明白嫂子对你的这一片苦心的！正像你刚才说的，缘分这东西，该是你的，早晚是你的，那是早已注定好了的。人家南宫老师几次找到我，苦苦恳求着说想要把你一起带走，一家人骨肉团聚！我心里就是再怎么舍不得，又能怎么样呢？现在这个时代，人不为势，人不为钱，那简直就是死路一条，简直就等于白来了一遭！在这个世界上，有多少人不是终其一生都在为了追求权势富贵而抛头颅，洒热血的？甚至，有的人就算为它付出了生命，到头来，却也并不一定就能得到。嫂子算是早把这一切都看透、看明白了！而现在，就有这么一条富贵大道正摆在你的面前，嫂子怎么能因为自己的私心而阻碍了你的大好前程呢？再说，谁不知道你从小就心高志远、与众不同呢？咱妈在的时候，最疼的就是你了，现在，好好的一个人，说没就没有了……现在，你有这样的运气，就算是妈妈她在天有灵，泉下有知，她也会感到欣慰的不是吗？再说，现在，暑假马上就要过去了，你就算现在不跟着南宫老师一起走，最终，你不一样还是要再到北京去的吗？你这么多年拼命要强，好不容易才在那里有了一份稳定的工作，难道，你还真要冒傻气，再把自己调回到这东口来吗？咳，现在家里才刚办完了一场丧事，爸爸那里又不依不饶地逼走了那么多钱，所以，家里现在根本就再也拿不出一分多余的钱来，兑现妈妈当时对你租住公寓的承诺了。为了这件事，愁得我几天几夜都没睡好。现在，大城市里的竞争那么厉害，哪个人不是戴着有色眼镜看人的？可惜家里现在一点儿也帮不上你，要是你一个人在外面，过得太寒酸了，让人家嘲笑看不起，我怎么能对得起妈呢？幸亏有南宫老师，他是向我再三保证过的，肯定能给你一个最体面的生活环境的！我也是瞎操心，想来想去，毕竟，你们是亲手足，血脉里流着的是相同的血液，放着他这样的人和关系我再不相信，还能相信什么呢？你说是不是？”

黛罗一听她竟说出了这样的话来，知道已是多说无益。这个世间的有些人就是这样的，多智近妖，巧于伪诈，她硬是能把黑的说成白的，把丑的歌颂成美的；在散布别人的过失时，总是如同丢弃稻谷一般容易，可是在隐藏自己的陋劣行为时，却像是赌徒隐藏骰子一样的狡猾。于是，她将银珠深深地看了一眼，心里轻蔑地冷笑了一声，转身走了。

走出银珠的房门，她才发现，许多的乡亲们竟不知何时知道了消息，此时都不约而同地赶来送她了。现在，他们挨挨挤挤的，将她家的院子挤个不开。马海棠、牛二嫂、李石榴、王菊玲、王绍生、王宝根、郝中和娇唯的家人……纷纷攘攘的都来了，黑压压地站满了一片。大门外，不时还有人陆续往里面探进头来观望。

郝中和娇唯呆呆怔怔地站在她的身边，眼中，是说不尽的惨惨凄凄、哀哀切切；马海棠、牛二嫂等长辈，更是目不转睛地盯在她那俊俏的脸庞上，神情戚惨，未语泪先流；举目望去，所有人的眼神里都凝聚着无限的眷恋与不舍。大家就这样无限凄惶地看着她，每个人的心里，都十分酸惨。院子里，一时间陷入在了一片可怕的沉寂之中，谁也不敢先开口说出一句话来，惟有风传花信，雨濯尘埃……

黛罗的心，蓦地被一种巨大的疼痛绞得粉碎了。泪水跟着就不受控制地滚落下来。她木然地站在那里，茫茫地环顾着四周，院子里的一人一影，一景一物，都能勾起她无限的遐思和回忆。这不禁又使她联想到，当初，妈妈在的时候，天天就像一只辛勤的蜜蜂一般，不辞劳苦地经营家计。她为了儿女们的成长，为了这个家，付出了难以言述的辛苦。可是，谁能料到，在她去世才不到几天的时间里，她的丈夫就迫不及待地跟着别的女人走了，她所辛劳积攒下来的一切，也都全盘落在了银珠的手里。而她这个母亲在世时最为疼爱的女儿，现在，竟是这般凄惨、就这样被人身无一物地挤出了这个家门……

虽然，她知道，任凭那银珠如何自作为聪明，以为掩过了一切人的耳目，她那种鬼蜮的内幕，终究是瞒不过上天和鬼神的，终究是难逃惩罚和报应的！虽然，她一再地在内心深处悄悄告诫着自己:一切的好坏美丑,都是生灭无常,转瞬即逝,如梦幻泡影般的虚假不实,大可不必太过认真和计较。人贵在自立,当初,既然我是孑身来到这里,如今,仍以孑身而去罢!

可是,她的心中还是忍不住汹涌着无限的怅恨。恰好这时,一只孤燕在风雨中翻翻滚滚地落荒逃去,顿时又勾起她无限的哀思,这么多天,压抑在心底的情感忽然间犹如洪水崩溃般地暴发了出来,她转过身去,和郝中娇唯紧紧地抱在一起,痛楚地哭了起来。

第十六章

鼎源：行善人的快乐

祖问曰:“汝何方人,欲求何物?”

惠能对曰:“弟子是岭南新州百姓,远来礼师,惟求作佛,不求余物。”

祖言:“汝是岭南人,又是獦獠,若为堪作佛?”

惠能曰:“人虽有南北,佛性本无南北;獦獠身与和尚不同,佛性有何差别?”

——《坛经》

乡亲们再三珍重嘱咐,将黛罗送出一程又一程。

行至清风岭时,只听后面一阵疾声呼唤。众人回头看时,只见银珠一路分花拂柳地赶了上来。她气喘吁吁地将一个大箱子拎到了黛罗的面前,神色酸惨地叫了声:“妹妹,”已是泪如雨下,呜呜哽咽着说,“这里面是我临时给你收拾好的一些旧衣物,都是妈在的时候送给你的……带着它们,到底是个念想!”说罢,不觉惨然大恸，又走到南宫元宸和东方樱西的面前，万分郑重地向他们深鞠一躬，身体哭得一颤一颤的："南宫老师，东方老师，我们家黛罗就多多拜托你们照顾了！我替我们全家人，替全东口的乡亲们谢谢你们了！"

南宫元宸和东方樱西连忙双双俯身搀扶，请她千万放心。

银珠听了，越发哭得醉人一般，一边嘱咐，一边啼哭。直哭得众人也都又惨凄不已起来。

黛罗见她到了这个时候，居然还不忘作态使诈，不觉怒上心来，她简直不愿意再多看她一眼，索性径自坐上车去了。

南宫元宸和东方樱西一见如此，便再三郑重地和众人握手道别，之后，双双坐上车去，与众人洒泪而别了。

望着一路扬尘而去的车子，人群里有人发出了议论，有的啧啧称叹说："看看，人家的姑嫂都能处成这样子，看了真叫人眼热。我们家那俩死丫头还是一对亲姐妹呢，天天鸡吵鹅斗的就没个消停时候！什么时候，就是我死了，也不能闭上这双眼！"也有羡慕黛罗的好命的，以为她从此就要平步青云，荣华富贵了，就什么也不用愁了。又纷纷说从小就看出她与众不同，到底还是有今天！也有的纷纷赞叹着银珠的为人仁义厚道，礼节周全……最后，竟有人咂着嘴，再三慨叹着黛罗刚才上车时的决绝，说什么，现在，不管什么样的人，只要一有了钱，一和富贵沾上了边，心肠马上就变了。

别人未待如何，银珠在那里已经面红筋粗地反驳起来了："大叔，请您不要这么说我们家黛罗，她不是那样的人！"

南宫元宸的车子很快就开出了东口村，这时正一路沿峡谷前行，黄昏过后，车窗外一脉瘦水，蜿蜒跌宕，时而汇成浅潭，时而变身急瀑，那些寂寞的高峡瓮谷、岩洞石龛、波纹片石等地质遗迹，转眼便被飞速前进的车轮丢在了身后。黛罗此时的心情，就像车窗外那变化万端的景致一样，模糊无绪，缓急无端，阴晴不定。她心中激潮起伏，一生的悲痛怅恨涌现在顷刻之间，潮水般的此落彼涨。她又想到了净影寺的那个黄昏时分，大宝法王的那个绝妙的比喻：人生的孤寂，原因就在这心灵的孤独；每个人的一生，都应该会看到过身边人的死亡，面对死亡，你有何想法，又有何感触？难道，你也没有注意到那紧逼而来的“无常之虎”吗？在这个世间存在的一切事物都是无常的，所以任何一个人到最后都非死不可，死对于一个普通人来说，是最为可怕的事；金钱、财产、名誉和地位等等，这些东西即使再多，当一个人濒临死亡时，却一样也带不走；请大家仔细想一想，各位已经度过的二十年、或者几十年的光阴，是不是也只是在一转眼之间，便如梦如幻般的消失了？同理，今后的几十年也会同样度过的；一天之中一个人不断所想、所求的，无非是为了这五欲的满足，这五欲，让人们终日胶扰迷痴，争夺妄想，甚至互相戕害，彼此欺诈不休，使人在不知不觉中堕落到了罪恶的深渊……

南宫元宸早已被幸福迷住了心窍，他现在的心里眼里，想到看到的只有黛罗，黛罗这样黛罗那样，等到了北京之后，一定要首先为她安排、创造出一个最舒适幽雅的生活环境，然后再为她这样那样，那样这样！东方樱西更是眼里心里只有黛罗，他对她实是情深至重，见她情绪不佳，就想方设法去讨她欢心。稳沉持重如他者，竟也学着郝中和娇唯的样子，又给她讲笑话，又是搞笑作怪。猛然间又想到，今天竟是农历七月初七，不免激动情思，又为她朗诵起那首被讹传成是仓央嘉措的代表作——《信徒》来了：

那一天，
我闭目在经殿的香雾中，
蓦然听见你诵经中的真言；

那一月，
我摇动所有的经筒，
不为超度，
只为触摸你的指尖；

那一年，
磕长头匍匐在山路，
不为觐见，
只为贴着你的温暖；

那一世，
转山转水转佛塔，
不为修来世，
只为途中与你相见。

那一月，

我轻转过所有经筒，
不为超度，只为触摸你的指纹；

那一年，我磕长头拥抱尘埃，
不为朝佛，只为贴着你的温暖；

那一世，我细翻遍十万大山，
不为修来世，只为路中能与你相遇；

只是，就在那一夜，我忘却了所有，
抛却了信仰，舍弃了轮回，
只为，那曾在佛前哭泣的玫瑰，
早已失去旧日的光泽……

黛罗听了，终于对他含情苦涩地一笑。那笑容里，简直就是痛中凝愁，怅中含悲，情中有哀，四顾踌躇，百端交集了。她的样子，使他忍不住伸出手去握住了她的手。半日，她才郑重向他叮嘱道："回去后，你要把这首诗写成书法作品送给我。"东方樱西立即一口答应了下来。

南宫元宸听见了，就让他从此改口，叫自己大哥。

一回到北京，南宫元宸就为黛罗上上下下地忙碌了起来。这几天里，他的心里、眼里，只有黛罗一个人了。今天要为黛罗安排这样那样，明天要给黛罗准备那样这样，他是越忙越起劲，越忙越快乐，他对她简直细心到了生活中的每一个细节末梢。他活了

27 年，才终于知道，在这个世界上，自己居然还有这样一个手足至亲！他要把她当成宝一样，他要不惜一切代价地将她从前所错失的、本该属于她的一切快乐美好的东西全部补偿给她，绝不再让她受到半点的委屈和伤害。所以，黛罗的到来，他首先要瞒住的，便是现任母亲吴天丽。甚至，他还在幻想着，究竟该怎么样，才能使她们永远都不要见面才好。

他为黛罗忙里忙外，百般精细，却深感乐在其中。他不禁暗暗感叹着那句“骨肉至亲，血浓于水”的老话了！是啊，按理说，以前，小凌波的妈妈元美也是他的妹妹，虽然，她是被从姨妈家里抱养回来的，即便那样，在他看来，又与一母同胞有多大的差别呢？如果不是他和黛罗真正的身世暴露，他也并不知道元美和姨妈其实与自己并无半点血缘关系的，也就是说，从前，他在并不知道元美和自己竟是没有半点血缘关系的时候，对她也从来不曾像如今这般对黛罗的情深至重。这种血缘的作用和力量，真是让他无限感慨。

这天下午，他接到公司的一个副总打过来的一个紧急电话，便匆匆赶过去解决问题去了。

他把事情处理妥当之后，甚至觉得“这样的琐事”大可不必非得通过自己亲自处理不可，因而，他便照直跟那副总说了。对方听了，还以为是自己的耳朵出了问题，嘴张了半天，终于还是没有说出什么来。他忙完这里，第一件事情就是给黛罗打电话，问她现在还有什么特别需要的东西让他顺便一起带回去的吗？

黛罗在电话那端笑欣欣地对他说，不用再操心了，该有的都已经有了，足够了。说她现在已经在一家商场购买了一些纸笔等物，所以，一应所需之物，都不缺了。因为黛罗的古文功底十分过硬，又是学校里尤为难得的书法佼佼者，所以，学生家长们都特别愿意把自己的孩子送来跟她学习。她回到北京的当天，就接到了学校系主任打来的电话，说是许多学生的家长已经排成长队在等着她回来给自己的孩子们补习古文和书法了。因而，这些天里，家里已经一连几次迎来了一批朝气蓬勃的学生们了。南宫元宸这时一听到她竟然独自出门去买东西去了，连忙问了那商场的名字，又连声嘱咐，让她一定要等在那里，等着他去接她。

黛罗笑着说："不用辛苦了，我能找回去的。"

南宫元宸哪里肯干，简直就是冲出办公室去的。他举着电话再三向她叮嘱，让她一定要听话等在那里，他马上就会赶过去的。

这里才刚撂了电话，那边东方樱西又给她发来了信息，问她现在在哪里，在干什么。

黛罗连忙将自己的行踪如实汇报给了他。

结果，东方樱西马上就将电话追踪了过来，语气竟跟南宫元宸一模一样："黛罗，你怎么一个人出门去了呢？还能再找回去吗？"

黛罗忍俊不禁地说："是是是，我天生愚钝，连自己的家都找不到，我把自己给弄丢了。现在，正等着我哥哥来接我回家呢！"

东方樱西听了，也不觉得有什么不好意思，又向她盘问了一阵之后，竟也要亲自赶过来接她了。幸而这时，南宫元宸赶到了。东方樱西在亲自和他说了几句话之后，才总算松了一口气。

也就那么巧，接下来，他们到一家素菜馆吃饭的时候，竟意外地遇到了两拨朋友。一桌是邵辉和卢银涛，另一桌是北溟月和她的几个女朋友。邵辉和卢银涛正准备再次奔赴东口而去。邵辉意趣洋洋地将南宫元宸招呼在自己的身边，说，他这大半生曾经到过那么多的地方，只有在东口，他抚摩到了中华民族的根，一种绵绵不绝、生生不息的精神。所以，他决定将以后全部的精力，都投入到对东口的建设当中去，为开启一扇"让世界了解东口，让东口走向世界"的希望之窗而尽可能的增辉发热！

卢银涛现在提起东口来也是忍不住内心的激动，对于那里的每一处胜迹他都如数家珍，充满了无限的感情。他本人毕业于上海戏剧学院，以推陈出新的人文精神和博采众长的创意理念，以鼎为载体，把民族文化与现代科技相融合，成功研铸了以"世纪宝鼎"为代表的三十多尊鼎。1995 年，由他构想、设计、研铸的"世纪宝鼎"作为国礼赠送给联合国，庆贺联合国五十华诞。在宝鼎揭幕仪式上，引发了世界各国媒体的强烈关注，引起全球轰动。至今他主持设计铸造的各种鼎器分别置于全国各地，或见证港澳回归，或歌颂民族团结，或弘扬中华文化，或祈求国运昌盛，人民幸福，成为一些重大事件的永恒见证。由于他为弘扬中华青铜文化和特艺事业作出了杰出贡献，使他荣获了"中国鼎王"的称号，这也是名至实归。当初，他之所以将两尊宝鼎都安家在东口，也是因为心中强烈地热爱上了那方文化热土。

说起东口来，大家似乎都有着永远都谈论不完的话题，这时邵辉不觉又谈到了王铎，他十分感慨地说："这位闻名遐迩的大书法家，少年贫困，衣食为艰。家境艰难之时，'不能一日两粥'。他的母亲甚至将陪嫁的'钏珥链柎鬻之市，以供朝夕'。甚至，直到成年后，王铎依然难以忘记母亲的话'子勿忘我饼尽腹饥时，女勿忘我钏珥鬻币时也’……前几天，我在新闻里看到，王铎的一幅字就拍卖到了1600多万。这是多么让人感慨而又无奈的现象啊！而东口村有一家人，祖上也不知是王铎的得意弟子还是家邻塾馆，收藏有王铎大量的真迹。“文革”期间，怕遭到抄家批斗，竟将那价值连城的书法作品，用来当柴烧了，足足烧了一个多小时，蒸熟了三锅馍，人称她烧了一座城。现在看来，那家人岂止是烧了一座城啊！可见无知是多么的可怕！”

那边，北溟月早已遥遥地看见了南宫元宸。这时，她终于按捺不住，丢下自己的一帮朋友，主动走上前来和他打招呼了。她一见到南宫元宸身边的黛罗时，真是大为震惊，他居然把这个女孩子也一起带了回来！而他们那副亲密的样子，更是戳痛了她的眼，割伤了她的心。

自从她上次和南宫远一起返回北京之后，她的情绪一直不佳，简直就是元气大伤。她想到自己这么多年来，一直都在坚定不移地深爱着南宫元宸，怎奈却从头至尾都是神女多情，襄王无梦。自己的一片殷殷痴情，那种与他相交愈深，爱慕愈切之情，到头来，却只能是她一个人悄悄地放在心中，难以发付！以前，最让她担心和害怕的就是，这段只有她自己一厢情愿地付出、忘我奉献的痴情苦恋，最终，会不会翻成终身的悔恨？自从她见到黛罗的那一刻起，自从她亲眼看到南宫元宸看着黛罗时的那种眼神，她才知道，原来他也有对一个女孩子那么柔情脉脉、深情无限的时候！只不过，那个女孩子不是她罢了！她的自信心受到了极大的挑战，整个人都跌入了万丈深渊。其实，她本人无论是从外在形象还是内在气质上，对异性都有着很辛辣的吸引力。在学校期间，男生们说起她来，总是："那个校花啊……"并且，由于她的异性缘非常之好，在外面，很多的男性都是把她当成宝一样，都会对她唯命是从的。可是，她独独钟爱之人却偏偏对她毫不顾惜在意，简直就像是天生成的一个石头人一样。

如果说，在遇到黛罗之前，她还对他抱有十分美好的幻梦，认为终有一天，他会被自己的一片殷殷痴情所打动，最终和她携手共圆鸳梦的话，那么，在遇到黛罗之后，这一切的幻梦都被打得粉碎了！这让她非常的不甘心，她想想真恨，她无论如何就是不能明白，自己到底输在了哪里，差在了何处？这对于她这种久处顺境而又心高气傲的人而言，简直是一种从肉体到精神上的打击。她一时承受不了这种深重的打击和伤痛，以致，一回到北京，就大病了一场。

她现在怔怔地看着黛罗，不由眼里一阵刺痛，跟着，眉眼都变了。

可巧，这时大家正谈得热闹，谁也没有十分去注意她的表情。说到吃素，邵辉重重地叹了口气又说："我现在算是对一切肉食再也没有半点兴趣了，甚至闻到了就开始恶心了。上个月，我和一位藏族的出家师父到了当地一个杀生很重的县城，去放生牦牛和羊。那位师父名叫索达吉堪布，他对我说，那些动物本来是逍遥自在地生活在美丽的大草原上的，但是，它们的命运却因为人类的贪欲而蒙上了黑暗。随后，我们就亲眼目睹了一些牦牛被宰杀的过程。那过程真是无比恐怖，无比残忍！那些健硕肥壮的牦牛被工作人员赶进宰杀现场，首先被后脚朝天地吊在半空中，然后，被挨着个儿地割破喉咙，倒挂着放血，那可真是血流成河，惨不忍睹啊！而那时，那些牦牛的头有一大半被切开，它们还没有完全死去，都还在垂死挣扎，有的，在挣扎的过程中，竟然痛苦得把自己那没有被切开的一半头颅活活给甩断了……那种场面，真是非语言所能形容！就是现在，只要一想到当时那个场景，我还是会不寒而栗！索达吉堪布仁波切很慈悲，他说宁愿转世成为卑贱的人甚至乞丐，也不愿自己伤害其他众生。而他之所以会亲自带我去看那残忍恐怖的屠杀现场，就是要让我亲自感受一回，动物们在被屠杀之前的那种痛苦和恐怖，以此来激发我的慈悲心。其实这很有必要，因为，在这个世界上有很多吃肉的人，他们会说，我不买活生生的动物或亲自宰杀不就没问题吗？其实，这真的是自己欺骗自己，让自己比较安心好过一些罢了。因为，尽管很多人没有直接宰杀这些动物，但是因为他们的消费，市场上才会有不断的供应！一盘美味的荤食后面，隐藏着多少血和泪，只有当你身临其境，亲眼目睹了屠杀现场的残忍和恐怖之后，你的内心才会有所震撼。也许有人会说现在宰杀的仪器比较先进，动物们被杀的过程时间缩短，恐怖血腥的景象也相对减少到了最低限度。却不知道，即便是那样，动物们在死前还是会恐慌，还是会痛苦挣扎。那次，我一共放生了将近一千只牦牛和羊，但是能力有限，带去的钱也有限，还是有很多待杀的动物救不出来，索达吉堪布仁波切跪在屠杀场的栏杆外面，发愿来世再救它们……那个场景，现在，天天都在我眼前晃来晃去……”

一番话说得大家都低头陷入了沉思。

半日，北溟月趁机说：“其实，从世间的医学、营养学，甚至是美容等有关科学方面早已经印证了，尽量吃素，对人人都有利益。”

邵辉一听，就笑着以茶代酒和她碰了一下杯，深为赞叹地说：“还是我们美女说出来的话更有说服力啊！”

北溟月听了，连连作色道：“哎呀，哪里还敢称什么美女？您看看，我都有眼袋了！”

邵辉是个实在的人，并不谙练于女人的那套伎俩，不知道她们有时故意当众说一些自己的所谓缺点出来，其实是想赚回来更多的褒奖，竟然对她说：“有眼袋怕什么？据说，有眼袋的人都很有福气呢！”

而他的司机就更是实诚，居然说，昨天有朋友给他们送来了至少三套高级眼霜和香水之类的东西，他们正愁没处送人呢，现在那些东西就在他们的车上，要不要他现在就给拿来？

这样一来，北溟月的脸都青了。

邵辉听见了，就对他的司机说：“那正好，这里有两位美女，你就去给她们每人都拿一套来吧！”

话音未落，南宫元宸就笑着连连摆手说：“拿一套就行了，我们黛罗从来不用那些东西，”又无限深情地望着她说了句，“我们黛罗是纯天然美女，粗头乱服不掩国色，披个麻袋也好看的那种，是绝对用不着那些化学物品的！”

大家都被他说得笑了起来，北溟月满脸憋得又青又紫。邵辉这时听见了“麻袋”两个字，便又笑着说：“说起麻袋来，我倒又想起了一个故事，要说在藏地，信佛教的人那可真叫一个至诚！我自己就亲眼看见过那里很多的大老板，赚了钱，就用大麻袋装好，到了布达拉宫，什么话也不说，把那麻袋往里面一扔，转身就又回去了。回去的路上，一摸口袋才发现，竟然没有一分多余的钱了，就又一路要着饭回去了。”

众人听了，不觉再次轰然大笑起来，北溟月的万分不快就被淹没在一片欢笑声里了。最后，当她再返回到自己那班女朋友们的桌前时，早已气得满脸泪痕狼藉了。她的女朋友们自然知道她的心事，不由得一个个气上心来，这个说她不懂得遵从爱情的古训，说：“不管你内心有多么的狂热，也必须要把自己的真情掩藏起来，对于一个男人而言，你越是表现得矜持高贵，才越能激起他的占有欲和兴趣。”

那个又说：“当一个男人知道已经完全征服了你的时候，也是他对你失去兴趣的时候。尤其是你把全副心思都放在一个男人身上，你认为你对他目不旁骛，一心一意，就理当换来他百分之百的关注和回报，但事实往往背道而驰。男人天生的征服欲决定他们只对尚未被征服的对象有着最大的热情。这也是为什么那些看起来很独立的女人往往会更让男人觉得充满魅力的原因所在。对男人来说，一个把喜怒哀乐全部押在自己身上的女人，只会让他们感到恐惧。他们抗拒这种完全意义上的责任感，这种每分每秒都要履行的义务，只会让他们落荒而逃。”

也有的说她太过麻痹大意、掉以轻心了，其实，越是那种小地方出来的女孩子，勾引人的手段也就越高……

女人们一说起这种事情来，总是会聒噪个不休。而她们一旦给别人的感情出谋划策起来，那简直人人都成了权威和专家了。

听到最后，北溟月的心里越发怅惘和不知所措起来。她坐在那里茫茫地直发呆。

她正想得出神，南宫元宸已经和黛罗走过来向她告别了。

一看到黛罗，那个刚才还在批评她是个“小地方出来的女孩子”的女人立即一脸谄媚地站了起来，一口一声喊着：“秦老师”，只管把她夸赞起来：“秦老师您真是了不起，我们李长志现在最崇拜的人就是他的秦老师您了，他现在的书法水平那真是了不得了，现在我们家过年，都不用买对联了，我们李长志自己就解决了，写得比那些外边卖的还要好呢！”

北溟月再也想不到，自己身边的亲密好友，这时竟然成了秦黛罗的一个学生的亲姑姑。她刚才还在暗暗地埋怨：“这女人的脸变得简直比股市还要快！”现在，才总算明白了一切。她的脸瞬间惨白了，她突然觉得，似乎就连老天爷都在处处帮着秦黛罗和她作对。要不然，为什么她轻而易举地就能将她身边的人一个个都给收服了过去呢？她心中一痛，不知不觉中泪水竟已涌出了眼眶。

南宫元宸自然不知道她好端端的为什么就哭了，便悄悄地问她出了什么事情。

她只得强作笑颜地说：“不知为什么，我忽然想起元美来了。也不知道凌波现在怎么样了，又闹着要找妈妈了吗？”说着话，眼中不觉又掉下泪来，又说，“从东口回来，我一直水土不服，这段日子一直在闹病，好长时间都没去看她了！”

南宫元宸也未加隐瞒，对她说，自己这次回北京，还没有来得及回父母的家，所以，也并没有看见凌波。不过，昨天和她通过电话，三句话过后，还是不停地向他追问什么时候能带她去看她的妈妈……

北溟月听了，心里越发凄惨起来，暗想："他带着这个女孩子回到北京，居然没时间到父母那里去看一眼！"她心中虽有无限狐疑，脸上却尽量表现得不动声色。半日，终于含笑向他说，"你也该回去看看去了，凌波一定想你了！"

南宫元宸答应了一声，便匆匆告别而去了。

结果，很快，黛罗便和吴天丽避无可避地相遇了。

也许，是宿世的冤孽使然，二人四目相接的那一刻，真可以用仇人相见，分外眼红来形容了。尤其是黛罗，一见到眼前这个衣着光鲜的毒妇，看着她那副装腔作势、毫无半点道德廉耻之心的模样，她心头的怒火顿时高高窜起三千丈，眼睛里简直要喷出血来了。刹那间，竟把她人性中所有的恶都给激发了出来。看她那神色，简直就恨不能立即扑上去将对方生剐活剥了方解心头之恨！

南宫远父子又惊又惧之余，不禁跌足大叹：这世间，有一种仇恨，是无论如何也忍不住，解不开的！

吴天丽一见这个半路认回来的"女儿"竟是如此野性难调，立刻摆出了家长的威风，义形于色地将她教育起来。

黛罗挂着满脸的鄙夷之色，不屑地发出一串冷笑。转而，翘起二郎腿坐在沙发上和南宫元宸说笑去了，仿佛斜对面跟她说话的，不是盛德巍巍的政府女官，而是一头肥蠢的母猪。

吴天丽一见她竟是这般缺乏教养，目中无人，不禁气得满脸煞白，她何曾受到过如此的奇耻大辱？于是，她终于忍无可忍地扯起她那声腺无韵、沙哑干涩的嗓门，汹汹将南宫远声讨起来。

南宫远此时正处在意外得回娇女的极度喜悦之中，看着女儿出落得如此优秀出色，娇美可爱，他真是喜不可抑，越看越觉看不够，越想越觉得幸福得简直不知该如何是好了。惊喜之余，心中只觉万分对不住前妻。因而不免将一腔悔恨、憎恶之情全部归咎到了吴天丽的身上。这时，又见她当着自己的一双儿女，向他扯着一张血盆大口撒泼放狂，河东狮吼，内心里不禁对她越发添上了十二分的深恶痛绝之情。于是，他冷冷地将她白了一眼，那种厌恶和不屑的神态，那种悔青了肝肠，不知自己当初究竟是被什么蒙蔽了双眼，竟然看上了如此一个缺德暴戾的女人的心思，早已溢于言表了！这简直让吴天丽震惊得发呆，彻骨得冰凉，她顿时感觉自己像是被人当众剥光了放进展厅一般，眼前一片天旋地转……眼见自己在深受尴尬和冷遇之后，面前的那三个人竟然若无其事地攒在一处，有说有笑的样子，她才猛然惊醒：原来，自己这么多年来不顾一切地算计、掠夺，到头来，却是竹篮打水一场空！原来，人家才是一条战线上的骨肉至亲，他们才是真正的一家人！

一种说不出的凄怆和酸痛之情，直挫进她的血液中去了。她浑身血脉贲张，面色惨烈，整个人都陷在一片疯狂绝顶的情绪之中了。这世上的事情，变化未免也太快了些！一眨眼的工夫，就李代桃僵，就李代桃僵了！

而南宫远从此对她日益的冷淡和冷漠，更是让她发了疯。那种变化之快，势道之猛，简直将她打得晕头转向，毫无招架之力。

第十七章

境风浩浩：摧残功德林

四方天王白佛言："世尊。地藏菩萨于久远劫来，发如是大愿，云何至今犹度未绝，更发广大誓言？唯愿世尊为我等说。"

佛告四天王："善哉善哉！吾今为汝及未来现在天人众等，广利益故，说地藏菩萨于娑婆世界，阎浮提内生死道中，慈哀救拔，度脱一切罪苦众生方便之事。"

四天王言："唯然世尊，愿乐欲闻。"

佛告四天王："地藏菩萨久远劫来，迄至于今，度脱众生，犹未毕愿，慈愍此世罪苦众生。复观未来无量劫中，因蔓不断，以是之故，又发重愿。如是菩萨于娑婆世界，阎浮提中，百千万亿方便，而为教化。四天王，地藏菩萨若遇杀生者，说宿殃短命报。若遇窃盗者，说贫穷苦楚报。若遇邪淫者，说雀鸽鸳鸯报。若遇恶口者，说眷属斗诤报。若遇毁谤者，说无舌疮口报。若遇嗔恚者，说丑陋癃残报。若遇悭吝者，说所求违愿报。若遇饮食无度者，说饥渴咽病报。若遇畋猎恣情者，说惊狂丧命报。若遇悖逆父母者，说天地灾杀报。若遇烧山林木者，说狂迷取死报。若遇前后父母恶毒者,说返生鞭挞现受报。若遇网捕生雏者,说骨肉分离报。若遇毁谤三宝者,说盲聋喑哑报。若遇轻法慢教者,说永处恶道报。若遇破用常住者,说亿劫轮回地狱报。若遇污梵诬僧者,说永在畜生报。若遇汤火斩斫伤生者,说轮回递偿报。若遇破戒犯斋者,说禽兽饥饿报。若遇非理毁用者,说所求阙绝报。若遇吾我贡高者,说卑使下贱报。若遇两舌斗乱者,说无舌百舌报。若遇邪见者,说边地受生报。如是等阎浮提众生,身口意业,恶习结果,百千报应,今粗略说。如是等阎浮提众生业感差别,地藏菩萨百千方便而教化之……"

——《地藏经》

黛罗的学校开学之后,南宫元宸便每天开车亲自接送她上下班,风雨无阻。

这天,他接黛罗从她的学校回来,刚好又路过西单东方樱西所在的单位——国家教育部,他忽发灵感,想要给他一个惊喜。便直接将车子开到了东方樱西单位的楼下。然后,他下了车,刚拿出手机要给东方樱西拨电话,不料,竟被迎面风风火火而来的一位妇女叫住了:"元宸!哈哈,真的是你呀!好久不见了,啧啧啧,你可真是越来越有气派了!"

南宫元宸定睛一看,原来竟是东方樱西的姑姑东方明珠。他不觉皱了一下眉头。又顺势看过去,只见她身后还跟着两个满脸庸俗的男人,现在正在那里对东方樱西的单位指手画脚……一种不祥的预感顿时直挫进他的心尖里去了。

说起这东方明珠,她也算是出身良好,受过很好的教育,年轻之时也是一个大美人。只可惜她红颜运轻,桃花命薄,一生都遇人不淑。因为年轻时在情场中伤透了心,导致后来性情大变。在那场凌厉的文化大革命中,她的父母哥嫂都惨遭非命,她一个人带着当时还在襁褓中的侄儿樱西,经历了千灾万难,才总算是勉强活下来了。后来,随着时间的推移和频仍而至的苦难,她开始变得喜怒无常,忌讳多端,且鬼话连篇起来。到了后来,竟越发变本加厉,简直就到了无所是非,无所荣辱,无所生死,无所善恶的地步了。以致,她把后来的全部精力都用来疯狂地报复生活了。从此,她开始游戏人生,迷恋赌博,且十赌九输。为求早日还清债务,东方明珠硬是把品学兼优的侄儿逼成了苦大仇深的"现代男喜儿",从上高中起,东方樱西便每每利用各种假期,出去到处赚钱帮她偿还巨额赌债。为此,他甚至做过小贩,干过饭店保安、装修工、清洁工……直到有一次被南宫元宸撞见之后,他那种难以向外人言说的苦难日子才总算告一段落……

南宫元宸此时见了她,心里不由一阵小鼓乱敲起来,他叫了声:"姑姑"东方明珠立即喜气扬声地答应起来,一边急不可待地返回身去,和那两个一脸横肉的男人指天誓地地说了些什么。那二人扬头向南宫元宸这边看了看,最后,双双盯着他那辆豪华的本特利看了又看,半日,总算点着头离开了。

东方明珠这里才刚转身回来,喜形于色地和南宫元宸说了几句话,不期,斜刺里竟猛然冲过来一位中老年妇女,那人向她激怒地断喝一声:"好你个东方明珠,我看你这回再往哪里跑!"话音未落,便风也似的扑上前来,一把将她死死地揪住了。

也不知那人是何来历,总之,二人相见,分外眼红。你推我搡,且嚷且骂。不待南宫元宸上前,早有两位相貌威严的警察走了过来，将她二人禁喝开来。因为这里是政府要地，所以一应秩序都相当严格。

南宫元宸见状，连忙上前向两位警察解释了一番，之后，按照警察的意思，赶忙招呼她二人一起坐上车来，准备先离开这里再说。

谁知，那东方明珠因为心里痛恨那位妇女在关键时刻搅了自己的局，竟然不等她完全坐上车来，就探过身去狠狠地将车门关上了。随着一声惨叫，那妇人的一只手已经是一片青紫了……南宫元宸顾不上劝慰，也来不及向满目惊惶的黛罗做出任何解释，连忙踩动脚下的油门，打算先离开这里再为她们解决恩怨。谁知，那两个均已经年过半百的妇人，居然一个比一个火气大，相对怒骂一阵之后，居然又撕打在了一处。这时，只听那东方明珠厉喝一声之后，左右开弓，照着那妇人的脸就是几个响亮的大耳光，之后，竟要打开车门，将那妇人推下车去。

南宫元宸一惊非小，连忙一脚踩住了刹车。他好不容易才将她二人力劝开来。这时，呼呼喘着粗气去问那位几乎丧失了理智的，随时准备反扑的妇人："到底是怎么回事，你说出来，我看看有没有办法解决，好吗？冲动是根本解决不了问题的，不是吗？"

那妇人见他气度不凡，言语稳重，于是便收敛了五分气焰，可到底还是忍不住气愤，向地下狠狠地啐了一口，咬着牙如此这般地道说了一番原委。期间，不时被东方明珠激怒地打断，又指着她的鼻头破口大骂："放屁，放你妈的臭屁！"怒不可遏时，又瞪着眼睛扑上去要抓她，撕她。

南宫元宸皱着眉头再三苦劝，可也还是费了九牛二虎之力，方才总算听明白了事情的来龙去脉。原来，东方明珠借着合伙做生意为幌子，从那妇人手中拿走了三万元，可是时间都过去半年多了，既不见她兑现当初的承诺，也不见她来还人家的钱，到她家去找，那里竟是她临时租赁的房子，哪里还能找到她的鬼魂影子？打她的电话，她留下来的几个联系号码又全部都因欠费被停机了……

南宫元宸听罢，安慰那妇人不要着急，说他马上就开车带她到附近的取款机去取钱，把钱还给她。之后，便让那妇人和黛罗调换了车位，这才重新将车子开动起来。

不久，那妇人果然如愿拿到了钱。她无限感激地向南宫元宸再三致谢："真是太谢谢您了！真是老天爷保佑，让我今天碰到了您这样的大贵人！咳，我刚才……真是不好意思，可是，您要知道，我只是一个开发廊的，这些钱是我们一家老老小小没白没黑，一剪子一剪子赚来的，差点儿就让她给骗了个底朝天！幸亏我今天总算想起来，她当时跟我们说过，她有个侄子在国家教育部上班，是个文化名人！要不然，让我们哪里说理去？"

不等她把话说完，东方明珠便眼红筋粗地再次向她怒骂起来："钱都给你了，你还敢满嘴嚼蛆！"又汹汹怒骂了一串脏话，直骂得半天里都听见了，她还是忍不住又要扑上去动粗。

好在对方在多次领教之后，总算学聪明了，这一次，竟给她十分机灵地闪开了。之后，那人再次狠狠地向地下啐了一口之后，便转身飞逃而去了。

东方明珠便指着她的背影怪骂起来。好容易在南宫元宸的劝解下，重新坐上车来，不免一脸讪笑地给自己解释起来："元宸，这次，我又要感谢你呀！哎呀，同样是姓‘东方’，你说我们樱西怎么就那么好命，能认识你这样的好朋友！可我呢，咳，活了这么一大把年纪，一个好人都没让我遇到过！就说刚才那个缺德短命的女人吧，明明是她跟人说，她和她老公都下岗了，一家人实在活不下去了，死皮赖脸地找到我的一个朋友，哭爹告娘地说想要跟我合伙做生意赚点外快！可是，现在这世道，你干什么不都得先上下疏通关系、打点一下？就她那点破钱，那还不够请客给人家那些大老板塞牙缝的呢，害得我自己也不知道白贴进去了多少！要不说这些穷鬼天生就是受穷的贱命呢！她们是一点儿眼光和远见也没有，才拿出那么两个子儿来，就恨不得我马上给她们赚一座金山银山回去！元宸你是知道的，别说是做生意，那就是上战场行军打仗，谁还能保证次次都是稳赢不输的呢？可是像她那样短见的势利小人，哪能明白这种道理？咳，真后悔死我了！我这才是杀死娃娃敬菩萨，人也整死了，神也得罪了！咳！真是太不值了！以后，再交朋友，我可得擦亮眼睛，把人好好认清楚了再说！”

南宫元宸半日说不出话来。许久，才面色尴尬地回了一句：“很是，很是。”

她又趁机作色，再三向他大倒苦水，又连声嘱咐他千万不要把这件事情向她侄儿樱西说起，说他现在对她这个姑姑已经是满腹意见了，如果再让他知道今天这事情，又不知道该向她怎样兴师问罪了！说到动情处，竟然滴下泪来，辛酸万状地说：“元宸，你看看我这命！当初，我不管千难万难，也并没有把他就地掐死不管！现在，辛辛苦苦把他养大了，把他培养成国家的有用人才，也成了知名人士了,可人家不说报答,还对我一肚子的意见和怨气!”

黛罗这时早已是五内沸然了。原来,此人就是东方樱西在这世界上的那个唯一的亲人,那个亲姑姑!难怪,之前,她几次向东方樱西问起他家里的情况,他每次说到这个一手将自己带大的姑姑时,都是尽量避重就轻,欲言又止。原来竟是这样!现在,她总算明白了他的苦衷,一种同病相怜之情不禁油然而生。虽然,她与她只是短短的初逢,但是,在这短短的时间里,她已经把这位“姑姑”的为人看了个九分清楚。

正好这时,东方樱西给她打来了电话,她抬头看了看南宫元宸,说:“是樱西。”

未待南宫元宸开口说话,东方明珠在后面杀鸡抹脖子地直叫:“好姑娘,你千万别跟他说我在这里,千万别跟他说起今天的这个事!我谢谢你,谢谢你了啊!”说着话,就拱手作揖地连忙逃下车去了。

南宫元宸向黛罗苦笑了一下,便又开着车重新回到了国家教育部的楼下。他们如约接到了东方樱西,正商量着一会儿要到哪里小聚一下,竟又十分意外地遇到了吴天丽和盖司。

这一带是政府要地,国家一些重要机构都遍布于此。所以,他们的这次相遇也并不稀奇。

吴天丽刚刚才在她的会议室里,面对媒体记者,义正词严地大发过言论:“一个人生存在世间上,最要紧的就是有清白的人格,人有清白的人格,才是具有了生命真正的价值!尤其是作为一名领导干部,就更要行得正,坐得端,一定要坚持公正执法!”

因而这时，她看上去依旧显得有些余兴未尽，春风满面。

她身边的盖司便是凌波的爸爸。此人滑稽多智，气度不凡，又善于待人接物，深谙官场之道。对于当下的所谓官场“五计”，更加是了熟于心，那几乎成了他常常挂在嘴边的口头禅，他简直可以倒背如流了：“当今的为官之道，就要谨记‘一，鹰立如睡，虎行似病。小事应愚，大事要明。真龙潜于水中；二，枪打出头鸟，糊涂保平安。大丈夫要能屈能伸；三，水至清则无鱼，人至察则无徒；四，逢人只说三分话。见人说人话，见鬼说鬼话；五，看人时睁一眼闭一眼。得人心者得天下。放手让下属大胆工作。忘记部下的错误……’”因此，他在官场上总是能左右逢源，吉星高照。当初，刚到北京的他无权无势，却硬是通过独到的眼光和穷追不舍的精神追到了家境殷实的南宫元美，从而便平步青云、飞黄腾达了起来。在单位里，人人都知道他背后的靠山，面子上都对他恭敬客气三分，心里却都对他鄙夷了十二分。但是，这也并没有妨碍了他在仕途上的顺风顺水和万事遂心。

盖司这时一见到南宫元宸，忙忙地迎上前来，一把拉住他正要相叙，又一眼看见了他旁边那位人如白雪，仙风飒然的绝色美女，缠绵的情感顿时像水波荡漾一般，弥漫了心头。这使他愈发深信：男人爱上一个女人，简直就是一瞬间的事，那是一种缘分！于是，他倍添春色地盛邀大家一起到紫竹院西面的香格里拉饭店共进晚餐。

南宫元宸推脱了几番都没有推掉，只好随他们一起去了。

盖司能言善辩，十分喜欢与人聊天，他与人聊起天来，简直就是无所不谈。好像只有如此才可以表现出他的无所不知。不过，他对交谈的对象也极为挑剔，外表不佳的不行，没有头脑的也不行，而且只要是没达到他标准的异性，他一点也不会考虑要跟她对话。在他看来，唯有聪明清俊之人才可以带领自己知道更多未知的世界。

现在，他再次天南地北地大说大谈起来，先从整个宇宙的变迁，天气的不正常谈起，一直谈到国内外的各个帝王将相、奇人异士，再到现在的世道人心，指天说地，通透洒脱。谈到激昂处，又义形于色地针砭起时弊来："近日，全国各地的贪官纷纷落马。经调查发现，95%的贪官都有女人问题。贪官爱钱更好色，这是不争的事实。但是，贪官'95%都有女人问题'，并不全面。女贪官们又有几个是没有'男人问题'的？那可真是不说不知道，一说吓一跳。其实，女贪官们更是贪婪好色！就拿那个刚刚受到庭审的抚顺市顺城区原国土资源局女局长来说，据说她敛财过亿，不仅仅成为目前全国级别最低，贪污数额最大，手段最恶劣的'三最'女贪官，而且其好色的功夫也堪称一流。人们都说'男人有钱就学坏，女人学坏就有钱。'可是这位女局长不是，因为她长得超丑，于是就先学有钱，然后再去'学坏'。不过，虽然她长相丑陋，但是却能上下级'通吃'。她把小自己10多岁的下属发展为'情人'后，一甩手就拿出一百万来让'情人'摆平元配，以免后院起火。这样，她就可以随心所欲，使'情人'招之即来，来之能'战'，一旦满足，挥之即去。这还不算，她又'相中'了一个上级领导是个'帅男'。竟然突发奇想，把这位领导骗去宾馆，把装有5万块现金的信封往那领导手里一放，毫不掩饰地说'我看中你了，你得陪我一夜。'那个领导就乐呵呵地宽衣解带，陪她上了床。还有,鞍山一名女贪官,从一名普通的税管员到税务所副所长、所长、市国税税政科副科长、科长,直至当上市国税局局长。其一路发迹,全是靠‘睡’出来的。她虽然已经年过半百,却前后花了500多万去国外浑身上下整容。并且,为了让她的臭‘屁股’青春不老,光臀部整形就花了50多万,被人们笑称为鞍山市‘最美丽的屁股’……”

他的一番滔滔爆料,引发吴天丽的万端愤慨,拍着桌子说:“真是一群不知羞耻的败类!她们早把一个党员、一个国家干部最起码的人格和廉耻都丧失殆尽了!真是可耻!”

她的话音未落,一直在一旁静默不语的黛罗竟挑着眉毛发出一股冷气来,接着便是一阵轻蔑的冷笑:“这个世界上的有些人,在散布别人的过失时,总是如同丢弃稻谷一般容易,可是在隐藏自己的卑劣行为时,却像是赌徒隐藏骰子一样的狡猾!所谓这个世间上的一切,真真假假,虚虚实实,究竟有多少东西能经得住长久一看呢?就比如说,有的人会被赞美歌颂,名垂青史;有的人却遭遇诽谤唾弃,遗臭万年。这本就没有一定的标准界限,只不过是要看当事人的表演功夫,和欺瞒的手段了。其实,说到底,最让人恶心的就是那些说一套做一套,明明有着一颗污浊不堪的灵魂,却硬是要把自己打扮成一个道学先生的人了!”

她的这一番不留情面的话,把吴天丽刺激到无以复加的地步,她浑身像是火烧一般,周身气血四下里乱窜。其实,她已是个饱经忧患与沧桑的中老年妇人了,早就没有了年轻时候的戾气与霸道。而且,她一个人的时候,常常反思自己年轻之时所犯下的过失和错误。她觉得自己并不是天生就放荡荒淫,只是由于种种原因,而导致了一时的激情与忿怒,才使她走过一段相当的弯路。可是,她自知,她已经为此付出了惨痛的代价!她当初为了报复和愚弄男人,最后竟是自食其果,既愚弄了男人,更愚弄了自己,使她在痛苦罪恶的人生大海中,越向前走,越发深陷。她一生不能生育子女,为了挽住丈夫的心,她不得不收敛心性,对他前妻所生之子百般殷勤,爱如明珠!可是,到头来,她的婚姻还是如此的不幸!自己的丈夫虽然身在自己左右,可他心中念念不忘的却是另外一个女人。而现在,突然之间又来了一个黛罗,每次,一想到她看自己的眼神,她就感到不寒而栗!她甚至觉得,这个黄毛丫头简直就是王端因的冤魂,是她索命的阎罗!这真使她内外挫折不堪。可是,现在,到底有谁会知道她这表面风光背后的真实悲惨?又有谁知道,她所过的真实生活究竟到了何种令人不忍听闻的地步?其实,她早已经主动在向黛罗示弱、退步了,要不然,她也不可能在听到儿子竟然又给丈夫领回来一个失落在外边的女儿时,既无兴师问罪的打算,也没有泼天大闹,她不过就是想在这个丫头面前展示一下自己的身份地位,让她从此不至对自己心怀鄙视。然而,这丫头不但全然不领情,反而对她再三冷嘲热讽、气焰嚣张、步步紧逼!有些事情看来是躲不过去了!

吴天丽暗暗咬着牙,心里不由发狠道:“既然你这么三番五次地挑衅、不识好歹,非要往枪口上撞,那么,我就要成全你,让你知道一下吴天丽的手段!”她暗暗发着誓,一定要让面前这个不知天高地厚的黄毛丫头吃点苦头,好好长些教训!

盖司听了黛罗的一番话,心里竟越发将她喜欢起来。他在一旁暗自战数着:“这么如花似玉的一个美人,同时又如此能言善辩词锋犀利，要是能把她娶回去，就是放在家里和她拌嘴，那也是别有一番情趣的啊！”

南宫元宸为了避免尴尬，连忙插科打诨，转移着话题。最后，他只好和东方樱西谈起了文学。

盖司一听，立刻又大笑大说起来：“樱西老弟，你这个大才子可不能一味避重就轻，光写一些风花雪月的事情啊！前两天，我看了孔庆东的一篇文章，那可真是如椽巨笔，敢写敢说，痛快淋漓啊！他说，‘每当世道混浊，特别是混账男人越来越多的时候，在文字层面，女性就担当了越来越重的道德任务。男人搞乱了国家甚至丢了国家，却要女人守节，甚至编造出《十二寡妇征西》之类的巾帼英雄神话。正如鲁迅调侃的——雄兵解甲，而密斯托枪。远的不说，今年巴东的邓玉娇案件，作孽的是几个男人，而欢呼兴奋的，是几千万个男人。似乎不谈这个就没有正义之心。一时间神州大地谈玉娇，人人口衔修脚刀。折射出的集体无意识却是，都希望依靠柔弱女子来抗暴，来反腐，最好连东海南海朝核股市三毒问题一股脑解决了，男人们只要都等着写出一篇又一篇《烈女传》来就行了！’看看，这文章写得多么深入人心，多么酣畅痛快！”

这时，一个服务生反应略慢了半拍，竟被谈兴正高的盖司劈头教训起来。又命人喊来了他们的大堂经理。

那大堂经理一见了他，立刻端出二百分的谦恭和小心来，再三唯唯地聆听着他的发号施令。

盖司便拧着眉毛说：“看看你这堂堂的五星级酒店招的人！见过丑的，没见过这么丑的，长得就像车祸现场！又这么没记性，老把我叫成‘盖局’，你告诉他，这个字平常是念‘盖’，可是碰到姓氏，就该念‘葛’！整个一个文盲，没文化！明天赶快把他辞了，省得影响饭店形象！”

那大堂经理再三赔着小心，最后，竟也忍不住替他批评起那名服务生来：“谁说不是呢，我们这里的人都叫他‘衰神二代’，可他还自以为是东方不败呢！”

一句话说得满桌子的人都笑了起来。然而，短暂的笑声过后，掩不住的依旧是各人心中的那段仇结。

因为黛罗和吴天丽的气场天生不和，这一餐饭让吴天丽吃得极不痛快，简直就是如鲠在喉。整个用餐期间，只要是她开心的时候，黛罗不是站起身来借故去洗手间，就是眼睛故意盯着别处，要不就是附耳去和南宫元宸说话，再不就是勾着东方樱西向她传情，顺便连那盖司的魂也一并收了过去……总之，是恶狠狠地将她晾在了一边。其实，如果黛罗真的打从内心里讨厌她，不愿意见到她，她从一开始就大可不必与众人一起到这里来的，而她偏偏没有当面走掉，她偏要到这里另作一番张致出来，在她看来，她所做的一切，不过就是为了要使她痛苦难受。

饭罢，那黛罗又是在几个男人殷勤备至的簇拥之下，在一片惊羡的目光之中，神气无限地走出了酒店的大门。而走在旁边的她——堂堂的一位政府女官，这时简直就像一块被人厌弃的破抹布一般。这让她又惊又怒，惊痛之余，她不由在内心里发出了长长的慨叹：女人，是万万老不得的！临别之际，大家都一一和她握手说再见，黛罗却挂着一脸的冷笑一头钻进了南宫元宸的车，又一次当众恶狠狠地给了她一个下不来。

受了这一场痛辱之后，吴天丽一回到家中，就把满腔的怒火全部转移到了南宫远的身上，她先是借故摔了几只杯子，又一脚踢翻了面前的那盆富贵牡丹。甚至，就连沙发上的一沓报纸都被她一把抓起来揉成团扔了出去。见南宫远惶惶赶上前来相问，便甩开一张泼天海口，汹汹如裂岸惊涛般地将他声讨起来。大骂他无耻寡恩，心曲如钩，自己做了败坏伦常、遭天谴的事情，却要让她来替他承担和偿还！简直就是一个完全失去人格支撑的心理变态者，一个十足的无耻败类！又揭发他的五奸十罪，说他表面上道貌岸然，背地里，鼠窃狗偷、无恶不作！当初为了贪图荣华富贵，抛妻弃子，后来又逼死发妻，却花言巧语哄骗她，让她忍屈受辱，做牛做马，吃尽了千辛万苦替他养大了儿子，现在又跑来了个混账没人性丫头！最后，她一声一口血地喊着："南宫远，"又骂，"你们家这群蛇鼠一窝的混蛋畜生，是早就预谋好了的要来祸害我的！"

南宫远平白被她骂了一个狗血喷头，简直摸不着头脑。加上他近期常常会想起王端因，想起他们从前在一起时那些温馨甜蜜的日子，因而不免将一腔悔恨、憎恶之情全部归咎到了吴天丽的身上。这时，又见她无故这般撒泼放刁，内心里不禁更觉她可恶万分起来。他心中怒潮激荡，左思右想一番之后，冷冷地将她瞪了一眼，回头拿了件衣服，准备甩手离去。

吴天丽急怒交迸，一生的悲痛仇恨涌现在顷刻之间，这时，一见他又要甩手离开，哪里还顾得上什么尊严和体面，满面气怒地扑上前去，两只手死死地拨住他的一颗头，阻了他的去路。

南宫远见她又要发疯，深知难以抵抗。他怔了一怔，灵感倏忽而至，终于硬起心肠向她大喊一声："禽禧集团很可能就要出事了，以前我劝过你多少次，差不多就可以了，手不要伸得那么长！"

吴天丽一听这话，不由颜色大变，脚下一颤，随即便松开了双手。

南宫远趁机扬着头作色道："你总是这么不听人劝，一有不痛快的事，你就带回家里来发泄！你记住，以后你要真在外面惹出什么事来，别怪我到时候真不管你！"

吴天丽真给他的这副口气震住了，面上不由软了下来，连忙强颜赔笑，细问起前因后果来。

是夜，盖司回到自己的家中。他依旧沉浸在浓烈的幸福之中。浮想联翩，红霞似醉。黛罗的倩影总是浮现在他的眼前，怎么也挥之不去。他一边咂嘴舔唇地回想着她那可爱的小模样，一边盘算着该如何尽快将她收服在自己的帐下。正当他心花怒放地打着如意算盘，收到了吴天丽发过来的一条信息："据可靠消息，禽禧集团很可能要出事，你赶紧让那个殷红红到外面去躲一躲！"

盖司一惊非小，满心的花花点子顿时都被吓飞在了半天外。他振作了一下精神，连忙电话通知了殷红红。

很快，一个打扮入时、风尘气十足的年轻女人便迎风摆柳地来到了他家。

那女人进来，和他来了一个热烈的熊抱之后，便从自己的手袋中拿出一盘录像带来交给了他，满不在乎地说："如果真的出了什么事，就把这些贪官污吏都供出来，反正大家都是一条绳子上的蚂蚱，要出事，谁也跑不了！”

盖司脸色铁青地说：“你先到外面去躲一躲，等风声过了，我再通知你回来。”

殷红红听了这话，恨不得立刻生出一对翅膀来，马上就飞逃到大洋彼岸。但是，面上仍就作出花娇柳媚、依依不舍的情致来，表示要与他“同进退，共患难”。

这让盖司很感动，望着她柔声叫了声：“红红，”不免剖心挖肺地好言劝说了半天，最后，又将家中一个赃款存折郑重交给了她，让她仔细收起来，说等风声过后，再慢慢消化。说着，就要起身相送。

殷红红千娇百媚地偎在他的怀里，蜜里调油地向他说着绵绵情话，说自己对他是如何不舍。又说：“我马上就要走了，能不能回来，什么时候回来都还不知道呢……”

盖司被她挑逗得意兴大发，一把揽入怀中，抱上床去，一面宽衣解带，一面激情万丈地说：“好好好，临走前，我就再给你撒把好种子，让你带出国去给我精心培养着……红红，这是我欠你的，现在，我把一切都重新补偿给你……”

第十八章

鹊桥仙：诗歌中的誓言

颜渊问仁。子曰:“克己复礼为仁。一日克己复礼,天下归仁焉。为仁由己,而由人乎哉?”颜渊曰:“请问其目。”子曰:“非礼勿视,非礼勿听,非礼勿言,非礼勿动。”颜渊曰:“回虽不敏,请事斯语矣。”

——《论语》

经过一连串的刺激之后,北溟月终于咬牙下了决心,决定从此彻底放下这段根本不可能有任何回报的感情,再也不理南宫元宸了。但是,这种决心,终究没有多大价值的,不过三五天,她还是又想他想得不可遏制了。因为再三放心不下南宫元宸和秦黛罗,虽然,她几次隐约从南宫远和吴天丽那里听说,他们好像应该是一对亲手足。尽管如此,她的心中依然是疑云密布。难道,她不应该怀疑吗?她为什么就不能认为这是秦黛罗要出来的鬼花样呢?以前,她的密友元美也是南宫元宸的妹妹,她二人同学那么久，她是清清楚楚地看在眼里的，虽然他对元美也是关爱有加，但是，无论如何，他对元美之情，也绝对赶不上他如今对那秦黛罗的情深至重，那种疼到骨头里，爱到血液中的程度！所以，这让她怀疑，所谓的什么兄妹手足，完全有可能是他们害怕两家的门庭地位相差悬殊，故意使出来的障眼法，只是为了暂时蒙蔽大家而已。

于是，她这一次借口带着凌波去看舅舅，亲自找上门来，以见机行事，细察他二人之情。

不想，这时，东方樱西也正好在。此时，他正和黛罗攒在一处，热烈地讨论着什么。南宫元宸是一边接着电话，一边给她们开的门。见到凌波，他忍不住一把接了过去，向着她的小脸上狠狠地亲了一口，又向她点了点头，以手势招呼她进来坐下，自己则又坐回到客厅正中央那个大沙发上，继续接电话去了。

凌波此时虽然被舅舅抱在怀里，可是她一看到黛罗，就吵吵着让她抱。

南宫元宸便对着那电话匆匆应付了几句，急急挂断了。走过去把凌波送到了黛罗的怀里。凌波扑闪着眼睛问黛罗："小姨妈妈，我教你的心灵感应你学会了吗？"

大家都疑惑地看着她，南宫元宸刮着她的鼻头笑着问："小姨妈妈？这是什么称呼？是谁教你这么叫的？小姨就小姨，怎么还要加个'妈妈'？"

凌波说："干什么要别人教？当然是我自己想出来的啦！舅舅不是说，她是我的亲小姨吗？亲小姨就是妈妈的亲妹妹啊，小姨妈妈就是和妈妈一样的小姨啊！"

一番颇见道理的童言，把大家都逗笑了。

南宫元宸这时探头看见书桌上是一幅东方樱西刚刚用小楷写出的书法作品，见那上面的字写得实在好，就忍不住拿起来欣赏。原来，写的竟是他上次答应送给黛罗的那首被许多人讹传成是仓央嘉措的代表作《信徒》。于是，他便笑着直捣东方樱西的肩膀，一定要他改口叫自己大哥。黛罗和东方樱西的脸上便双双泛起了红潮。北溟月一见这情形，心中悬着的一块大石头总算"咣"地一下落了地。她心中真是又惊又喜，又悲又叹。这时，也禁不住假意捧起那诗作来看，眼睛虽然紧紧盯在那纸面上，心中想到的却是自己的这一段痴情苦恋，也不知道要到何时才能尘埃落定，最终有个结果，不由一时感怀悲伤，不觉已是泪水满眶。

南宫元宸见她这般感动，不禁由衷感叹起来："仓央嘉措真不愧是一代情诗圣手啊，他写的诗，真是很感人，让人看了，就忍不住要流泪，哪怕是硬让人讹传成的作品，也照样是这么经典！在西藏，有一个特别有趣的现象，大多数的人都说不出历代达赖喇嘛有哪些著作，却多少都能背出几句仓央嘉措的情诗来。"

东方樱西点着头说："是啊，无论古今，还是中外，仓央嘉措的情诗都绝对堪称上乘，足以与任何一首经典杰作相媲美。就算是这首被讹传成是他的代表作的《信徒》，相信，也没有人可以否定它的成就。曾经，有不少人跟我争论过，说，一位活佛，是不是应该有着和凡人一样的情感，更何况，是公开地以情诗的方式，唱出自己心中最真纯的感情？对此，我不想执着，我只是从心底里觉得，他的诗，让我感觉到的是一颗无比圣洁的灵魂里，涌动着一份多么高贵而又炽热的真情！有趣的是，同样是写情诗的霹雳圣手，这位活佛和清初第一词人纳兰性德的生活环境却正好相反，他们一个终日与晨钟暮鼓、青灯古佛相伴，却一心想要逃离那与世隔绝的禁苑高墙和清规戒律，以求得片刻的解放；一个生于温柔富贵之乡，身处繁华锦绣之地，然而心却游离于尘俗喧闹之外，写下了满篇的哀感顽艳之作！”

南宫元宸便热烈地激赏起来：“天下才有一石，仓央嘉措、纳兰性德共占八斗，东方樱西得一斗，天下共分一斗。”说罢，他自己先哈哈大笑了一阵之后，又无比惋惜地说，“真是可惜呀可惜，这位才华横溢、潇洒绝世的活佛，虽然有着和凡人一样的情感，但他天然仍旧是一个淡泊名利心志高远的超凡脱俗之人，只可惜，天妒英才，他圆寂之时只有25岁。而且，因为各种矛盾错综复杂的原因，布达拉宫里唯独没有这位六世达赖的灵塔。这到底是不是‘福因才折’，真是不得而知了！”

黛罗不禁被触动情感，便说：“我现在总算是明白了，为什么从古至今，越是那些才华出众的才子们，就越是命薄运乖，越是要历尽坎坷和悲辱了。原来，这都是他们咎由自取的结果。因为，是他们非要争先恐后、殚精竭虑地把这个浊恶的世界讴歌、描绘成一个无比美丽神圣之地，让人们沉迷、流连于其中，分辨不出真假，所以，他们就一定要为这作假和蒙蔽人心而付出巨大的代价！”

东方樱西和南宫元宸不觉大惊，一起怔忡地望向了她。他们都以为自己的耳朵出了问题。

这时北溟月也被激动情思，一时难以发付，便借着下厨去给大家做饭的机会，转身溜进了厨房。

南宫元宸喊了她几次都没有喊住，便一路跟了过去。谁知，又被她一把推了出来，说：“厨房不是你们男人该进来的地方！”

南宫元宸笑得满身乱颤，说："好家伙，这么贤惠的北溟姑娘，将来谁要是娶到了，那可真是太有福气了！"又隔着门对她说，"我看你还是别辛苦了，一会儿我们大家还是到外面去吃吧？"

北溟月在里面娇嗔道："外面的饭能总吃吗？平时外面有应酬，实在推不开，吃了也就吃了，也不可能总是为了图方便，一点儿也不顾惜自己的身体吧！"

正说着，黛罗也笑着赶了过来，帮她一起忙了起来。

晚上，回到外婆家中，凌波依旧沉浸在浓烈的幸福之中，开口闭口都是"小姨妈妈"。前来看她的盖司拧着眉毛问她："谁是'小姨妈妈'？"

凌波扑闪着眼睛说："黛罗小姨就是我的'小姨妈妈'呀！"又说，"爸爸，你见过我的'小姨妈妈'吗？她长得可漂亮了！她的睫毛可长啦！她长得就像芭比娃娃一样，穿的衣服和鞋也像！我还教她怎么做心灵感应了呢！"

盖司的面前便又立即浮现出那个娉婷袅娜的身影来，他忍不住将小女儿一把抱在怀里，下力气亲了几下，心花怒放地夸奖道："看看我家这小丫头，真是眼力惊人啊！"

他那里一得意忘形，早被心细如丝的吴天丽看了一个穿。她心中不觉一动："何不就怂恿这个花心的色狼去追求那个不知天高地厚的臭丫头呢？这臭小子别的本事没有，追女人的手段那可是天下无敌！他去追求那个臭丫头，然后，再把她带出国去，既解除了眼下赉禧集团所带来的麻烦，同时又为自己拔去了眼中钉，而让那个臭丫头一辈子落在盖司的手里，那么，她的下半辈子可就等于掉进了十八层地狱！哼哼，臭丫头，天堂有路你不走，地狱无门你闯进来！你可怪不了我了！"

于是，她微微一笑，不动声色地说："真是难得她竟和你们父女俩这么投缘！既然这样，不如你就把她娶回来给凌波真正做个'小姨妈妈'吧！"又皱着眉头叹息道，"不过，听说，那丫头现在好像正和那个东方樱西闹热恋，人家两个可是一对才子佳人，不知道，你是不是还有这个机会。"

盖司听了，十分自负地大笑了起来，一脸不屑地冷笑着说："区区一个东方樱西，一个平常的寒士，有什么了不起的？有点儿名声也只是虚名而已！在这个'金钱第一，能量第一'的时代里，他简直就什么也不是，哪里会是我的对手？想跟我竞争，那简直就是一个天大的笑话！"

吴天丽撇着嘴说："要嘴皮子没用，有本事，你马上就把人家追到手，带到我跟前来让我看看，你真要是那么有本事的话，我就把我在马来西亚的那套别墅送给你们当新房！"

盖司一听，大笑着说："那有什么难的，值得您送这么一份大礼？"接着便大声喊出了家里的保姆，让她把凌波带去她的房间，哄着她去睡觉。看着保姆远去的背影，他又转回头来，一脸癞相毕现地直问到吴天丽的脸上去了："怎么，是不是因为觉得自己年轻的时候做错了事，现在，就急着把我牺牲了，替您偿还冤债啊？"

吴天丽照着他的脸抽了一掌，又啐了一口，骂道："扯你妈的淡！"

盖司四下里扫了一眼，见满屋子里再无别人，便越发无耻起来，望着丈母娘嘻嘻笑道："你不就是我妈吗？"

吴天丽气得一怔，接着，竟"扑哧"一声，一个大巴掌又掷了过去。

盖司为了向吴天丽展示自己的魅力和手段，同时，也为了满自己的心愿，开始对黛罗处处用心留意，静观热望起来。之后，便展开了一系列的猛攻。然而，他功夫下了不少，心思几乎耗尽，他是客也请了，乖也卖了，殷勤也献了，钱也花了，甚至还趁着国庆长假爱屋及乌地一并邀请了她身边的东方樱西和南宫元宸，也一起到巴厘岛去旅游了一圈，总之，他是把世上所没有的一切办法都想了出来，用上了，也根本无济于事，那黛罗对他始终淡淡的，似乎并无半点反应。

最后，他实在被逼无奈，不得不发狠坐在电脑前，求助于当下男人们的绝妙宝典——《追女人三十六计》了。

他诚意殷殷地向那冷冰冰的电脑道出了自己的一腔真情：见到一女孩，惊异！惊艳！惊叹！眩晕！刻骨铭心！窥其行，美；观其貌，绝；探其心，好；问自心，爱；应该怎样对待？

答：誓必追之！

问：怎么才能势在必得？

答：用情如相如，策谋有绝招；感悟其中妙，美女怀中笑！请看——攻占篇：

一、打草惊蛇：引心仪之人注意（切记幅度不宜过大）

二、抛砖引玉:舍不得孩子套不来狼(切记砖要够红,够火热)

三、调虎离山:探伊之意,蒙其暂离故居(切记离家不宜过远)

四、借尸还魂:借一梦游之机,蜻蜓点水倾诉心声(切记言不易太露、太直)

五、欲擒故纵:先极其热切,再转为冷淡,静观其言谈(切记不易冷可结冰,否则前功尽弃)

六、擒贼擒王:讨未来岳父大人欢心(切记要不卑不亢,游刃有余)

回:已经全部用过了,不管用。

答:你可能有点惨,遇到了碉堡美人。那么请看——敌占篇:

一、笑里藏刀:人言常曰:"男人不坏,女人不爱。"坏坏的笑容最易打动伊人(切记,傻笑、呆笑、痴笑、弱智笑皆为败计)

二、隔岸观火:隔岸观之是为英雄"纠"(缠)美做铺垫。不必心急(切记时机把握要自行揣摩)

三、暗渡陈仓:如若追美者颇多,观其众人敲锣打鼓摇旗呐喊,藐其众人所为。劝君注一"暗"字(切记伊人若冰雪聪明,应该放弃此计)

四、李代桃僵:妻子如衣服,那是后话。现如今还没有穿于身上,故必时刻准备为伊提马牵镫,舍其身保其(爱)意

(切记代僵之心要坚决)

五、无中生有:讨其欢心,“没”自良心,用自苦心,表自真心(切记善意欺骗,佛祖老道耶稣基督皆睁一只眼闭一只眼不管矣)

六、顺手牵羊:爱伊人——对其全家皆好,尽心表自忠厚老实(切记装假者,伪善者,必败)

回:不行,不行,都不管用!!

答:还不行啊?再请看——混战篇:

一、远交近攻:拉拢腐蚀,威逼利诱,瓦解伊人身边之密友。成功之势不远矣(切记不可待伊人身边同性好过待伊人,免生麻烦)

二、釜底加薪:改为“加”字,加薪时意要诚,心要坦荡,口腹蜜饯(切记真话假话一齐上,当然要以现实为依据)

三、假道代虢:试问公子英雄救美为的是什么?假道代虢可以帮你达成心愿(切记英雄之姿态要展露无疑)

四、混水摸鱼:坐观众家追求者鏖战,按兵不动。硝烟弥漫之时,方可英雄“纠”美(切记拦腰锁玉带时要兼顾皮鞋,西装。眼光要深邃)

五、关门捉贼:携风流潇洒,雄辩口才,伟岸身躯,机敏头脑等——英雄气概设一终身倚靠之堡垒,伊人必不请自入。

六、金蝉脱壳:如伊人有意,带其远走他乡,《桃花园记》浪漫二人世界(切记谋生本领应兼顾)

再请看——并战篇：

一、偷梁换柱：频繁更换阵势，待伊麻痹大意换其精髓，而后图之（切记注意巧妙用此计）

二、旁敲侧击：爱伊必尽心包容其短，批评指正注意语气和方法（切记对伊智商心中要有数，如若美人为绣花枕头一个此计作废）

三、假痴不癫：明知故问，装傻装得恰到好处，迫伊说出内心所想（切记装傻时目光要呆滞，感情要逼真，万万不可面带笑意）

四、上屋抽梯：抽梯，断其后路，以防后备力量篡其权位（切记轻敌者必败）

五、树上开花：若君人单势孤，需拉拢伊人三亲六故，借局布势，力小势大，开花之日不远矣（切记势小不要紧，只要“主意”真，幸福你一个，亏了其他人）

六、反客为主：想为主，必先为客。保其客势越长远，则为主势越牢固（切记乘缝插心，遏伊主机，渐之进也）

回：不行，不行，都用过了，统统都不管用！！

答：啊？那就再请看……

回：不行！不行！！还是不管用！！！

答：还不行啊？那就请君“走为上计”，这说明伊人对君绝无爱意。建议：尽快撤兵走人，弃甲归田。撒油那拉（切记，永远不回头!)

回:骗子! 大骗子! 这是什么狗屁绝妙宝典? 你们居然还好意思收费这么高? 无耻!!!

答:此36计乃超然绝技,用心,用情,用爱专心者感悟其中奥秘必可成事。市井小人,泼皮无赖,大奸大恶之人不可探此精华。如若心志不足,定力不坚者以身尝试,走火入魔,本圣人概不负责!

盖司气得一拳砸向那电脑,又一把扯断了电源接头。他无限郁闷,左思右想,终于还是不能明白,像东方樱西那么一个百无一用的平常寒士,那么一块呆木头、大笨蛋,他究竟有什么过人之处? 竟能赢得秦黛罗那样纯洁的爱情! 他沸郁愁悴,长夜盘算,终于心中灵光闪动,又一妙计悄然出现。

这天周末,他借着凌波想见黛罗,再次大驾光临了南宫元宸的家。

碰巧,东方樱西和北溟月又都在。这时,大家正一起忙着把黛罗那几幅新装裱出来的书法作品,往客厅、书房里张挂。

盖司拿势作色地欣赏了一回,不禁跌足大叹起来:"黛罗这么有才华,又是这么才貌双全,你们怎么也不帮她炒作炒作呢? 真是太可惜了!"又说,"不捧不红! 现在很多的所谓名家,知道他们一开始都是怎么炒作自己的吗? 哈哈,说出来肯定吓你们一跳! 当初,他们还没出大名的时候,就拿着自己的钱,让提前找好的'托儿',在开画展的当天,当着各路高人名士,高价或者天价买走自己的作品! 这样一来,一经媒体报道,他们的身价自然而然就跟着炒作上去了。而结果,不过也就损失一点点'税费'而已，而他们从此就摇身一变，成了身价百倍的大名家了，只管坐在家里出名、收钱就是了！更有甚者，知道那个大名鼎鼎的林狂生吧？他的画现在已经炒作到一平尺20万的天价了，不过你们大概并不知道，其实他本人根本就不会画画，可人家脑子聪明呀，因为在北京跟一些官员的关系不错，就回老家去忽悠那些清贫了一辈子的穷画家们，把那些土老冒们的作品骗来，说是送给领导们看看能不能入领导们的法眼，将来也好发慈悲提携一下大家。结果，一下就拿回来多少字画！听说上了火车，还有人追着又给他送来两麻袋，不带都不行！你们说有什么办法？就这样，回来后，他就挑出一批好作品来，统统署上他自己的名，盖上了他自己的章，那些东西就成了他送给领导们的大礼了！现在，就是这么一个欺世盗名之徒，一下子就红成了这样！我的一个朋友那里有他不少作品，那天拿出来给我看，我一看，好家伙，那些作品的风格也相差得太远了，哪会是出自同一个人之手？后来一打听，才知道，那个林某人从来不当着别人的面写字作画，还美其名曰，说是什么'个人特色'！再后来细一打听，才总算让人给拆了一个穿！你们想想，就连他那样的草包都能名满天下了，像咱们黛罗这样的才华，那还不早该闻名世界，享誉全球了呀？"

东方樱西听了，笑着说："纵使青史岳山厚，多少无名胜有名！一个人最重要的是认清自己的价值，实在没有必要去和别人计较那些虚名虚利的事！"

盖司脱口说了声："傻子！"又义形于色地说，"什么无名胜有名，什么虚名虚利？依我看，该出名时就出名！既然有才华，又何必白白把自己淹没在人群里，非得等到死了几百年以后，再被后人发现,轰抬出来追思膜拜呢？真要是那样,那到底又有什么实际意义呢？就算那个时候,后人把你推崇成了神,那又跟你本人有什么真正的关系呢？"

说着话,他看见小女儿又深情无限地伸出小手去触碰黛罗的脸,一会又翘起小指去捏她的睫毛,勾着她再三垂下头来,和她亲昵在了一处……便越发态度坚定地表示,他就算不为别人,也要为了自己的小女儿,马上给黛罗妹妹隆重策划、召开一个书画展,到时候,他要把全中国最尖端的书画大家都一并邀请来,专门为黛罗妹妹做陪衬。

他办事情快人快马,马上就拧着眉毛筹划起了具体方案。先说出了几位到时要出席盛会的重要人物的名字,让东方樱西帮着他一一记录了下来。又初步定下了盛会的具体时间和地点。接着,拿出自己的手机,在电话记录簿里翻找着那些当下最顶尖的书画大家的名字,之后,分别给他们拨去了电话,口吐莲花地说了一番来龙去脉。

拨完最后一个电话时,他喜上眉梢地说:"这不是很容易就都搞定了吗？"又神色凝重地吩咐东方樱西,让他一定要仔细记录下来到时候谁应该带多大的精品出席,又打电话给他的秘书,让他立刻以最快的速度,拿出最高品位的眼光,买 30 张最高质量的请柬,送到南宫元宸在西山美庐的别墅里来。一切就绪,他喜之不尽地说,"到时候,就等着看我们黛罗妹妹的惊艳登场,给媒体和亿万观众一个巨大的惊喜吧！我敢保证,这次的书画展一定会让我们的黛罗妹妹迅速走红！"

他这无限高昂的情绪,把几个原本懒心无肠之人的情绪也都调动了起来。只有黛罗本人,不知所然,只觉眼前茫茫的一片,不知是真是幻。

接下来的两天里,盖司便有事无事地指挥起东方樱西来。一会儿让他按照自己提供的地址,亲自把请柬送到各个书画名家的住处,并嘱咐他,一定要记得跟老先生们说清楚,因为这次举办的将是一次最高水准的书画展,所有出席的嘉宾们都会拿到重金和重酬,所以,请他们出席时,务必要带上自己的至少一幅精品书法或者画作前去。如果有哪位老先生愿意提前把作品拿出来,那么,就先由他负责收好。

这天,他又以书画泰斗呼延夜泊老先生由于身体不便,展览的当天可能不能亲临现场,需要东方樱西亲自到他的画寓,把他为展览当天准备的贺礼——自己的一幅精品画作拿回来,负责收好。东方樱西连连答应着,一下了班,就匆匆赶往了老先生在陶然亭附近的住处。顺利交接好事情之后,东方樱西忽然想起,他姑姑东方明珠的新家就在附近,便准备顺便过去看一看她。谁知,竟又碰上了铁将军把门。他打她的手机,不料,那个号码竟又已经作废了。他便靠在姑姑家的门上,揣度着她很可能又出去豪赌去了。一时间,多少思绪竞相涌上心头……

东方樱西猜得没错。东方明珠此时正在聚众豪赌。生活的苦难让她把一切都看淡了,她的处世原则就是人生得意须尽欢,该尽情享受时就要尽情享受,怎么善待自己都不算过分。为此,她从不拼命。为工作,为男人都太不[illegible]。至于后辈子侄,她就更是看得开了,常常开口闭口地教育别人:“儿孙自有儿孙福,莫为儿孙做马牛!”她的泼辣张狂的性格,注定她一生都不可能安静地守在家中过平淡的日子。她就喜欢在喧闹、吵嚷、烟雾弥漫和男人们粗野的说笑中度日，一旦她哪天安静了下来，那么，不是生病，就是把自己输得精光了。

这晚，东方明珠彻夜豪赌，终于输了个底朝天。她眼睛熬得通红，心里急得火星乱迸，越输越想赢，越捞越亏本，最后，终于被人赶下了赌桌，又被几个一脸横肉的人赶来当场抓住，让她立刻偿还从前欠下的赌债。否则，他们将对她不客气，先划了她的脸，明天再放火烧她的房子！东方明珠此时扯着一张泼天海口，只管号叫起来。那情形，简直与老母猪被宰杀毫无二致。就在她砰砰以头撞墙，满地撒泼打滚之时，其中一个逼债人面目狰狞地向她提醒了一句："你不用在这里哭穷卖疯，我们知道你侄子那里有天价的名人字画，如果你实在拿不出钱来，就把那些字画拿出来抵账！记住，只给你一天时间，到时候你要再敢耍花招，你就是自掘坟墓！"说罢，一脚将她踢出了赌场的大门。

东方明珠这时如同得了救命稻草一般，不顾一切地翻身爬起，忙忙如丧家之犬，惶惶如漏网之鱼，一路向着侄子的住处狂奔而去。到了樱西的家门口，她不忘先到附近的美容美发店去，把自己清洗打理了一番。然后，才给侄儿拨去电话，一口一个"心肝宝贝儿"地叫着，通知他到某某美容店来为自己付款。

不一时，东方樱西果然如约而至。然而，让她万没想到的是，当她春风满面地挽着侄子的胳膊和他一起走进他家之时，竟一眼看见，那个妖精一样的秦黛罗竟然也在。东方明珠一生憎恶男人，更加憎恶年轻漂亮的女人，尤其是对于那些美得出奇的年轻女孩子，她就更是恨得咬牙切齿。如果可能的话，她第一件事情就是要毫不留情地将她们一举殄灭！这种女人硌得她牙疼，让她见了就浑身上下说不出有多么的不舒服。加上，她又想起了前不久，在樱西的单位门口遇到的那场尴尬事来，那次，自己可算是在这个毛丫头的手里落下了短处。于是，她一进门就没给黛罗一个好眼色。先从一路上的见闻骂起，到现在的世道人心，乃至整个宇宙的变迁，天气的不正常，再到东方樱西的自幼多灾多病，和她为了他牺牲掉了的将近大半生的美好时光……聒噪得樱西和黛罗面面相觑，头痛耳热。黛罗给她倒茶，她嫌茶水太热。给她拿果汁，她又嫌太腻。给她听音乐，她说像地狱里跑出来了一群鬼。给看电视，她又忿忿地大骂："这群香港王八，这也不知道演的是什么！一放还挺长，整整一天看下来，鬼怪妖魔一片乱叫！到最后，谁死埋谁都不知道！"

最后，她总算把黛罗逼得立脚不住，不得不先告辞走了。樱西跟出去送黛罗的时候，她才总算露出了一丝笑意："好好送送人家！"

结果，樱西、黛罗前脚刚走出门去，她就赶紧将房门从里面反锁起来，然后，直奔樱西的书房，四下里翻寻起她所要的东西来。尽管，她不断连声安慰着自己说："就连他樱西的命都可以说是我给的，现在拿他一点东西去救命，有什么不妥？"可她心底深处还是明白，这种行为实在与盗窃无别。因而，她还是心虚出了一身的汗水。最后，终于给她在几个收拾得整整齐齐的大信封里找到了几张名人字画。她心头砰砰一阵乱跳，当机立断地从那个里面同时放着几幅作品的信封中，抽出两张来迅速装进了自己的手袋，之后，深呼着气，又将那些信封小心翼翼地放回到了原地。

第十九章

富贵金屋:放妻书

“须菩提！若有人以满无量阿僧祇世界七宝持用布施，若有善男子、善女人发菩提心者，持于此经，乃至四句偈等，受持读诵，为人演说，其福胜彼。云何为人演说，不取于相，如如不动。何以故？”

“一切有为法，如梦幻泡影，如露亦如电，应作如是观。”

——《金刚经》

“中国琅苑仙葩暨秦黛罗书画展”于中国现代文学馆隆重召开了。蜚声中外的书画大家，各军政、文艺界重要领导均应邀莅临开幕式现场。开幕式由盖司和中国当下一位最红的中央电视台女主持人共同主持。女主持人首先向大家介绍了各位出席的嘉宾名单。当所有的来宾们知道如此一个盛大隆重的书画展竟是给一位只有二十几岁的年轻姑娘举办的，顿时一片哗然。而秦黛罗的闪亮登场，瞬时就成了全场注目的焦点。应邀而来的几十家在京媒体照相机的镁光灯瞬时闪成一片，展厅里响起一片经久不息的掌声。来宾们纷纷大竖拇指，交口称赞。说这将又是一颗冉冉升起的艺坛新星。

接着，盖司代表此次活动的主办方，向开幕式致开幕辞并作了重要的讲话：

尊敬的各位领导、各位来宾：

大家好！在这硕果累累、孕育着无限希望的金秋时节，“中国琅苑仙葩暨秦黛罗书画展”经过无数个日日夜夜的准备和辛勤耕耘，终于带着成熟的果实和大家见面了。在此，我谨代表中国琅苑仙葩书苑对这次书画展的成功举办表示衷心的祝贺！向出席今天开幕式的各位书画大家、各军政、文艺界的重要领导表示崇高的敬意和热忱的欢迎！向所有为这次书画展付出辛勤劳动的工作人员和所有到场的来宾们表示诚挚的谢意！

我们中国的书画艺术，在长期的历史发展中，形成了在世界上独树一帜的民族艺术。就书法而论，我国的书法是“情动形言取会风骚之意，阴舒阳惨本乎天地之心”的艺术。而西方国家则不同，他们的文字书写技巧，没有绘画与书画相通的认识。而中国的书画艺术则互为影响，到了元明时期，更涉及以文学、诗歌作为创作命意的补充与发展，同时，还通过各种雅谑、机趣，给观者以启迪和感悟。书画艺术不仅赏心悦性，陶冶情操，而且对于净化社会风气，提高人的素质居功甚伟。此次参展的书法作品，有天分绝高、古意盎然的梅花篆体,有风骨掩尽诸家的行草。绘画作品内容更是涉及人物、山水、花鸟等多种题材,奇思妙想,笔墨淋漓,思力绝人,具有很强的观赏性和艺术感染力!

这次的书画展得到了书画界各位泰斗、名家和各界领导的高度赞誉和肯定,就连蜚声世界的书画界泰斗呼延夜泊老先生,也特意为这次书画展送来了一幅28平尺的精品力作……

此时,台下顿时响起了雷鸣般的掌声。盖司面色从容,举止优雅地伸出双手示意大家安静,接着说:

这是一幅尚未完成的作品,我们的本意,是由呼延夜泊老先生和秦黛罗女士共同领衔,与今天所有出席这次盛会的各位书画界名家共同联手创作、完成这幅稀世珍品的,但是由于夜泊老先生身体不适,今天不能亲自出席的原因,所以,今天就由秦黛罗女士领衔,与各位名家共同完成这幅书画珍品!让我们拭目以待!我相信,这次书画展的成功举办,对于弘扬中华民族优秀传统文化,加强书画爱好者间的交流与合作,进一步提高大家对书画艺术的整体水平,必将起到积极的促进作用。

最后,预祝此次书画展圆满成功!

在一片近乎沸腾的掌声中,那些坐在主席台上的书画名家们才幡然醒悟过来:原来,人家以重金邀请他们到这里来,就是为了用他们闪光的名字来哄抬面前这个年轻的姑娘！咳，虽然知道有些上了当，可是，毕竟拿了人家的手短。此时，也不好说什么了，只有硬着头皮上了。

当所有的名家们都气宇轩昂地站在了那张指定的大桌子前，准备一展风采之时，一向稳沉持重的东方樱西竟急得满头大汗直冒，四下里向周围的工作人员打听，问他们有没有谁动过自己的这些信封？见所有的人都惶惑地摇头，一致说没有。他又再次将那些大信封一一翻找起来，后来，竟把里面所有的字画都统统拿出来堆在了桌子上，让大家一起帮着他找那幅只画了七分之一的28平尺的画作。

会场的秩序很快就骚乱起来。人们交头接耳、议论纷纷，说是会场里，众目睽睽之下，竟把一幅名人字画不翼而飞了！各媒体记者更是借势，把个东方樱西裹住，各种凌厉的问题雪片般的纷纷向他砸来。

“幸亏幸亏啊！”那些原本心怀不满的名家们一见竟有如此喜出望外的转变，一个个心情大好，不禁纷纷为此而感激东方樱西入于骨髓。

盖司好像这时才发现出了问题，三步并作两步地赶上前来，询问了起来。他一听说现场偏偏丢了那张重头画作，不禁仰面跌足，半晌不语，气得脸色蜡黄。于是，就有人陆续围上前来劝他不要太着急，又纷纷抱怨东方樱西做事情太马虎大意，又说，书呆子就不可以托付大事！

盖司总算是为人灵转，善于变通。片刻的尴尬之后，很快便又开始妙语如珠、挥霍指示起来，不一时，一切便又恢复了秩序。

东方樱西一个人踝躞在那张大桌子的后面，郁闷万分，有口难言。他不顾众人的规劝，主动向警方报了警。

警方当即派出数名稳健干练的干警出动，认真而细致地做了一番调查记录。

总体来说，这次的书画展总算不负重望，圆满地画上了句号。

书画展结束，按原计划，南宫元宸要在五洲大酒店隆重宴请一些至交好友以为再次庆贺。

东方樱西因为心中烦恼，难以释怀，便借故推辞，一个人闷闷地回家去了。

晚宴开始前，南宫远、吴天丽也带着小凌波赶来了。

一阵觥筹交错之后，有人说起了今天书画展现场丢失了名人字画之事。其他人尤可，吴天丽在听明白来龙去脉之后，顿时竖着眉毛教训起盖司和南宫元宸来："那种运气不好，十分不祥的人，是不能和他合作做大事的！他会连你们的好运也一并影响的，知道吗？"又盯着南宫元宸说，"尤其是你，这么多年了，身边有多少威名赫赫的人物你不交往，偏偏跟这么一个胸无大志、上不了台面的人从早到晚纠缠在一起，一到关键时候他就给你出尽洋相！真是岂有此理！"

南宫元宸重重叹息了一声，分辨道："这件事情哪能怪樱西呢？为了这次的书画展，他上上下下忙得四脚朝天，即便一时有什么闪失，那也是情理之中的事。更何况，会展现场去了那么的多人，人多手杂，他一个人又怎么可能完全照顾得过来呢？"

吴天丽撇着嘴，深不以为然地再三数落起来。南宫元宸虽然心中十分气恼，但是也不好和她正面反驳。黛罗在一旁听得火星乱迸，气急难耐之下，终于一怒而起，铮铮言道："首先声明，我就是一个胸无大志的人！原本，我也并不想开什么书画展的，我并不想借助一些附加手段来标榜什么所谓的身价，然后，再利用这些去做一些恬不知耻、瞒天过海、仗势凌人的勾当，我只想做一个清清白白的普通人，平平淡淡地过日子！现在，却为了这么一件微不足道的小事，平白无故带累了一个天底下最是志行高洁的好人，这真是让我觉得无比的可笑！"说罢，她便不顾众人，忿忿地拂袖离去了。又一次当众恶狠狠地给了吴天丽一个大大的难堪。

南宫元宸和盖司见状，连忙快步追了上去。

小凌波在后面急得直叫："小姨妈妈！"眼看就要哭了出来，北溟月只好一把将她抱起，也跟着一起追了出去。

原本热热闹闹的一桌人，现在一下子去了一半。吴天丽坐在那里气得呼哧呼哧直喘气，一张黄脸变成了绿脸，已经陷入半疯状态。

酒店外，众人陆续追上了黛罗。黛罗只得好言安抚了一阵已经泪眼婆娑的凌波，说自己眼下有很重要的事情要去办，让她听话先乖乖回家，然后，又与她约定，今晚 10 点，她将准时与她一起做"心灵感应"。说罢，又将自己的两只手合拢，做了一个"心"的形状，贴在自己的心口，然后，痛痛地喊着："凌波，我——爱——你！凌波，我——想——你！"

凌波终于被她逗得咧着嘴巴笑了，又伸出小指和她拉了勾。

之后，黛罗坐上了南宫元宸的车去找东方樱西。车子开出一段距离之后，黛罗忽然忍不住去问南宫元宸："你觉得凌波爸爸这个人怎么样？"

南宫元宸沉默了一阵，说："他啊，是一个在你面前绝不说你坏，在你背后绝不说你好的人！"

"哦。"黛罗点了点头，陷入了沉思。

这里，北溟月抱着凌波，眼睁睁地看着南宫元宸的车子渐渐远去，在盖司的几番提醒之下，才想起重新返回了酒店。

当他们一行人再次返出酒店之时，凌波已经在北溟月的怀里睡熟了。大家不忍心惊了她的好梦，相互轻言轻语地各自上了车。

路上，盖司一口一声"月妹妹"的叫着，再三向她感谢不尽。一再表示要先送她回家。

北溟月微微一笑说："说什么傻话，还是先把凌波送回姥姥家再说吧。"

盖司这时在一片闪闪烁烁的灯光下，忍不住再三觑眼去看她，竟忽然发现她今天简直就是美若天仙。不由得激动情思，乜斜着眼睛再三问她，为什么会这么宠爱凌波，是不是因为喜欢她爸爸的缘故？

北溟月被他问得一怔，随即放下脸来啐了一口，骂了声："无耻，"又骂了声"臭流氓。"

盖司只管嘻嘻地在反光镜里望着她，这时越发露出一脸无耻之相来："呵呵，我是流氓，你是怎么知道的啊？其实你们这些漂亮的女孩子啊最喜欢做作了，平心而论，你们哪个人心里不希望男人对你们流氓？真要是每个男人都和南宫元宸一样，像块木头似的，你才真要偷偷地大哭呢！"

北溟月顿时沉下脸来，回思了一回他的话，脸上越发下不来，想要喝令他停车，又怕惊了凌波。少不得把心横了，再不与他搭腔，任凭他再怎么信口开河、胡言乱语，她连个耳朵都不给他。车子一到南宫远家楼下，她轻轻把凌波往车座上一放，自己就跳下车去，也不去和南宫远夫妇打招呼，便径自走人了。

这里，吴天丽走下车来，茫茫地望着渐渐消失在夜色中的北溟月的背影，忍不住摇头叹气道："今天这都是怎么了？好好的人怎么都像是撞上鬼了呢？"

半夜里，盖司突然又接到了北溟月打来的电话。她在电话那端简直就没有什么铺陈，开门见山地就问他："盖司，请你告诉我，元美真的是因为得了胃癌，才……选择那样离开的吗？"

盖司那刚刚升起的万丈色心，顿时被她这冰冷的话语打击得懒心无肠了："不然，你以为是怎么样的呢？"

"我以为，她的死，很可能并没有那么简单！"

盖司发出一串狂笑："是吗？你还真是聪明呀，唔，我就喜欢聪明而又感情真挚的姑娘！怎么样，你想知道内情吗？那你现在就过来，我保证一个字也不会对你隐瞒，全都告诉你……"他还要继续往下说，那端却传来一阵"嘟嘟"的声音。

转天，黛罗下班刚走出学校大门，盖司早已开着他那辆豪华的轿车等候待发了。只是，就在他准备打开车门迎上去的时候，竟一眼看见南宫元宸也开着他那辆本特利赶到了。结果，他只有眼睁睁看着心仪的美人坐上了别人的车，一路远去。他无可奈何地喟叹一声，简直就到了无法排遣的地步。

此后一连多少天，他都坚持前来守候。然而，每次不是让南宫元宸抢了先，就是被那东方樱西靠了前。而他，每次都是带着满腔的热望而来，结果却落得一场扫兴，只能对着伊人的倩影悬悬而望。一连多少天来，无论白天还是夜晚，他的眼里，脑海里，都不断闪现着黛罗的音容。哦，她是那么迷人，一双大眼睛水汪汪的像刚刚酿就的葡萄酒，看一眼就能把人醉倒！哦，她怎么会这么迷人，她怎么能这么迷人！

这一天，在他的苦思冥想之下，终于让他不露痕迹地安排出一场巧遇。

一路之上，他心花怒放，狂喜难抑，兴奋得简直不知今昔何昔！他笑声朗朗，前试后探，揣度其意，终于让他知道，面前这个楚楚动人，仙风傲骨的妙人儿，竟然对吴天丽的一举一动充满了无限的兴趣和好奇。既然如此，他又怎么能不投其所好，在她面前倾心吐胆地大道特说一番呢？

他只顾自己信口痛快，哪里知道黛罗是何其冰雪聪明，竟早已在不动声色之间，探听到了那吴天丽利用权势贪污受贿、瞒天过海、打击异己的一桩桩的鬼蜮内幕了。

现在，他们终于找到了一家安静的茶楼坐了下来。之前，他们一连去了两家酒店和咖啡厅，不想，那里面已经有人认出了黛罗，很多人都争相跑上前来让她签名，一时纠缠不休，所以他们只好又退了出来。

此时，黛罗一边凝神静听，一边亲自给他的杯子里添水，她那温柔可爱的举止，让他只觉得一股热血，激荡在胸腔。猝然间，他的眼前已是一片眩惑……他冲动得几乎要忘乎所以，差点儿就将理智彻底丧失殆尽了。

幸而这时黛罗的手机响了，她接起来，叫了声："樱西"，说："我今天有点儿事情，就不和你们一起吃晚饭了。好，再见。"

盖司万万没有料到，竟会有这样大的收获，一提起那个老太婆吴天丽来，黛罗好像一辈子都听不够似的，现在，为了她，她居然把那东方樱西都抛在了一边！

盖司毕竟老于花丛，深知如何才能使自己达到最终目的。于是，从此，他时时不忘对黛罗投其所好，将那吴天丽从前所做之秘事，循序渐进、毫无保留地透露给了她。甚至，就连吴天丽自己都不知道的事情，也被他口吐莲花地说了出来。

这天，他又别出心裁地为黛罗安排了一场晚宴。宴席安排得颇见心思，是烛光晚餐，旁边还有乐手拉着曼妙的乐曲。

在闪闪烁烁的烛光下，在妙音袅袅、不绝如缕的乐曲中，盖司终于试探着向她发出了信号："你知道吗，凌波特别喜欢你。除了她妈妈之外，她好像还从来没有这么喜欢过一个人。"

"我也很喜欢她，她很可爱。"

"一直以来，我都尊重既有学问，又感情真挚的人。漂亮的女孩子见多了，从来没见过像你这么可爱的。"

也就那么巧，他的话音未落，居然迎面走来了南宫元宸和北溟月。原来，今天是北溟月的生日，她软语温存、颇下了一番功夫，才把南宫元宸哄到这里来共进晚餐的。

众人相见，分外惊诧，分外脸红。南宫元宸虽然并不知道，四个人里，只有他一个人是真心来吃饭的。但是，他在看了盖司那副做贼心虚的样子之后，还是十分生气，借着跟他一起上洗手间的机会，他郑重向他提醒，让他不要对黛罗抱有任何不切实际的幻想，因为她和东方樱西才是真正的心心相印。东方樱西对黛罗情深至重，世间无人可及！

奈何，盖司罔顾这正直的忠告。他自以为，自己对黛罗的热爱之情，也是世间无人可及的。

南宫元宸愤怒之下，以手点着他的鼻头说："盖司，你给我听好了，我已经有一个妹妹死在你的手里了，我决不可能再让黛罗栽在你的手里！"说罢，大踏步转身回去，一把拉起黛罗，来了一个不告而辞。

北溟月又急又痛地怒瞪了盖司一眼，连忙追了出去。

本来是两场花好月圆的美事，竟就此宣告云散风流了。

就在这天晚上，东方明珠因携巨款聚众赌博，被警方当场抓获。

审讯过程中，警方问她哪里来的那么多钱？东方明珠眨了眨眼睛说："我侄儿给的！"又咕哝着说，"管得着吗？"

警察面色肃然，继续讯问："你侄子是谁？"

"东方樱西！文化名人！在国家教育部上班！"

结果，转天，便有派出所的同志亲自找到了东方樱西的单位，说是有一件重要的案子，要请他去配合调查。东方樱西周围的同事们顿时一片慌乱四顾，人人都诧异得说不出话来。

后来，甚至于惊动了单位领导亲自出面询问，一听原委，真是震耳欲聋。原来是警方联系上了上次"中国琅苑仙葩暨秦黛罗书画展"现场丢了名人字画的案子，怀疑东方樱西是监守自盗，贼喊捉贼，所以要被调查。此言一出，四下里顿时一片哗然。有些同事交头接耳、议论纷纷了一阵之后，深怕遭到波及，竟走的走，溜的溜，一会儿工夫就散去了大半。

在派出所里，与警方的一番问答之后，东方樱西才总算最终明白了事情的来龙去脉。他这才幡然醒悟，原来，那两张不翼而飞的名人字画，竟是在他的家里时，就已经被他的姑姑偷偷拿出去将一幅抵了赌债，另一幅换了钱，而她手里一旦有了钱，便又拿去没日没夜地豪赌去了，结果，被警察当场抓获，讯问赌资来源之时，她这个好姑姑就义无返顾地把他这个侄子拿出来推在了刀尖火口上，她只顾急着自己脱身，却完全不考虑他这个侄子，只是一个普通的国家公务员，即使一年不吃不喝，也不可能一下子拿给她那么多的钱，让她去豪赌……想到这里，他不禁满脸苍白了。他无言以对警察的铮铮讯问。

后来，他向警方要求见一见自己的姑姑，却没有得到允许。

南宫元宸和黛罗得到消息后，如同被轰了魂魄一般。当他们赶到那家派出所时，却只见到了东方明珠。她这时一见了他们，话未出口，已经哭成了一堆烂泥。她抓着南宫元宸的手，一行数落一行哭诉，诉说着自己的命运是如何悲惨，自己当初是如何辛苦不易，才终于把侄儿培养成人，没有功劳，也有苦劳！当初，为了他，自己放弃了多少条件优厚的人家，为了他，自己这样的一个人材，竟然一辈子都没有嫁人！现在，他出了这样的事，让她这个当姑姑的该怎么办呢？

南宫元宸强忍着聒噪，将她抚慰了几句，连忙向负责案件的警察了解着情况。

结果，被那位面色肃然的警察告知：几经调查和讯问，已经证实，东方樱西就是监守自盗，在一系列铁一般的证据面前，他犯罪的事实,已经不容置疑!

黛罗几乎被这些话当场轰倒,只剩下面无人色地呼呼喘气了。

此消息一经传出,别人那里尤可,吴天丽这里又已经炸开了锅。她吊起一双眼睛,只管把东方樱西贬损起来,一个神宝旷世的青年才俊被她数落得体无完肤,简直再无半点可取之处了。接着,她又埋怨南宫元宸不识人,又对着南宫远大骂黛罗有眼无珠,简直就是瞎了眼睛!哪知骂声未绝,也就那么巧,黛罗竟给她打来了电话。她在电话里听到黛罗的声音,很是吃了一惊,她万万没有想到,她会主动给自己打来电话。她更加不知道,她是何时,又是从哪里居然知道了自己的这个手机号码的。她正要趁机摆出长辈的威风,将她教育一番,就听黛罗在电话那端以十分冷峻的口吻对她说,自己现在就在她家楼下,请她下来一趟。又说,事关重大,所以请她最好不要带着任何人,否则万一闹出什么不可收拾的局面来,她将概不负责。

吴天丽拿着电话发了一回呆,她实在想不出这个黄毛丫头会为了什么大事来找自己,但是,听她那口气,好像并不是在和自己开玩笑。难道,她是为了东方樱西的事情?如果是那样的话,她就该向自己低三下四、低声下气地苦苦相求才是,又怎么会是那样一副冷冰冰的态度呢?管它呢?她自信,无论是什么事情,她都不会受制于她这样一个乳臭未干黄毛丫头的。究竟是什么事情,只要她心情好,马上下去,那不很快就会水落石出了吗?可是,她偏不。她偏不马上走下去,她就是要摆出政府高官和长辈的万丈威风来,把那个不知天高地厚的黄毛丫头好好晾一晾,狠狠杀一杀她的锐气！

因而，她这一抖威风，竟足足耽搁了半个小时之久。秦黛罗的身体里毕竟流着贵族的血液，虽然此时的心里早已是惊涛裂岸了，面上依旧表现得波澜不惊。

黛罗这时见了她，简直没有半点铺陈，冷着脸从自己的手袋里拿出一盘录像带来，在她眼前晃了晃说："这里面，十分详细地记录着赟禧集团的总经理殷红红和一些官员们联手贪赃枉法、荒淫糜烂的全过程，甚至，也包括你这位在很多贿赂者面前一直'刚正不阿'，却在和某人的激情之夜过后，把国家的财物一举变成了某人的私人钱库的女领导的犯罪事实……"

吴天丽的脸色顿时惨然大变，像是被一道霹雳击中，像是突然失去了脊梁一般……她浑身颤抖，眼中因为气恨冒着火，一时间，惊诧、悲愤、恐慌、羞恨、痛楚一起涌上心头，像一把大火，熊熊将她燃烧起来。她圆睁着一双眼睛，怔忡地看着面前的这个丫头，一时之间简直分不清她到底是人还是妖了。

黛罗看着她，目光坚定地说："我这次来找你，就是要和你做一个交换。这次，东方樱西无故受到冤枉，你得帮忙想办法，保证让他平安无事，那么，这盘录像带我就交给你，任凭你自己怎么去处理。如何？"

吴天丽目光呆滞、神情激愤地听着她的一字一句，她何曾会想到，自己一个平日里威风八面的政府女官，此时，竟然要听命于这样一个毛丫头的调遣摆布！现在，她看着她那决绝的眼神，那是在告诉她，她必须要在"行"与"不行"之间做出选择，无论那有多么让她为难！她木然地站立在萧瑟的秋风里，仿佛眼前的一切,都是在梦里。她迎着黛罗那咄咄的逼视,最后,不得不惨白着脸说出一句:“东方樱西自己都承认犯了罪,我又怎么可能保证他平安无事呢?”

黛罗一听,心中的怒火腾地一下升了起来:“如果他那样的人会犯罪,那么,你们这些人早该被枪毙一千次一万次了!总之,我知道你有的是通天的手段和本事!解决这点小事,对你来说,那简直就是易如反掌的事情!反正,我言至于此,一切,都看你的了!如果到时候,你不能保证东方樱西平安无事的出来,那么,你放心,我那里的那盘录像带才是原版,到时候,我就把它直接寄到中纪委去!”说罢,她头也不回地径自走了。

留下吴天丽一个人在那里急痛交煎,好似万箭穿心一般。

许久之后,她才想起来迈着沉重的步伐返身走回家里去了。不期,正好又和迎面匆匆而来的南宫远撞在了一处。此时,她正在怒中,一见到南宫远,心中的万丈怒火顿时汹汹如裂岸惊涛般的爆发出来,她指着他的鼻头,从他的祖先开始骂起,大骂他的祖宗是狐妖野狗交媾成精,并无人伦风化的结果!之后,一路大刀阔斧,横冲直撞,针针见血,直奔要害地骂过来,一直骂到他和王端因,说他们是一对狼狈为奸,贻害人间,具备世间所有败类的特性的狗男女!大骂南宫家族是一群自私自利、冷酷无情、心黑如漆的畜生!即使把冥界的业镜拿来高高悬挂,也难以照透他们那偏颇不正,狠如毒蝎的心肠!他们骗她含辛茹苦白白替他们养大了儿子,可是南宫元宸现在却对她是一片虚情假意!又大骂黛罗豺狼野心,潜包祸谋,是圣母峰雪人的弃婴,化粪池堵塞的凶手!

她心底那股子蕴藏丰富的力量一旦翻滚上来，简直就是泱泱不尽，层出不穷。整整大骂了一个小时之久，居然不带重样的。南宫远被她骂得体无完肤，勃然变色，一时竟恨不得找条地缝钻进去才好。她在那里依旧骂得收不住嘴，一字一口血的大骂黛罗就是王端因不散的阴魂，是专门来祸害她，要她命的恶鬼妖魅！

最后，南宫远被她骂得实在立脚不住，阴冷着一张富贵逼人的脸膛，拿起衣服，又要离去。

吴天丽一见他又要故伎重演，心中怒火难禁，猛然扑上前去，伸出两只手来又要拨住他的头颅，哪知南宫远这次早有准备，一个急闪身，让她扑了个空。这下，吴天丽当下便陷入了全疯状态，瞪着眼睛怪叫一声，满屋子将他追逐起来，又蹦又跳地和他拼起命来了。她几乎疯了一样，见自己几次捉他不住，就把家里一通乱砸起来。正不可开交，门铃急促地响了起来，二人这才纷纷一怔，住了手。

南宫远连忙整了整衣襟，从猫眼里一看，原来是家里的保姆带着凌波从超市里买东西回来了。

保姆一进家门，吃惊非小。她惶惑地看了看南宫远，又望了望吴天丽，心里便猜到了八九分。

凌波毕竟是小孩子心性，并没有看出其中的机关。她这时的两只小手里拿满了好吃的东西，一路眉花眼笑地欢叫着“外婆”，兴奋无比地向着吴天丽的怀中猛扑了过去。也不知吴天丽是因为刚才的一场恶吵恶闹，耗尽了全部的力气，还是什么其他的原因，这时竟被凌波撞了一个趔趄，险些一头栽倒在地。

这更使她气上加气了，她一手点在凌波的头上，嘴里絮絮聒聒地将她埋怨起来。凌波只顾扑闪着一双细眼高兴了，根本没有听见她说什么。这时，她一眼看见外婆的嘴角爆起了一处皮，大概觉得很是有碍观瞻，就翘起小手来一把扯了下去。

她毕竟是小孩子，手上没轻没重的，这一把扯下去，吴天丽的嘴角立刻就被撕裂了，紧接着，那个地方就渗出了一片血迹。吴天丽只感到一阵钻心的疼痛，怪叫一声，盛怒之下，一把将凌波狠狠地扔进了沙发角里。只听"咚"地一声，凌波那鼓梆梆的后脑勺就和坚硬的沙发扶手撞在了一处，顿时把她哭得就要背过了气去。保姆一见，吓得脸都黄了，连忙奔过去将她抱起来再三哄劝着。

南宫远简直被吴天丽这灭绝人性的举止惊呆了，以前，无论她对自己，对他周围的人是如何跋扈无理，他总算还能容忍，可是，让他万万没有想到的是，她现在居然对一个已经没有了亲娘的小孩子——自己的外孙女都是这般毒狼一般的冷酷残忍，他不禁浑身冒出冷汗来，这个女人真是太可怕了，他简直再也不能容忍了！

这晚，他前思后想，愁悴沸郁，竟蓦然想到了某位唐人的一纸"放妻书"来：

盖说夫妻之缘，恩深义重，论谈共被之因，结誓悠远。凡为夫妇之因，前世三生结缘，始配今生夫妇，若结缘不合，比是怨家，故来相对。妻则一言数口，夫则反目生嫌，似猫鼠相憎，如狼羊一处。既以二心不同，难归一意，快会及诸亲各还本道，愿妻娘子相离之后，重梳蝉鬓，美扫娥眉，巧逞窈窕之姿，选聘高官之主。解怨释结，更莫相憎。一别两宽，更生欢喜……伏愿娘子千秋万岁！

他辗转反侧，长夜盘算，终于硬起心肠，下定决心要与这个鸱枭一的女人离婚，从此和她彻底断绝一切关系。

第二十章

举世滔滔：群萌长寝

往有商人贷他半钱久不得偿。即便往债前有大河。雇他两钱然后得渡。到彼往债竟不得见。来还渡河复雇两钱。为半钱债而失四钱。兼有道路疲劳乏困。所债甚少所失极多。果被众人之所怪笑。世人亦尔。要少名利致毁大行。苟容己身不顾礼义。现受恶名后得苦报。

——《百喻经——债半钱喻》

转天，由于吴天丽亲自出面过问了东方樱西的事，在她的一番明指暗示之下，案情很快便发生了新的变化，不久，东方樱西便被无罪释放了出来。她忙完了这件事，又恶狠狠地找到盖司，汹汹将他盘问起来。大骂他成事不足败事有余，是一个癞狗都不如的、只知道鸡鸣狗盗的淫狼色鬼，一个十足的酒囊饭袋！直把盖司骂得目光发直、如坠万丈迷雾一般，她才把黛罗给她的那盘录像带重重地摔在了他的面前。

盖司先是一怔，直到他将那盘录像带拿起来，拿去播放，才如梦初醒，原来，那竟是殷红红临出去避难前留给自己的“救命法宝”。可是，尽管如此，他依然不能知道，此时，这盘带子怎么竟会落在吴天丽的手上？

于是，他便再三向她询问起来。

吴天丽一见他到了这个时候，居然还被完全蒙在鼓里，不由急怒交迸，气急难耐之下，她左右开弓，一连怒掴了他几个大耳光，汹汹向他咆哮道：“这是秦黛罗拿给我的，用来换回她的情郎东方樱西平安无事的条件！你这条扶不起来的癞狗，让人家卖了还在那里帮着数钱呢！”

盖司听了，如同被轰了魂魄一般。他脸色惨白，目光阴暗，内心哗哗淌着血……他恶思冥想了许久，才终于想起，那盘带子是那天被小凌波无意间乱抓乱带到了他的车上去的，他发现后，着实吓了一跳，连忙收在车子最里面的小抽屉里了。可是，究竟是怎么竟被黛罗最终发现，并拿了去的，他真是想破了脑袋也想不出来！除非，她一开始跟他接近，就是抱着某种不可告人的目的，就是处心积虑地专门等着抓他的把柄和漏洞的……是啊！难怪，那些天里，她天天变着法儿地向他打听吴天丽的各种消息呢！他当时还自作多情地以为，是自己的口才出奇好，本人又足够魅力，所以才会那么深地吸引了她！咳，他此时真是懊恼极了，他万万没想到，自己打了一辈子鹰，今天竟然被鹰啄了眼！他自信，他一生从来没有真心爱过一个女人，在他看来，现在，满世界的女人们早已经都变成了金钱和权力的奴隶，早就愚蠢得比母猪更可杀了！就算是他的发妻南宫元美最终为他而死，或者被他活活逼死，甚至，就算她在临死前，还给他这个让她活不下去的丈夫粉饰太平，插上了美丽的孔雀羽毛，想尽办法替他脱罪掩饰，结果又怎么样呢？她真正感动他了吗？他依旧是照样该吃吃，该玩玩，照样风流潇洒，处处留情，夜夜作新郎！就算是那个美艳无敌，有本事放倒一片贪官的红颜杀手——殷红红，从19岁开始，就把自己所有的一切都毫无保留地奉献给了他，又能怎么样？他不照样还是为了事业的发展，最终像扔掉一块破抹布一样地将她抛弃，转而和能带给他荣华富贵的南宫元美结了婚吗？可是，秦黛罗啊秦黛罗！为什么自从遇到你，我一生信奉的价值观就都全部动摇，被彻底颠覆了呢？我从来没有真心爱过任何女人，但我却不能不爱你！这个世界上我只想爱你，只想把我所有的爱，毫无保留地全部奉献出来！可惜你根本就不稀罕，你居然利用我对你的一片真情厚意，来迷惑我，来蒙蔽我，去救那个东方樱西！你居然敢如此践踏我对你的一片真忱！你真是伤透了我的心！东方樱西那个十足没用的大笨蛋，那块呆木头，他究竟有什么过人之处，他到底有什么好？为什么他竟能赢得你这样纯洁的爱情！秦黛罗，你到底是一个仙女还是妖精？还是你从魔鬼那里学来了什么法术？为什么，自从遇到了你，我就中毒中得这么深，变得这么鬼迷心窍，难以自拔了呢？秦黛罗啊秦黛罗，你这个不幸落入凡尘的小仙女，就凭你的那点小手段，你还想要报复吴天丽这只老狐狸？哈哈哈，如果我不赶紧找到你，死死地把你保护起来，你一定会让这个老毒妇弄得死无葬身之地的！黛罗啊黛罗，我知道，你的前世一定是个仙女，仙女来到这个污浊的世界上，只能注定没有前途，惨淡一生和深受伤害，对不对！因为伤害受得太重了，所以，你就想要发狠来做个妖精，报复一切，是不是？哈哈，秦黛罗啊秦黛罗，连你自己都不知道，都不了解你自己！像你这样的人，是怎么也不可能真正修炼成妖精的！现在，只有让我来找到你，好好地保护你了！

吴天丽见他到了此时，依旧是一副死猪不怕开水烫的赖样子，不禁恨得咬牙切齿，肝胆俱裂，一时真恨不能将其食肉寝皮，焚骨扬灰。她又将他汹汹怒骂了一阵之后，转身噔噔噔下楼去了。

她满心急痛，怒恨交加，一路盘算着该如何神不知，鬼不觉地惩治那个不知天高地厚的黄毛丫头，她简直越想越邪，越思越猛恶。终于，让她想出了一条又狠又辣，又万无一失的毒计来。谁知，一回到家，尚未待她喘息，就接到了南宫远的一份"离婚协议书"。她顿时颜色大变，将那离婚协议从头看了一遍，浑身的血液便轰轰地涌了上来，她前思后想一番，觉得自己简直从头至尾就是一个被人愚弄的小丑，一只看台上任人戏耍的猴子！她满脸阴云，怒恨交织，心底的万丈恶怒终于引发为一场惊天怒吼，她甩开一张泼天海口，这通声与泪俱、声震屋瓦的声讨与控诉，简直汹汹如翻江倒海，地陷天塌！接着，她又不能自制地冲上前去，和南宫远拼起命来！恶战的结果：一个金碧辉煌的家，霎时间成了重灾现场，满屋子满眼的狼藉殄悴，狗跳鸡飞……足足几个小时之后，好容易在保姆胆战心惊的劝阻、搀扶之下进了卧室，吴天丽依旧恶怒万丈，气愤难平。一边将衣服四下里乱甩乱掷，一边波澜翻涌着丈夫对自己的决绝，而他刚才在她走进卧室之前，嘴角挂着的那抹冷笑，更是让她胆战心惊、不寒而栗！他那是在嘲笑她的无能和无耻吗？还是在自嘲？他那是终于承认了自己当初让混沌蒙蔽了眼睛，才不顾她是被别人几度吃剩的残羹冷炙，且一向就是个水性杨花，根本就不知道廉耻为何物的下贱女人，同时更是一个贪婪冷酷，少信寡恩，穷奢极欲，简直就是一个完全失去人格支撑的心理变态者，但又集权力于一身的国之蛀虫吗？哦！男人！这就是男人的本相！我他妈的全心全意、不遗余力、剖心挖肝甚至铤而走险地为你们，成全你们，到头来，就是让你们一个个白眼狼、狗畜生一样的对我，骂我，鄙视和嘲讽我吗?！什么他妈的政府要员，名流精英！统统都是一群自私自利、冷酷无情、心黑如漆的畜生！你们表面上一个个道貌岸然，正人君子，背地里，又有哪个不是包藏着深不可测的鬼蜮祸心，不是逮着机会就要鼠窃狗偷、偷嘴吃腥的？这世界上的哪个女人不是忠心希冀真情的？她们为你们哭泣悲伤，拈酸惹醋，挖空心思，忍屈受辱，做牛做马，吃尽千辛万苦！到头来却被你们奸骗利诱，鄙视玩弄，玩够了，就破鞋、瘟疫一般的丢弃在一边！你们这群薄情寡义、心曲如钩的混蛋畜生，即使把冥界的业镜拿来高高悬挂，也难以照透你们那偏颇不正，狠如毒蝎的伪君子的心！

吴天丽心中怒潮激荡，一生的悲痛仇恨涌现在顷刻之间，以致，这满腔的激怒愤恨，颠倒惊怖，几下里夹攻着，终于使她病倒了。

东方樱西虽然平安获释了，可是，就在当天，黛罗却神秘失踪了。她身边所有的人，都发了疯一般的四处寻找她，可是却没有半点音信。

南宫远听到消息，急得老泪纵横。他想起就在几个小时之前，他还亲自找到了黛罗，问她此次随她哥哥一起来北京的真正目的，到底是不是只是为了报复吴天丽而来？甚至，还有他这个父亲也在内？

黛罗并不回避，铮铮言道："你不是一直想要认女儿吗？你不是说我是你的亲生女儿吗？我这样别有用心，心狠手辣，才正好不使你这个当爸爸的蒙羞啊！"

他如闻惊雷，眼中顿时充满了泪水，他无限惊惶，几乎是充满了乞求地向她说："好孩子，不管我们上一代人之间究竟发生了什么，那毕竟已经是过去的事情了，我已经知道自己错了，我已经在用我全部的余生来忏悔了！孩子，你就不要再这么紧紧抓住那些过去的恩怨不放了，好吗？你是一个天性善良的好孩子，你，万不该被心中的仇恨冲昏了头脑，把私仇凌驾于大义之上啊！"

黛罗冷笑着对他说："你真是说的比唱的都好听，真不愧是颠倒黑白、混淆视听的一把好手！就算我真像你说的那般，是被心中的仇恨冲昏了头脑，把私仇凌驾在了大义之上，又怎么样？我不妨告诉你，我好过，善良过，可是到头来，我险些被逼得立足无地！不但我好过，我的两个妈妈，她们又有哪个不好，又有哪个不善良？可是，她们的结局却告诉我，这个世道，好人和善良的人是没有什么前途的！要想有前途，就要首先把自己的良心扔掉，向你和吴天丽这样的人学习！"

他的脸瞬间便惨白了，像遭了雷击一般，像忽然失去了脊梁一般。他感到一种从未有过的失望和虚弱，心中激荡着万语千言，却一个字也说不出来，整个人仿佛一下子就苍老了几十岁！

父女二人就那么僵持、对峙了一阵，最后，两个人都掉下了眼泪。

后来，黛罗终于哽咽着对他说："是的，我这次来北京的真正目的，就是要报复那个吴天丽的！所以，我才会选择住在我哥哥那里！现在，一切都该结束了，所以，我今天下午就会搬出西山美庐，去过我自己该过的生活！"

说罢，她便头也不回地走了。

难道，她真的是一个人搬到外边去住了吗？可是，据儿子说，她根本就没有带走自己的半点随身物品啊！她的学校里，都整整一天了，也没有人看见过她的人影……蓦地，他想到了吴天丽，那个本性凶残，手段毒辣，有仇必报的老女人，难道，是她已经向黛罗下了毒手吗？难怪她会跟自己装病，原来她那是此地无银三百两，是在跟他声东击西，是故意让他麻痹大意，掉以轻心的！想到这里，他浑身的寒毛都竖了起来，一种不祥的预感直挫进他的灵魂深处去了。他转身拔腿就没命地向着吴天丽的卧室冲了进去，一把将她从床上揪了起来，眼红喉急地向她质问着黛罗的下落。

哪知，吴天丽这时已经病到了浑身如绵，满口胡话的地步，南宫远见了，只当她是和自己作戏，激怒之下，险些没有将这个威赫一世的女人一把掐死。

盖司的又一秘密别墅里。

富豪的 F1 住宅，3000 多平米的超大户型是时下别墅中的航母，奢侈品中的奢侈品。室内功能布局气派豪华，拥有尊贵双弧形楼梯，奢华地下游泳池，四周有千亩以上生态绿化带簇拥，周边配套设施一应俱全。

黛罗浑身缠满了胶带，被反绑在一把欧式坐椅上。

盖司此时满心沸腾，面色激动地站在她的面前，向她表白着自己的拳拳心意：我盖某人一生从来没有真心爱上过一个女人，在我看来，现在，满世界的女人们早已经都变成了金钱和权力的奴隶，早就愚蠢得比母猪更可杀了！就算是凌波的妈妈，她给了我荣华富贵和锦绣前程，又怎么样？哈哈，那个蠢女人！她为了感动我，为了让我回心转意，居然能想出假装得了晚期胃癌，害怕痛苦而吞服安眠药的办法来把自己了结了！可就算是这样，她就能感动得了我吗？哈哈，笑话！她从来就没有真正走到过我的心里来，我和她的夫妻情缘，说到底，只不过是我为了证实我个人的能力的一块跳板而已！她以为她出身富贵，人又长得不错，又会唱几首莺莺燕燕的歌，加上懂得一点狗屁西洋乐，她就拥有了一切可以牛气的资本，就可以完全赢得一个男人的心，就能让我盖某人一辈子只把一双深情的眼睛盯在她的身上，一辈子只钟情于她一个人了吗？呵呵，做梦！我在外面找个把女人她就委屈得想要去死！那就去死好了！我是半点也不会觉得可惜，我不会为她流下一滴真心的眼泪！她死了，大家都在可怜她，叹息她，可是，又有谁知道我内心的痛苦？你知不知道，对于一个胸怀大志、豪情冲天的男人来说，这一生，如果遇不到让自己真正倾心的女人，不能轰轰烈烈真爱一场，那才是真正天大的悲哀！那样的男人，就算有一千次一万次的情感经历，也只能是一个精神太监和精神乞丐！

那个有本事放倒一片贪官的红颜杀手——殷红红，怎么样？

够闻名遐迩、神通广大,加貌美如花了吧?她从19岁开始,就把自己所有的一切都毫无保留地奉献给了我,可是又能怎么样?我照样还是为了自己的光明前途,最终像扔掉一块破抹布一样地把她扔掉了!我和南宫元美结婚的头一天晚上,她抱着我们刚刚才出生了三天的孩子前来找我,结果,你猜怎么样?最后,她殷红红在绝望之下,当着我的面,亲手掐死了那个孩子!然后,我们两个人一起到了郊外,就用四只手,给那孩子挖了个坑,把他给埋了。从那天以后,殷红红总算把自己给活明白了,她总算知道了"女人可以靠美貌活得精彩,而男人,有了权力就有了一切",更加知道了"比钱更重要的是权"!因为活明白了,所以,从此她就摇身一变,成了一个攻无不克,战无不胜,所向披靡的红颜杀手!知道她在出逃之前带走了多少钱吗?整整4个亿!哈哈哈,这一切都应该是我盖某人的功劳,如果没有我的一手栽培,她一个整天里只会对着一个男人哭哭啼啼,撒娇作痴的傻丫头怎么会有这么惊人的成就?!可就算是这样,她终其一生,也只能做我盖某人的一个地下情妇而已!可是,秦黛罗啊秦黛罗,为什么自从遇到你,我一生信奉的价值观就都全部动摇,被彻底颠覆了呢?我从来没有真心爱过任何女人,但我却不能不爱你!是你让我终于知道,这个世上还有着像你这么可爱的女人!在这个世界上我只想爱你,只想把我所有的爱,毫无保留地全部奉献出来!可惜你根本就不稀罕,你居然利用我对你的一片真情厚意,来迷惑我,来蒙蔽我,去救那个东方樱西!你居然敢如此践踏我对你的一片真忱!你真是伤透了我的心!东方樱西那个十足没用的大笨蛋,那块呆木头,他究竟有什么过人之处,他到底有什么好?我一个小小的计谋，就轻而易举地骗倒了他们姑侄俩，还让那个蠢猪一样的肥婆娘上演了一回“舍子救己”的好戏！哈哈哈，说到底，东方樱西那个书呆子他怎么能配得上你？他又到底能给得起你什么呢？可他为什么竟能赢得你的真心，你为什么偏偏就对那么一个人情有独钟，而却枉费我对你的一片厚意真情呢?！秦黛罗，你到底是一个仙女还是妖精？还是你从魔鬼那里学来了什么法术？为什么，自从遇到了你，我就中毒中得这么深，变得这么鬼迷心窍，难以自拔了呢？秦黛罗啊秦黛罗，你这个不幸落入凡尘的小仙女，就凭你的那点小手段，你还想要报复吴天丽这只老狐狸？哈哈哈，如果不是让我及时找到了你，这样死死地把你保护起来，你现在一定早让那个老毒妇治得身首异处了！黛罗啊黛罗，我知道，你的前世一定是个仙女，仙女来到这个污浊的世界上，只能注定没有前途，惨淡一生和深受伤害，对不对！因为伤害受得太重了，所以，你就想要发狠来做个妖精，报复一切，是不是？哈哈，秦黛罗啊秦黛罗，连你自己都不知道，都不了解你自己！像你这样的人，是怎么也不可能真正修炼成妖精的！现在，你只有躲在我的怀抱里，让我来好好保护你了！

说着话，他激动情感，忍不住俯下身去，用自己的脸贴着她鲜洁如雪的脸，由衷感叹起来：“哦，好光滑，好香啊！这才是真正的女人的味道，还是我的小凌波独具慧眼，我们父女俩居然一起爱上了你！啧啧啧，这就是缘分！我一直相信，人和人之间，有多大的缘分，就做多大的事情。我对你的这份感情，才是真正的深入骨髓的爱情！”说着话，他忘乎所以地指着自己的心脏，说，“我这里有个位置，一直空着，从来没有人真正走进来过，现在，我请你接受,求你作我的心上人!你愿不愿意呢?”

说罢,他才猛然想起来,此时,黛罗的嘴也被他用胶带封上了。他连忙动手去揭那胶带,一边情难自抑地说:“我一定要让你亲口说你爱我,我一定要亲耳听你对我说出这句话来!好了,现在,你可以说话了,说,对我说你爱我!说你爱我!”

哪知,话音未落,竟被黛罗一口啐在脸上,怒瞪着骂道:“你这个无耻的败类!你们这群无耻的蛀虫!这个世界就是因为有着像你们这样的败类和蛀虫,才会这样的污秽横流,污浊遍地!只有把你们全部铲除了,天下才会真正的和谐太平!

盖司被她骂得心如火烧,激怒不已,发狠将她连人带椅子一把掀翻在地上,借着酒劲儿抡起手来想要狠狠抽她几巴掌,让她老实。可是,就在那一刻,他突然撞到了她那双幽黑的眸子,看到了她那双水汪汪的、看一眼就能把人醉倒的大眼睛了,他心中顿时一阵沸腾,随即,眼里一阵刺痛起来。最后,他深抽了一口气,终于还是没舍得打下去。

然后,他无限深情地将她连那椅子一起重新扶了起来,情深至重,犯病一般的对她说:“我从来没有真心爱过任何女人,但我却不能不爱你!你知道吗,在这个世界上我只想爱你,只想把我所有的爱,毫无保留地全部奉献出来!可惜你根本就不稀罕,你为什么就那么不稀罕我对你的这一片真情呢?你知不知道,你现在得罪的是吴天丽!你把篓子捅大了!你没事干什么不好,为什么非要去碰那盘录像带呢?你知道吗,那盘录像带一旦被泄露出去,那得有多少人会跟着一起完蛋吗?吴天丽现在要弄死你,那简直就比踩死一只蚂蚁还容易!你说,你这么惹她,她不弄死你她弄死谁?! 现在,你就只有躲在我的怀抱里,在我的庇佑之下,你才能保证自己平安无事! 黛罗,我是真的爱你呀! 我发誓,我盖司这一辈子都没有像现在这样,对一个女人这么动过心! 黛罗,我知道,我有感觉,我对你这么好,你不可能对我完全没有一点点感觉的,对吗? 在你的心里,是不是也有那么一点点开始喜欢我了? 黛罗,说,我让你亲口对我说出来,说你爱我! 说你爱我!"说着话,他就满心沸腾地吻向了她。

黛罗惊叫一声,用尽全身的力气拼命反抗着,激烈的反抗中,她的嘴角不知撞在了何处,鲜血顿时股股地流了下来。

盖司见状,立即变色改容,心疼无限地跳了起来,四下里抓来了餐巾纸,半跪在她的面前,连声向她说着:"对不起对不起! 黛罗,实在对不起!"

黛罗已经失踪了整整五天四夜。最后,濒临崩溃的东方樱西和南宫远父子,以及众位警察,总算在盖司的那座秘密花园别墅的楼下找到了她。此时,她已是面无人色,气若游丝,瘫在一片骇人的血泊之中,眼中已是恍恍惚惚的不能认人了。盖司直挺挺地躺在她的身边不远处,此时已经摔得脑浆迸裂,全然无幸了。

东方樱西惊呼一声,全身好似爆裂一般,接着,他便用尽全身力气向前冲杀过去,怎奈,却被众警察死死地阻断在现场外面。

南宫元宸看着眼前的景象,顿时省悟:原来,竟是盖司这个人面兽心的败类企图对黛罗不轨,最终导致了这样的惨事! 他满脸激愤,满眼充血,泪水唰地流了满脸。南宫远更是急痛交迸,五内如焚。他脸色惨白地看着那个倒在血泊中的、已经奄奄一息的女儿，心如刀绞地看着她被众警察七手八脚地抬上救护车……他胸间一阵气血上涌，蓦然想到，正是因为自己当年的不负责任和过度迷恋权势，才一手导致了她不幸的人生，使她一来到这个人世，就没有了亲生母亲，然后，一直那么无根草一般的漂泊在与他这个亲生父亲相距十万八千里之外的地方！他从来就没有对她尽过半点当父亲的责任！而今，他们好不容易才算父女团聚，他才正沉浸在意外得回娇女的极度喜悦之中，他还没来得及真正关心、爱护她一下啊！老天爷！有什么报应罪过，就都冲着我来吧！千万不要报应在我无辜的孩子身上啊！他在哀痛欲绝之中，满眼的老泪纵横，簌簌地滚落了一身。

黛罗被送到医院急救，被医院告知：患者因心脏挫伤，左心室前壁和心尖部已形成两个室壁瘤，同时伴有外伤性肌部室间隔缺损，室壁瘤部分的心室壁仅有1毫米厚，随时都会有因心脏破裂而死亡的可能。并且，因为失血过多，需要立即输血。而患者的血型又是极为罕见的Rh阴性O型血，这种血型只能输同样的血，否则，将后果严重，不堪设想。情况紧急，不容耽搁，东方樱西和南宫远父子这时都恨不能牺牲自己，以换回黛罗的重生，纷纷要求医生先抽自己的血，拿去化验。

化验的结果，东方樱西和南宫元宸的血型竟都与黛罗的血型完全吻合。于是，他二人很快便被推进了手术室。

输血完毕，他们面色苍白地被推出了重症室。手术室里再次开始了争分夺秒的抢救，几位权威专家采用放置心包引流等措施，以观后效。不料，到了第二天，黛罗的病情不但没有好转，反而越发加重了。

这样的结果，让所有的权威专家们都皱起了眉头。在病房外面等候消息的病人家属更是黯然销魂，寸心欲碎了。他们惶惑地仰天长叹一阵，又彼此茫茫地对望着，内心都宛如有千百把钢刀在绞剜一般。现在，他们只有乞望老天保佑，佛祖慈悲了。

就在当天下午，东方樱西被单位领导万分火急地告知，如果他在今天规定的时间内还不准时回到单位的话，那么，就是等于他主动向单位提出辞职，他以后就不用再来单位上班了。因为单位将于今天开始全方位调整改革，各位员工从今天起，不得以任何借口请假和擅自离开岗位，必须要把全部精力都投入到新一轮的岗位竞聘中去，否则，谁要是通不过这次的考核，下岗了，那就是自作自受，单位将概不负责！

当他在南宫元宸的一再催促之下，面色苍白地走进单位办公室时，单位领导已经面色肃然地在主持召开重要会议了。

东方樱西在下面听得懒心无肠，他心中一片混乱，他现在只一心记挂着黛罗的安危，其他的任何事情都根本无法引起他的重视。结果，会议刚开到一半，他便要起身离去。不想，就在他才刚打开会议室房门的一刹那，竟然从斜刺里冲上来两个满脸横肉的男人来，见了他，分外眼红，不容分说，将他团团裹住，甚至于出言不逊，吵嚷着让他马上把东方明珠骗他们的钱还给他们，否则，他们将对他不客气！后来，他们的嗓门越来越大，甚至于要当场动武，一边还铮铮扬言，要到法院去告他！

在堂堂的国家教育部的办公大楼里，居然胆敢闯进如此的无赖刁民闹事，真是亘古未有的奇事。他们的吵闹，很快便惊动了会议室里的全体人员。单位领导不禁皱着眉头，亲自出来查看，以观究竟。当他一见到眼前的阵势,真是震怒万分。一声令下,喊来了门卫,强行止息了干戈。那二人在被强行拉走之际,还一蹦三跳地回过头来汹汹嚷道:"你堂堂国家教育部的公务员,你好意思赖我们的血汗钱吗?你姑姑当初从我们手里借钱,是几次把我们领到你单位的楼下,用你作了担保的!你在这么气派的地方上班,原来就是为了替你姑姑在外面好骗人的吗?我呸!你是什么狗屁文化名人……"

单位领导直听得满脸的肌肉都抽搐了起来,他首先血晶铁韵、厉色铮言地将门卫教训起来:"你们这些人一天到晚到底在干些什么?居然把这样的人都放进来!把他们都给我带到保安室,好好审问清楚!"

之后,他将一道冷冷的目光射在了东方樱西的身上,也是他天命难逃,该有此劫,偏偏在这个节骨眼撞在了枪口上。加上前不久发生的那次影响恶劣的丢字画的事件,可谓在短短的时间内,他这已经是一连两次给单位里惹来了麻烦,严重损害了单位名誉。于是,这位领导大人在满腔气愤之下,返身回去,匆匆一场会议,连继续让他参加竞聘的机会都没有给他,就让他从此下岗了。

当他再次返回医院的时候,黛罗已经在接受新一轮的高难度、高风险的抢救了。经过医生们近10个小时的精心抢救,这次的手术总算大获成功了。只是,由于黛罗受伤比较严重,此时虽然已经完全脱离了生命危险,但是整个人尚在昏迷之中,还需要进一步的精心治疗和调理。

第二十一章

琉璃净土：真耶幻耶

善男子，末世众生不得成道，由有无始自他憎爱，一切种子，故未解脱，若复有人观彼怨家，如己父母，心无有二，即除诸病，于诸法中自他憎爱，亦复如是。

善男子，末世众生欲求圆觉，应当发心作如是言，尽于虚空一切众生，我皆令入究竟圆觉，于圆觉中无取觉者，除彼我人一切诸相，如是发心，不堕邪见。

——《圆觉经》

黛罗在病床上这一躺，就是整整三个月。等她痊愈之时，一切都已经恍若隔世了。她感觉自己像是沉沉地睡了一个世纪之久，仿佛自己已是重新投胎，再次为人了。之前的一切罗仇绮恨，已经全部被淹没在上个世纪之中了。

有人总喜欢用一生一世，或者一辈子来说事，殊不知，三个月的时间，就足够决定一些人一生的命运了。

在她昏睡的这段时间里，由于那盘录像带的最终的被发现和曝光，警方已成功破获了那起以賨禧集团为首的行贿受贿、贪污腐败的惊天大案。令人们震惊的是，吴天丽一手栽培起来的好姑爷盖司，竟然靠着区区一个殷红红，不仅把多名重要官员拉下了水，还挪用了近21亿的国家资金为己所用。此事一经披露，各地群众的震惊和愤怒，犹如烈焰腾空。几个罪大恶极的当事人，自然法网难逃。令人可惊的是，那个平日里威风赫赫的主犯吴天丽，也许是连日来深受各种惊恐沉重，因而再也禁不住这次的崩溃，承受不起这样致命的打击，所以，还没有等到法院的正式宣判，她就已经一命垂危了！更为可叹的是，她在临死前，全身像是触了电一般地剧烈抽搐着，嘴里一股一股地往外喷吐着白沫，最后，竟然还不忘直着脖子叫嚷着："领导干部就要以身作则，应当永无休止地教化人民，广泛而又宽容地保护人民的利益……"

然而，在她死后，她生前的那些下属们仍在忿忿地往外揭发着她的五奸十罪：说她一生如何贪婪糜烂，利用手中职权大肆谋私，好色的手段和方法也是五花八门，为了满足自己的淫欲，竟然多次以外出考察的名义，专门指定年轻、英俊的基层男性单独跟随她前往外地。在异地他乡，她更是玩得花样百出，不惜花重金营造销魂氛围，然后便如胶似漆，似水如鱼地向英俊下属作出性暗示。聪明的"上钩"者们回到单位后就会迅速被提拔和重用，对于不识相的或者"过分老实"的下属，她会以"有待磨练"等理由让他们升职无望，打入另册。又说她具备一个败类的全部特点——冷酷无耻，少信寡恩，穷奢极欲！简直就是一个完全失去人格支撑的心理变态者，一个十足的国之蛀虫，可谓罄竹难书，死有余辜！

好在，经过警方连番的严密调查，南宫远父子虽然近在咫尺，却也都被蒙在鼓中，且从来不曾参与他们的一切违纪交易。所以，名声和钱财虽然不免受到了一些波及和损失，但人却都落得一个平安无事。南宫元宸虽然自打知道自己的身世之后，心里不免对吴天丽多了几分怨恨之情，从此与她隔起心来，然而，当他亲眼目睹了她临死前的那种惨相之时，倒又想起了她从前待她的种种好处来，那似水的流年顿时向眼底滔滔地逼来。他还是忍不住大哭了一场。

黛罗这时沉沉地睁开了眼睛，一时只觉得眼前一片灼白。她只得重新闭上了眼睛，然后，再次慢慢地睁开。这回，她发现自己躺在一张雪白的床上，床前陈设着各种复杂的仪器。对面，是两张熟悉而疲惫的面孔——她的生父南宫远和哥哥南宫元宸。此时，他们正纷纷以手撑着头，东倒西歪地打着瞌睡。旁边，还有北溟月在忙碌着……她闪烁着眼睛，心中静静地回思起来……终于，她的脑海里浮现出一个惊人的画面：那天，在盖司的别墅里，她在万般无奈之下，只得假意向他屈服，以图先获得自由。盖司见状，兴奋得几乎发了狂，连忙将她团团解释开来。她刚一脱身，即没命地向着房门冲了过去，怎奈，任凭她使出全身的力气，那房门竟是纹丝未动。这时，她看见盖司面目狰狞地向自己扑了过来，情急之下，她慌不择路，拼命向着楼顶的阳台上冲了过去，盖司在后面吓得一阵呜哩哇啦地乱嚷乱叫，紧紧逼来，她当时心中混乱一片，只求立即逃脱魔掌，然而，不及细想，那盖司已经发狂一般的赶上前来，一把死死地捉住了她的一只胳膊，她使尽全身气力与他挣斗，挣扎之中，一脚踩空，她便失足掉了下去……啊！

是这样，我现在是住进了医院！她的一双大眼睛闪闪烁烁的，再次四下里环顾起来，她在寻找着那个她此时最想看到的人——东方樱西。是的，尽管她尚不知道自己这一睡，就是近一百天的时间，但是，她却恍恍惚惚地感觉到，这段日子以来，东方樱西一直都在寸步不离地守护着她，照顾着她，一直都不断地在她的耳边向自己诉说着殷殷心语，即使她闭着眼睛，也已经看见了他那憔悴不堪的样子，挂了满脸的泪痕，已经不成人样了。

这时，北溟月在回过头来的一刹那，一眼瞥见了她那双美目居然异采涟涟、眸光闪动地睁了开来，不由得心头一震。然后，她欣喜万分地唤醒了南宫元宸父子，四人相对，八行热泪顿时滚滚而下。

一阵喜极而泣之后，黛罗终于向他们问起了东方樱西，问他现在在哪里，是不是为了照顾她而累倒了？说她在这段昏睡的日子里，一直都能听见他在自己的耳边不断地跟自己说话。

南宫元宸听了，眼中一阵刺痛。然后，他咬着牙向她说："他单位里昨天派他出国学习去了，"又说，"你的感觉没错，在你昏迷的这三个月里，樱西一直都在请假，一直都在这里寸步不离地照顾着你。因为他们单位目前正在进行全方位的调整改革，竞争很激烈，如果他再抓不住这次最后的出国学习的机会的话，他以后……恐怕，在单位里都很难立足了……"他尽量不让自己流露出悲苦之情，顿了顿，又说，"真是可惜，真想不到，竟然只差一天，他就能亲眼看到你醒过来了！他昨天接到单位的通知后，非常不安，说单位领导说，此次学习任务非常艰巨，不但需要很长一段时间，而且，是全封闭式的，不能轻易与外界联系沟通。他再三犹豫,再三不安地找到我,跟我说,他实在不想去了。后来,还是我最终做通了他的工作,我向他发誓保证,一定会像他那样无微不至、全心全意地照顾你,才总算把他给说动了。”

黛罗的眼泪早已簌簌而下了。她心中一阵激动,眼前已然全部又被东方樱西的音容笑貌所占据,与他相识以来,所有的种种,全部涌现在了顷刻之间……她不胜辛酸,像是在自言自语地说:“他也太傻了,怎么能为了我,什么都不顾了呢?”

大家担心她大病初愈,生怕她因此激动情绪,引发伤口,因而都极力好言劝慰着。让她不要多思多想,现在保重身体才是最为要紧的,等到她把身体彻底养好了,说不定,那个时候东方樱西也就回来了。

她眼中含着泪,极力堆出一个微笑来,向大家频频点头说是。

然而,从此,她便陷入了苦难的相思之中。她常常沉思默想着自己与东方樱西在一起的时光,点点滴滴全部涌上了心头。她想着他和她从相遇到相知相爱,好像一个人是另一个人的影子,一直都是那么心心相印、心有灵犀。想着他们的这份意外的情缘,简直就是上天的恩赐,前世的缘分。然而,他们真正在一起的时光简直又太短了。而此际,正是由于她当初一时被仇恨的烈焰冲昏了头脑,一心想要报复那吴天丽,因为这一念之差,竟然又导致了她和东方樱西的这场离合悲欢……一时间,她的心中真是五味皆备,感怀万千!这时,窗外那轮皎洁的明月越发勾起了她无尽的相思之苦:“樱西啊樱西,此时,你在那遥远的国外,是否,也能看到这皎洁的月亮?你可知道,我现在正在把你苦苦地思念,我只乞求十方诸佛,乞求上天,乞求所有过往的神灵,乞求她们保佑我们能够早日团圆！不，樱西，我现在只想乞求她们有谁能大发慈悲，借给我一双翅膀，让风儿把我带到那大洋彼岸去，立刻与你相见！”

她的眼中不由滴下泪来。泪光闪烁之中，她禁不住又一次神色凄然地呢喃起来：“那些当领导的，怎么就完全不通人情世故呢？为什么，竟然连手机也不让他开一下呢？真是要把人都变成了工作的机器了。”

她不知道，此时的东方樱西，也正在另外一个地方将她深深地想起。只是，他此时并不是在大洋彼岸，而是在那方宛若舍弃了红尘的净土世界——净影寺。他之所以选择来到这里，是经过了一番深思熟虑的：那日，他在医院里照顾昏迷不醒的黛罗时，闻听他的姑姑又因为欠下别人的巨额赌债而被人纠缠龌龊，以致竟被威胁，要先烧了她的房子，再把她告到法院。后来，南宫元宸也知道了消息，便亲自出马，又一次为她排患释难，解除了麻烦。转天，南宫远便一脸郑重地将他请了出去，和他进行了一场深谈。

南宫远作为黛罗的生父，以黛罗今后的一生幸福为论题，以东方樱西的实际生活环境为论点，以一位高瞻远瞩的政治家的眼光为论述，对他们今后的人生作了一场深入精辟的分析和见解。可谓语出惊人，惊心动魄。最后，他脸上带着十分惋惜的表情，声音里充满着百般的无奈，对他说：“其实，平心而论，只要不是黛罗的父亲，那么，无论从任何身份和角度来说，你都是一位绝对优秀和出色的人选！可是，作为一个过来人，我又不得不告诉你，我已经很清楚地看到了，你的那位姑姑，她将会一辈子纠缠你，拖累你，败坏你，甚至，最终要把你一并害得泥足深陷、难以自拔的！而以你这样的修为和心性，纵然她有千万般的不是，你也不会真正对她撒手不管的，不是吗？毕竟她是把你抚养长大的人，也可以说是给了你第二次生命的人，这样的恩情你能忘得了，你能置之不顾吗？樱西，这么多年来，我是看在眼里的，你实在是一个十分难得的好孩子。可是，有的时候，一个人就是天命难逃的！就像我这一辈子遇到吴天丽一样，真到了要出事的时候，你是眼睁睁看着她在那里作恶，一步步迈入一个万丈深渊，而无计所奈！那个时候，你是说也说不过，打也不能打，劝又劝不住！哎呀，那种日子！真是形同峻刑极罚，犹如猫鼠相憎，狼羊一处，让你回想起来就胆战心惊！而樱西啊，你的姑姑，她可更是已经到了无所荣辱，无所是非的境地，是远比吴天丽和一切的洪水猛兽更加可怕十倍百倍的呀……樱西，我说这些话，就是希望你能明白，作为黛罗的父亲，我这辈子欠她的，已经没有办法偿还了，现在，我唯一能替她做到的，就是，我已经提前看到了你们将来一旦结合之后的种种不幸……樱西，请你原谅我这个作父亲的自私，我实在不想让黛罗她再受到任何伤害……”

他当时心中混乱一片，一直以来，他都以为自己对黛罗的爱，这个世间无人可比，无事可及，他只以为，有了这份深入骨髓的至情至爱，一切，就已经足够了，都不在话下，不足为道了！然而，他现在才知道，自己之前竟是那般的幼稚和短见，若非南宫远及时点破，他简直从来都不曾想到这更深更复杂的一层中来。可是，他和黛罗的一切才刚刚开始，难道，从此，就要这样结束了吗？他对他们的未来还有着那么多的畅想，甚至，从上个月他就已经开始打算，要把领到的工资少给姑姑一些了，他要攒着给黛罗买一份珍贵的定情物了。这时，猛然思及严酷的现实，再回思南宫远跟他说过的那些话,他顿时惊出一身的冷汗来,他的自信心一下子跌入了万丈深渊,心中悲苦万状,他究竟是该恨他还是该感谢他呢?对于今后该何去何从,他已是全无主见。

一连几个晚上,他辗转交煎,愁悴沸郁,终于,在一个夜晚,让他彻底幡然醒悟了:为什么,自己从一出生起,就是一步三灾,险恶频仍了!他这才总算明白了几个月前,大宝法王在净影寺前语重心长地给大家讲的那则佛教经典故事了,才终于真正破悟了大宝法王的那句:"一切是考验,看你怎么办?觌面若不识,还得从头练"的偈语中的无穷奥秘了。同时,他也才真正的恍然大悟:原来,上苍给予自己这一切的苦难和大不幸,都是为了最终成就他的,都是为了要让他最终彻底看清、放下,知道这个恼热的红尘世界中,众苦充满,三界无安,常有生老病死之忧患,更有怨憎会、爱别离、求不得诸般苦楚,如是诸苦,犹如火宅苦海,芸芸众生囚陷沉沦于其中,备受煎熬忧苦而不得出离!惟有正信,才能使人勘破人生的无常,从而,真正的体解大道,得以证悟……

于是,第二天一早,他亲自找到了他的姑姑,向她郑重道别、辞行去了。

东方明珠一听侄儿竟大有弃绝红尘之意,顿时满脸溅朱,汹汹将他指责起来,说:"这简直是千古奇闻,你一个受了这么高教育的人,竟然有这种荒唐的念头和想法,真是伤风败俗!"

东方樱西不但毫不在意,反而殷勤至重地将她嘱咐了一番,又给她留下了自己最后的一笔钱,再三让她多多保重,再也不要涉足赌场了!

东方明珠见了钱,哈哈大笑了几声,把眼睛都挤没了。后来听了他的话，又撂下脸来，立着眼睛向他叫嚣起来："好啊，你这敢情是向我兴师问罪来了，你可真是我的好孩子！难道是我要把你推进狼窝吗？我倒了什么霉？当初，不管千难万难，总算把你辛辛苦苦地养大了，现在，你不说报答我，反而是这副鬼样子！"话音未落，大概想到自己从此以后便要失去了依靠，便只管号啕起来，又要寻死撞墙："老天爷，你不睁眼啊，你为什么专门欺负我这孤寡苦命的人，为什么要让我受这折磨，给我条绳子，我真不想活了！"

东方樱西这回再也没有像以往那样，见她号啕撒泼，就吓得全然没有了主意，也没有十分地去哄她，只是默默地站在原地，等她平静下来之后，万分郑重地向她跪了下去，重重地给她磕了三个响头，之后，便果真绝尘而去了。

东方樱西此时在净影寺的琉璃净土世界里，蓦然想到了黛罗，他的记忆不觉又飘回到了9个月前，在珠龙河畔与她的初次相逢，在凤鸣台与她的联袂登台；又飘回到那个曼妙温馨的黄昏时分，飘回到那片如火如霞的杜鹃林里去了……他又看到了那个楚楚娟丽的黛罗，绝妙似临风仙蕊，鲜媚如梨花带雨般的向他款款走来，又听到了她那美妙动人的声音，一如那些在半空中飘舞、飞扬的杜鹃花接受的清风的爱抚一般，就那么轻轻软软地化落在了他的心间："所以，人家才说作家伟大，就比如曹雪芹，他能把那么复杂多变的人物写得那么血肉丰满，可歌可泣，简直堪称绝倒！所以后人称他是天才、奇才，说他'一语为千万语所托命，笔头上担得起千钧！'……"他的眼中一阵刺痛，心中情思如潮，万难克制……泪眼模糊中，他仿佛隐隐听到她在凄苦悲绝地向他吟诵着那首《信徒》：

那一天，
我闭目在经殿的香雾中，
蓦然听见你诵经中的真言；

那一月，
我摇动所有的经筒，
不为超度，
只为触摸你的指尖；

那一年，
磕长头匍匐在山路，
不为觐见，
只为贴着你的温暖；

那一世，
转山转水转佛塔，
不为修来世，
只为途中与你相见。

那一月，
我轻转过所有经筒，
不为超度,只为触摸你的指纹；

那一年，我磕长头拥抱尘埃，
不为朝佛，只为贴着你的温暖；

那一世，我细翻遍十万大山，
不为修来世，只为路中能与你相遇；

只是，就在那一夜，我忘却了所有，
抛却了信仰，舍弃了轮回，
只为，那曾在佛前哭泣的玫瑰，
早已失去旧日的光泽……

他心中一阵绞痛，心底里默默呼唤着她的名字："黛罗，黛罗，黛罗……保重，珍重！为你祈福！离去，不是因为不爱，不是因为无情！正是因为爱你之深，疼你之切，才更要远远地躲开你，避开你，从此与你相忘于江湖，一生为你祈祷……"

这天夜里，黛罗做了一个奇异的梦。她梦到自己在一座寺庙前欣赏风景，忽然，被面前两队威仪赫赫的僧侣队伍吸引，竟不由自主地跟在他们的身后，一路沿着脚下红色的地毯走进了佛殿。佛殿的正中央，站着尊贵的17世大宝法王。此际，法王目光炯炯，身呈吉祥，正在给一位准备披剃的俗家弟子举行剃度典礼。

那位俗家弟子此时正背对着她，跪在大宝法王的前面。她被佛殿上庄严的气氛压得不敢张目四顾，这时虽然看着那背影十分眼熟，却也实在不敢仔细辨认。只是内心里不知为何竟然变得忽悲忽喜起来……这时，站立在佛殿两边那些威仪赫赫的僧侣们，一起跟随法王唱颂完香赞之后，法王手上拿着剃头刀，问那位俗家弟子："你看破了吗？放下了吗？"

那弟子回答说："看破了，放下了。"

法王又问："你看破了什么？放下了什么？"

那弟子说："滚滚红尘，烦恼无尽，苦海无边。众生业重福薄，愚顽自傲。以愚为智，以苦为乐。嗜欲如蝇，执假为真。生不知从何而来，死不知去向哪里。胡钻六道，生死不停，尸骨成山，血泪成河，剧苦无量，转世即忘。悲哉痛哉，人生有死，不得长久，驱驰五道何等痛苦！更有女子，短于智力，溺于情感，为情欲之私，产生嫉妒相害之心，结怨无量，造罪无边，伤坏心肝，痛苦难计！惟有正信，才能使人勘破人生的无常，从而，真正的体解大道，得到证悟。"又说，"人身难得今已得，佛法难闻今已闻。此身不向今生度，更向何身度此身？"

黛罗闻言，心中大为惊惨，这分明就是樱西的声音啊！正错愕间，只见大宝法王已在那人的头上剃了三刀，微开善口，说道："第一刀，断除一切恶；第二刀，愿修一切善；第三刀，誓度一切众生！"这时，站立在佛殿两边那些威仪赫赫的出家师父们跟着一起唱颂起来：

金刀剃下娘生发，
除却尘劳不净身，
圆顶方袍僧相现，

法王座下大丈夫！

之后，那位新披剃的师父便转过身来了，她顿时变得满脸惨白，惊呼一声，竟险些晕了过去。她清晰地看到，面前，是一张威仪赫赫而又万分熟悉的脸孔，此时，犹如下凡的天神，在世的罗汉——正是她朝思暮想的东方樱西！

她胸间一阵气血上涌，心内好似爆裂一般，脑中一片糊涂，话未出口，竟当场晕了过去。

当她被人救醒之后，早已经不见了东方樱西的身影。于是，她便不顾一切禁忌地挨着每个寺庙里的房间逐个地拍着门呼喊起来："樱西，你出来，出来呀，让我看看你到底受了什么委屈！我知道，这个世界上有很多冤枉，到处都充满了假相！漫漫人海，尽都是些聋子瞎子和没有心肝的人！可是樱西，你不能因为一时的伤心绝望，就把一切都抛开不管，把一切美好的事情也都全部否定！我知道我错了，我不该被仇恨的烈焰冲昏了头脑，不该把私仇凌驾于道义之上，樱西你原谅我，我现在知道错了，请你不要对我失望！樱西，我现在知道自己错了，我不该以恶对恶，我不该随境而转，我不该迷失了自己的本性！有一段时间，我确实完全迷失了自己，彻底被仇恨蒙住了眼睛，可是，樱西，我现在醒悟了，我知道我自己错了！你回来，你教我，骂我，批评我，怎么样都可以，你就是不要对我失望，不要就这样离我而去呀！"

然而，她几乎敲遍了寺院里所有的门，最后，还是没有找到樱西。最终，她在万分凄惶、悲绝之中，将刚刚愈合的伤口震裂，终于一头栽倒在一片骇人的血泊之中了。

当众人发现她已是被血染全身之时,人们的惊呼声终于惊动了躲在闭关堂里的东方樱西。当东方樱西疾步飞身而出,将她从那一片血泊之中抱起之时,她已耗尽了全部爱的心力,他与她,已经成为这尘世间最遥远的距离……她嗓门发喘,心中有万语千言,却再也道不出一个字来。她的耳畔,响起的是他那痛断肝肠的声音:

那一天,
我闭目在经殿的香雾中,
蓦然听见你诵经中的真言;

那一月,
我摇动所有的经筒,
不为超度,
只为触摸你的指尖;

那一年,
磕长头匍匐在山路,
不为觐见,
只为贴着你的温暖;

那一世,
转山转水转佛塔,
不为修来世,

只为途中与你相见……

这样一个奇异的梦境，将她痛醒在漫天的星夜阑珊时分。陪床的北溟月听了她的一番心有余悸的陈述之后，顿时被陷在一片巨大的震惊中了。

她辗转反侧，沸郁忧煎，竟再也不能合眼。

第二天清早，她终于痛下决心，对黛罗说出了实情："黛罗，我以前真的不知道，这世上竟然真的有着像你们这样的心心相印，心有灵犀的有情人！我是再也不忍心和他们一起，继续对你隐瞒下去了！你知道吗，东方樱西他没有出国，他现在，确实就在净影寺！请你千万不要激动，听我把话说完。而且，我昨天还亲耳听到从那里回来的邵辉先生对元宸说，三天前，17世大宝法王又一次去到了净影寺。并且，就准备在今天的正午时分，正式给东方樱西举行剃度典礼……"

几个小时后，飞速前行的车轮便载着黛罗一行人飞奔到了净影寺！

令人震惊的是，接下来，所发生的一切，竟与昨晚黛罗梦中的情形一模一样！

惟一有所不同的是，在黛罗哀痛欲绝、喋血满地之前，大宝法王目光炯炯地对东方樱西说道："'历经万般红尘劫，犹若凉风轻拂面'，才是学佛的最高境界。依我看，你的尘缘仍然未了！但是，现在你又已经剃度在佛门里了，正所谓'一切是考验，看你怎么办？觌面若不识，还得从头练'，现在，需要你用自己的智慧来处理眼前这段未了的尘缘了！"

净影寺：隋朝佛学大师净影慧远讲经说法的地方，位于河南省焦作市。

因而，不久，已是一身僧袍的东方樱西，态度和然地出现在了黛罗的面前。

黛罗此时一见了他，真是恍如隔世，如梦亦如幻一般了！她心中一阵悲辛交集，无限凄然地问向了他："樱西，一定是我在病中，你以为我再也没有生还的希望了，所以，才决定要走这条路的，是吗？"

东方樱西惟有深深地望着她，眼中已是一片泪光闪烁。他现在已经是一位真正的出家人了，他不能对任何人打妄语。同时，他又不想说出南宫远找他谈话的实情，以增添黛罗的烦恼。所以，他这时只能以无声应对。

黛罗见他为了自己，竟然落到这般田地，心中不由千回百转，泪水禁不住簌簌落满了衣襟。

东方樱西与她默默相对在一阵阵萧瑟的冷风中，最后，他语调悲伤而平静地对她说："人生很多时候，真的是天命难逃！黛罗，我已经在佛前许下心愿，立下了誓言，我想，无论如何，你也不会让我背弃誓言的，是吗？那么，给我三年的时间，让我在这里真正过三年出家人的生活，之后，一切再随缘而定，你看，如何？"

黛罗立刻哭了出来："三年！那么漫长，到时候，我恐怕，肠子都要断成一节一节的了！"

东方樱西说："你可以随时到这里来看我，而我，也并不是一入佛门深似海。我知道，真正的修行，还是在红尘里。所以，我也会经常下山去看你的。三年之后，如果证实我并不适合出家人的生活，那时，我一样还是可以还俗的……"

半年之后，北京师范大学历史学院博士研修5班的全体同学，和他们的老师一起来到了闻名遐迩的老子悟道之地——东口村——进行当代最具历史意味的田野调查。

他们分别是：刘淑玲、杨共乐、蒋重跃、胡晓社、龚亿军、寇铂岩、张宏军、张团、毕铭鑫、孙海麟、梁尚斌、余前帆、常翠鸣、李云翔、郭蓬红、郝西荆、贾维光、粟燕川、张国厚、史允、诸永春、王泽生、余森清、负东、赵贵旺、肖庆文、宋建国、祖林云、王瑞琨、王峰、周广舒、许楚国、杨曙方、陈兵、谷雷、陈柳、郭雪梅、单昶、张奎、司徒碧仪和温皓然。在这里，他们参观了神奇的凤鸣台，拜谒了和谐宝鼎，见到了马海棠、姚天恩、牛二嫂、李石榴、王菊玲、王绍生、王宝根、郝中、娇唯等人，在美丽的珠龙河畔，他们听到了上述关于东方樱西和秦黛罗的一则被当地人众口哄传的动人故事。

最后，他们也见到了秦守善，他现在暂住在邻村的一间破庙里，很少出去见人。当日，南宫元宸拿给他的那些由银珠转交的20万块钱，很快就被桃丽骗了个精光。而她最终也没有和他结婚。也是报应不爽，那桃丽不久也被她在网络上认识的一个行骗高手骗得两手空空了，那人不但成功骗走了她多年来辛辛苦苦创作出来的所有画作，还把她的那些挖空心思从别人那里骗来的全部家当也都一并榨得精光，然后便从此销声匿迹了。最后，直把那桃丽害成了和她妹妹一样的神经病，整天神情恍惚地走在街上，又嚷又骂，又哭又笑……

2009年9月16日初稿

2009年11月7日定稿于北京回龙观